Laila El Omari

Wozu wir fähig sin

MIX
Papier aus verantwortungsvollen Quellen
FSC® C083411

5 4 3 2 1

ISBN 978-3-649-67019-3

Text: Laila El Omari
Umschlaggestaltung: Frauke Maydorn, unter Verwendung
einer Fotografie von Westend61 via Getty Images
Lektorat: Dr. Rainer Schöttle
Satz: Sabine Conrad, Bad Nauheim
Printed in Germany
www.coppenrath.de

Das @book erscheint unter ISBN 978-3-649-63244-3.

Laila El Omari

WOZU WIR FÄHIG SIND

COPPENRATH

»Es sind ihrer zwei, der eine handelt, der andere lauert.«

Der Graf von Monte Christo

Alexander Dumas père (1802–1870)

ZWISCHENSPIEL

Sie nahm ihren üblichen Weg durch den Wald, spürte den frostharten Boden unter ihren Schuhen. Unvermittelt war der Winter über die Stadt hereingebrochen, und ihr war, als wäre die Welt unter seinem Eisatem erstarrt. Das Bild gefiel ihr, die Vorstellung, dass alles so kalt und reglos war, wie sie sich in ihrem Innern fühlte.

Langsam steigerte sie das Tempo, spürte den pumpenden Herzschlag, hörte, wie ihr das Blut in den Ohren dröhnte. Ihr Atem ging in gleichmäßigen Stößen, das einzige Geräusch, das die Stille durchbrach. Zwischen den Bäumen hing spinnwebengleich der zerfaserte Morgendunst. Ein Ast streifte ihr Gesicht, und sie blinzelte, rieb sich das Auge, während sie, ohne innezuhalten, weiterlief.

Der Weg erstreckte sich gerade vor ihr, machte dann eine sanfte Biegung nach rechts, wo er breiter wurde und die Bäume immer weniger dicht standen, bis sich der Blick auf eine Lichtung öffnete. Hier pausierte sie stets einen Augenblick, ehe sie sich umdrehte und zurückjoggte. Die Lichtung war Sommer wie Winter schön, wirkte verwunschen, still, fernab jeder Lebenswirklichkeit, die sich in Stadt und Uni abspielte. Als sie zwischen den Bäumen auf das verharschte Gras trat, dehnte sie den Körper, hob die Arme über den Kopf. Atmete die kalte Winterluft.

Erst dachte sie, da stünde jemand, starr wie der Frost, wartend, lauernd. Dann bemerkte sie, dass so groß ja niemand sein könnte. Und schließlich sah sie, wie sich der Leib leicht drehte, kaum merklich, als stieße der Wind ihn an. Sie hob den Blick, bemerkte die Linie des Seils, das sich hinter seinem Kopf erhob, trat näher, sah die einstmals vertrauten Züge an. Hörte seine letzten Worte. *Ich habe sonst niemanden.* Dann schrie sie. Und schrie. Und schrie.

DANACH

»Im Nachhinein habe ich mich immer darüber gewundert, dass wir damit durchgekommen sind.«
(Robin Preuß)

1

»Man könnte glauben, die Schreie des Mädchens hallten noch heute zwischen den Wänden.« Alexander brauchte keine dramatischen Pausen, um sich der Aufmerksamkeit seiner Zuhörer gewiss zu sein. »Sie schrie und schrie. Als sei jemand im Begriff, sie zu ermorden.«

Leonora beobachtete, während sich um sie herum im flackernden Kerzenlicht Schatten an den Wänden in bizarren Tänzen bogen. Es war keine große Party, eher ein geselliges Beisammensein in einem alten Haus, das gelegentlich an Studenten vermietet wurde. Irgendwie hatte Alexander es geschafft, dass man ihn einlud – nebst Begleitung.

»Und was war mit ihr?«, fragte eine junge Frau.

Alexander saß halb mit der Hüfte auf einem Tisch und drehte ein Glas zwischen den Händen. »Sie bekam ein Kind.«

»Eine Hausgeburt?« Nun klang die Stimme gelangweilt. »Mehr nicht?«

Alexander lächelte. »Sie war noch sehr jung.«

»Kommt vor, nicht wahr?« Die Studentin hatte die Hände in die Taschen geschoben, während die Übrigen dastanden und darauf warteten, dass Alexander die Geschichte zu Ende erzählte. Der wandte den Blick zum Fenster, in dessen nachtschwarzem Glas sich der Raum spiegelte. Dahinter lag ein weitläufiger Garten, halb verwildert, umgeben von einer mannshohen Mauer.

»Das Mädchen«, fuhr Alexander fort, »hatte Glück, dass sich der Vater des Kindes um alle Formalitäten kümmern wollte. Sie waren zusammen mit ihrer Familie übereingekommen, die Sache geheimzuhalten. Das Mädchen ging noch zur Schule, und es war schwer genug, niemanden etwas merken zu lassen. Der Mann hingegen war verheiratet und auf der Karriereleiter auf dem Weg steil nach oben. Ein uneheliches Kind von seiner minderjährigen Geliebten wäre da sehr hinderlich gewesen.«

»Schwein«, sagte eine weibliche Stimme.

Alexander sah kurz auf, schien mit einem kurzen Blick über die Gruppe ausmachen zu wollen, wer das gesagt hatte, und sprach dann weiter. »Das Kind kam zur Welt, eine Welt, in der es niemand wollte. Noch in derselben Nacht wurde das Mädchen wieder nach Hause gefahren, und das Kind blieb in diesem Haus.« Alexander sprang vom Tisch, auf dem er gesessen hatte, und ging zum Fenster. »Macht mal jemand das Licht aus?«

»Uh, Geisterstunde«, wurde gewitzelt. Kurz darauf war es dunkel im Raum, und man konnte den Garten schemenhaft erkennen.

»Es war ein vergleichsweise milder Winter«, erzählte Alexander, »aber doch recht kalt. Wenn ihr von hier aus in den Garten schaut, könnt ihr eine Gruppe von vier Platanen sehen.«

Er drehte sich wieder zu ihnen um, eine dunkle Silhouette vor einem noch dunkleren Hintergrund. »Wie auch immer. Das Mädchen lag also in den Wehen mit einem Kind, das keiner wollte. Denn, wie gesagt, der Vater des Kindes war karrieregeil und ambitioniert.«

»Klar, die sind es immer, die die Frauen kriegen«, rief eine Männerstimme.

»Und die sind es auch, die die Frauen dann mit ungewollten Kindern sitzen lassen«, antwortete eines der Mädchen.

»Der Mann«, Alexander lehnte nun nonchalant am Fensterbrett, »konnte natürlich nicht riskieren, dass sein Fehltritt ans Licht kam. Als das Kind also geboren war, brachte die Mutter des Mädchens ihre Tochter nach Hause und vertraute darauf, dass sich der Mann des Problems annahm, für das Kind eine passende Unterbringung zu finden. Der Mann hatte da jedoch andere Vorstellungen als sie. Während sie an eine Adoptivfamilie dachte, fand er, dass ein Grab unter den Platanen passender war.«

Eine der Anwesenden stieß einen Schrei aus.

»Was ist denn das für eine kranke Scheiße?«, fragte einer der Männer. Sie waren alle noch jung, keiner von ihnen weiter als viertes oder fünftes Semester, und doch, dachte Leonora, war sie mit ihren neunzehn Jahren vermutlich die Lebenserfahrenste von allen. Sie beobachtete Alexander, der weitererzählte.

»Er hob also ein Grab aus und legte das Kind lebendig hinein. Es eigenhändig zu töten traute er sich dann doch nicht.«

»Soll das heißen, da liegt eine Babyleiche unter den Bäumen?«, fragte jemand. »Davon, dass hier mal ein so heftiges

Verbrechen stattgefunden hat, habe ich noch nie etwas gehört, und die Presse hätte das garantiert ausgeschlachtet.«

»Ich glaube die Geschichte nicht«, bekräftigte eine andere Zuhörerin ihre Zweifel.

»Jemand hat es gesehen, aber das bemerkte der Mann gar nicht. Der, der ihn beobachtet hatte, holte das Kind aus seinem kalten Grab und legte es vor einem Krankenhaus ab. Von dort aus fand es dann seinen Weg zum Jugendamt und zu neuen Eltern.«

»Und der Mann?«, wollte eine der Studentinnen wissen.

»Ging straffrei aus.«

»Warum hat der Typ, der das Baby gefunden hat, ihn denn nicht verraten?«, beharrte sie. »Das ist doch Täterschutz.«

»Mittäterschaft, Frau Juristin«, sagte eine Männerstimme. »Täterschutz ist was anderes.«

»Mitwisserschaft, Herr Jurist«, widersprach eine andere. »Vielleicht einfach mal den Ball flachhalten.«

»Der Finder«, fuhr Alexander fort, »war niemand, der gerne handelte oder sich Feinde machte. Er beobachtete nur.«

»Was für eine gestörte Geschichte«, sagte jemand, als das Licht wider anging.

»Ich glaube davon kein Wort.«

Leonora hörte, wie sich die Studenten in Spekulationen ergingen, als Alexander sich zu ihr gesellte. Sie legte den Kopf schief. »Toller Einstand.«

Er grinste.

Leonora hatte Menschenmengen nie besonders gemocht, und Partys bildeten da keine Ausnahme. Aber es gab Gründe, hier zu sein, so wie es Gründe gab für alles, was sie tat, und so gab sie sich gelassener, als sie eigentlich war, und schlenderte durch die Räume, in denen Studenten in Gruppen plaudernd oder tanzend beisammenstanden. Das milchig-gelbe Licht warf bizarre Schatten an die Wände, Silhouetten, die sich bewegten, ineinanderflossen, sich voneinander trennten, als wabere um sie herum eine seltsame Art der Finsternis.

In einem der Räume war eine Bar aus mehreren zusammengeschobenen Tischen aufgebaut, die in Lachen von allerlei verschütteten Getränken standen. Jemand hatte rote Bowle umgekippt, und die Flüssigkeit tropfte vom Tisch auf den Boden. Leonora starrte darauf, und für einen Moment blitzte das Bild tropfenden Blutes in ihrem Innern auf. Mit einem Keuchen wandte sie sich ab. Vielleicht war es doch keine so gute Idee gewesen, hierherzukommen.

»Na, Prinzessin?«, sagte eine Stimme hinter ihr, und sie drehte sich um. Ein junger Mann, dessen alberne Schärpe ihn als Mitglied einer Studentenverbindung auszeichnete, stand hinter ihr, die Stimme leicht verwaschen.

Leonora beschloss, sich nicht angesprochen zu fühlen. Sie nahm ein schmieriges Glas mit Limonade und ließ den Typen stehen. Der allerdings beschloss offenbar, sich nicht so einfach abhängen zu lassen.

»Stehst wohl auf harte Sachen, wie?«, sagte er mit Blick auf ihr Glas. Offenbar versuchte er, lustig zu sein. Leonora deutete nicht einmal ein Lächeln an. Sie ließ ihn stehen und verschwand auf die Toilette. Jemand hatte sich viel Mühe gegeben, das Badezimmer in seinem nostalgisch anmutenden Verfall zu erhalten. Unter einem in einem Holzrahmen mit abblätterndem Blattgold gefassten blinden Spiegel befand sich ein altmodisches Waschbecken mit angelaufenen Armaturen. Das Haus wurde seit einigen Jahren an Studenten vermietet, sodass man aus Gründen der Zweckmäßigkeit entschieden hatte, dass es billiger war, zwei Toiletten in einem Bad einzurichten, als ein weiteres Bad auf jeder Etage. Die Toiletten waren im Bahnhofsklo-Stil durch Stellwände voneinander getrennt, und Leonora verschwand in einer der Kabinen. Sie stellte das Glas auf einem hochgelegenen Sims ab, in der Absicht, es dort stehen zu lassen.

Die Badezimmertür wurde erneut geöffnet, und Schritte näherten sich. Anstatt zur offenen Toilette nebenan zu gehen, verharrten sie jedoch vor Leonoras, und diese, bei jedem ungewohnten Geräusch in Alarmbereitschaft, erstarrte, lauschte. War das etwa wieder dieser aufdringliche Kerl? Mit dem würde sie fertig, der war betrunken, aber harmlos. Dann ein behutsames Klopfen. Das wiederum passte nicht.

»Alexander?«

Ein feines Kribbeln überlief Leonoras Körper, und sie verharrte regungslos, wartete darauf, dass an der Tür gerüttelt wurde. Langsam hob sie den Kopf. Die Zellen waren nach oben hin offen. Wenn er von oben kam, würde sie aus der Tür hinausstürzen. Sie wartete, während Sekunden in zähen Tropfen verrannen. Schließlich entfernten sich die Schritte wieder.

In einem tiefen Atemzug stieß Leonora die Luft aus und presste die Hand auf ihr wild schlagendes Herz. Vermutlich war es doch nur der Betrunkene, wenngleich ihr ihr Gefühl sagte, dass sie sich irrte. Dann wurde die Badezimmertür erneut geöffnet, Schritte, fester, entschlossener.

»Leonora?«

Alexander. Rasch stieß sie die Tür auf und verließ die Toilette.

»Ich wollte nachher noch weiter. Kommst du mit, oder soll ich dich nach Hause bringen? Du sieht fertig aus.«

»Klar komme ich mit, war doch so ausgemacht.«

»Gut, ich warte bei der Garderobe auf dich.«

Sie wollte ihm sagen, dass er bei ihr bleiben sollte, schwieg jedoch und drehte den Wasserhahn auf, ließ sich das kalte Wasser über die Handgelenke laufen. Diese fortwährende Angst. Konnte das denn ewig so weitergehen?

* * *

Alina hob die Schultern, schüttelte das diffuse Gefühl ab, beobachtet zu werden. Patrick hatte ihr eine Frage gestellt, die an ihr vorbeigerauscht war, und sie tat so, als habe sie lediglich keine Lust zu antworten. Während er sich wieder seinen Freunden zuwandte, schob Alina die Hände in die Gesäßtaschen ihrer Jeans und sah sich um. Jahrmärkten hatte sie noch nie viel abgewinnen können, sie fand sie zu laut, zu schrill, zu voll. Bunte Lichter erhellten die Dunkelheit, hektisch blinkend, die größten Gewinne versprechend, die beste Zuckerwatte, die rasanteste Achterbahnfahrt. Langsam wandte Alina sich wieder der kleinen Gruppe zu und hörte einen von Patricks Freunden von einem Zusammenstoß mit einem Professor erzählen, den er wohl wahnsinnig komisch fand. Alina lachte sich das Unbehagen aus der Kehle.

»Was macht der denn hier?«, fragte Patrick und sah über ihre Schulter hinweg.

Als Alina sich ebenfalls umwandte, fiel ihr Blick auf Robin, und die Anspannung fiel von ihr ab. Sie lächelte. »Ich dachte, du kommst erst morgen zurück.«

Robin nickte Patrick zu, der den Gruß knapp erwiderte, dann wandte er sich an Alina. »Streit mit meinem Vater. Danach hatte ich keine Lust mehr, noch eine Nacht länger bei ihm zu verbringen.« Seine Eltern lebten getrennt, und gelegentlich besuchte er seinen Vater, um den Geldfluss am Laufen zu halten.

Patrick sagte nichts dazu, sondern wandte sich demonstrativ seinen Freunden zu. Er und Robin hatten immer schon ein sehr spezielles Verhältnis zueinander gehabt. Robin schien es nicht zu stören, er gesellte sich immer wie selbstverständlich dazu. Alina bemerkte die Blicke der Mädchen zu Patrick. Das war nicht neu, Patrick hatte diese Wirkung auf sie, und es gab nicht wenige, die Alinas Freundschaft suchten, um ihm nahe zu sein. Sie selbst bewegte sich in der ruhigen Gewissheit, dass es für Patrick niemanden außer ihr gab, die unanfechtbare Selbstsicherheit der Besitzenden. Seit über fünf Jahren waren sie ein Paar, und immer war er es gewesen, der bestrebt war, sie zu halten. Da war es nicht schwer, den neidischen Blicken der Mädchen mit Gleichgültigkeit zu begegnen.

Alina wurde das Gespräch – es drehte sich um irgendwelche Kommilitonen von Patrick – bald langweilig, und obwohl Robin sich den Anschein zu geben versuchte, dass ihn interessierte, wer die Prüfungen aller Wahrscheinlichkeit nach nicht bestanden hatte, war offensichtlich, dass seine Gedanken immer wieder abdrifteten. Sie steckte die Hände in die Jackentaschen und sah sich um. Es war kurz nach sieben, und auf der Kirmes waren noch etliche Familien mit Kindern unterwegs.

Mit einer kurzen Berührung seines Armes gab Alina Patrick zu verstehen, dass sie ein wenig allein herumschlendern wollte. Er drehte sich zu ihr um, sie neigte den Kopf, er lächelte. Sie verstanden sich stumm, wie das eben war, wenn man einander schon so lange kannte. Dann wandte sie sich ab. Es war kalt, und nur gelegentlich trug ein Grillstand einen Schwall warmer, bratenschwerer Luft zu ihr. Während Alina zwischen den Ständen hindurchging, um sich herum eine wilde Kakofonie von Tönen und ein Durcheinander flackernder Farben, die knallig bunte Flecken auf Kleider und Gesichter warf, beschlich sie erneut das seltsam beklemmende Gefühl. Unwillkürlich drehte sie sich um. Ein junger Mann mit einem kleinen Mädchen auf den Schultern lief fast in sie hinein.

Pass doch auf!

Sorry.

Alina strich sich das kinnlange, dunkle Haar hinter die Ohren, aber sobald sie den Kopf neigte, fiel es ihr wieder ins Gesicht. Es war zu kurz für einen Zopf, und wie lästig das sein konnte, war ihr erst aufgegangen, nachdem sie beim Friseur gewesen war.

Sie bemerkte ein Mädchen, das ihr vage bekannt vorkam, aber es dauerte einen Augenblick, ehe sie es einordnen konnte. Die Tochter eines Staatsanwalts. In Alinas Kreisen kannte man sich, was oft eher nervig war. Eigentlich wusste sie nicht so recht, warum sie und Patrick hier hängen geblieben waren, aber da Patrick sich durch sein soziales Engagement in eine Art lokalen Helden verwandelt hatte, war es wohl naheliegend, dort zu bleiben, wo einem applaudiert wurde. Das war gemein, dachte sie im nächsten Augenblick und versuchte, den

Gedanken zu bereuen. Das Mädchen – der Name wollte ihr nicht einfallen – bemerkte sie nicht, und Alina tat nichts, um auf sich aufmerksam zu machen. Eine Frau war in Begleitung der Staatsanwaltstochter. Die Mutter? Nein, Stiefmutter, erinnerte sich Alina. Und die sah ihre Stieftochter mit einem Blick an, an dem die Grimm'schen Erzähler ihre reine Freude gehabt hätten.

»Warum bist du gegangen?«, hörte sie eine Stimme dicht an ihrem Ohr und fuhr herum.

»Spinnst du, mich so zu erschrecken?« Rechts von ihr kreischten Mädchen in einer in Loopings kreisenden Gondel auf.

Robin zog mit einer zerknirschten Geste die Schultern hoch, dann sah er das Mädchen und hob die Hand. »Hannah!«

Die Angesprochene sah sich suchend um, entdeckte ihn und erwiderte den Gruß. Der Gesichtsausdruck ihrer Stiefmutter wirkte für einen Moment verrutscht, als er von tödlichem Hass in freundliches Erkennen glitt.

Alina fröstelte. Sie wandte sich ab und ging zu Patrick zurück.

Gegen Mitternacht begegnete sie ihm das erste Mal. Er war irgendwann einfach da, gesellte sich so selbstverständlich zu ihnen, als kenne er sie seit Jahren. Dass er ohne Weiteres in die Runde aufgenommen wurde, lag vermutlich sowohl an seiner Ausstrahlung – er war einer dieser Typen, die man unweigerlich kennenlernen wollte, egal ob als Mann oder Frau – als auch an dem Mädchen an seiner Seite. Stiefel, schwarze Jeans, knielanger Mantel, ein cremeweißer Schal. Das tiefschwarze

Haar war am Hinterkopf aufgesteckt, bis auf ein paar Strähnen, die ihr seitlich ins Gesicht fielen. Sie war wirklich ungemein hübsch. Die jungen Männer fielen in das klassische Balzverhalten, lachten ein wenig zu laut, redeten ein wenig zu viel und begleiteten das Gesagte durch übertriebene Gesten. Alexander Dobberstein und Leonora Manjali.

»Was studierst du?«, fragte Alina den Fremden, der sie auf eine Art musterte, als erwarte er etwas Bestimmtes von ihr. Er stand so, dass der Widerschein einer blauen Budenbeleuchtung seinem Gesicht eine gespenstische Blässe gab. »Jura«, antwortete er.

»Wie Patrick.« Sie sah zu ihrem Freund, berührte seinen Arm, machte damit deutlich, dass ihre Konversation keine Hintergedanken barg. Eigentlich unterhielt sie sich nur mit ihm, weil ihr langweilig war. »Ich bin mir sicher, dass er seit Beginn des Studiums einiges getan hat, damit die Kaffeeproduktion Brasiliens ein deutliches Plus verzeichnen kann.« Sie hörte sich lachen.

Ein kleines Lächeln spielte um Alexanders Lippen. »So stressig?«

»Er hatte fast die gesamte vorlesungsfreie Zeit hindurch Klausuren.«

»Nicht gerade beziehungsförderlich.«

Nein, das wohl nicht, erst recht nicht, wenn Alina genau dann, wenn für Patrick die Ferien begannen, eine Rucksacktour nach Neuseeland startete. Aber das war schon lange geplant, und es war schwierig genug gewesen, einen Termin zu finden, der allen vier Freundinnen gepasst hatte. Und da sie sich seit dem Abi nur selten sahen, hatte es da mit Patrick auch nichts zu diskutieren gegeben. »Nicht so besonders«, antwortete sie. Unwillkürlich streifte ihr Blick seine Begleiterin, dann sah sie ihn wieder an und bemerkte das winzige Lächeln in seinen Mundwinkeln. »Wir werden sehen. Kommst du auch aus der Region?« fragte sie dann.

»Nein, aus Heidelberg.«

Da wären Alina so manch andere Orte eingefallen, die sie reizvoller gefunden hätte.

»Was studierst du?«, fragte er und wirkte aufrichtig interessiert.

»Psychologie.«

Nun wirkte er enttäuscht, als hätte sie ihm eine Allerweltsantwort gegeben. »Weil deine Freunde immer schon das Bedürfnis hatten, dir von ihren Sorgen zu erzählen?«

»Nein. Weil sie es *nicht* hatten.«

Jetzt grinste er.

»Von der anderen Sorte kenne ich allerdings auch jede Menge«, fügte sie hinzu.

»Hmhm, ich auch. Nicht gerade das Beste, was die Branche so hervorbringt.«

Sie tauschten einen Blick seltsamen Einverständnisses, und Alina sah ihm in die Augen, vielleicht einen Lidschlag zu lange. Und da war was, ein winziger Moment, das Aufflackern von Vertrautheit und verdrängten Erinnerungen. Dann war dieser Moment auch schon wieder vorbei, und sie ergriff blind Patricks Hand, dessen Finger sich fest um die ihren schlossen.

* * *

Leonora streckte sich auf dem Sofa aus und beobachtete Alexander, der in der zum Wohnraum hin offenen Küche mit dem Wasserkocher hantierte. Sie gähnte. Wie spät war es eigentlich? Die Uhr stand so, dass sie von ihrem Platz aus nicht darauf schauen konnte, und sie hatte keine Lust, aufzustehen und das Handy aus der Tasche zu angeln. Sie wohnte hier nun seit vier Wochen, und es standen immer noch einige Umzugskartons herum, die darauf warteten, ausgepackt zu werden.

»Möchtest du wirklich keinen Tee?«, fragte Alexander.

»Nein, dann schlafe ich heute Nacht nicht.«

Alexander konnte zu jeder Tageszeit grünen, schwarzen oder weißen Tee trinken. Während Leonora Kaffeetrinkerin war, trank Alexander fast ausschließlich Tee und bezeichnete sie regelmäßig als Banausin, weil für sie Tee kochen bedeutete, einen Beutel in heißes Wasser zu hängen. Zu ihrer Ansammlung von Discounter-Teebeuteln bemerkte er immer nur: »Da kannst du eigentlich auch gleich Spülwasser trinken.« Seit sie hier eingezogen war, sorgte er dafür, dass sie immer einen kleinen Vorrat an hochwertigem losem Tee hatte, an dem er sich bedienen konnte.

»Was hältst du von ihnen?«, fragte er und ließ sich in dem Sessel ihr gegenüber nieder.

»Hm.« Sie sog die Unterlippe ein. »Patrick wirkt wie einer dieser reichen, verwöhnten Jungen, denen im Leben alles zufliegt. Er möchte gerne den Anschein erwecken, dass ihm das Geld egal ist. Außerdem ist er sehr charmant.« Diesen Eindruck zumindest erweckte er überaus gekonnt.

Alexander nickte unbestimmt. »Und Robin?«

»Ein wenig wie ein Welpe, den man irgendwie mögen muss,

auch wenn er wie Falschgeld herumsteht und nicht weiß, ob er bleiben oder gehen soll.«

»Und das Mädchen?«

Das Mädchen. »Alina? Mit der hast *du* doch die ganze Zeit gequatscht. Etwas unterkühlt, würde ich sagen.«

»Du bist besser im Beobachten als ich.«

Leonora seufzte. »Sie sieht gut aus und weiß das auch. Außerdem ist sie mit Patrick wohl schon so lange zusammen, dass sie sich nicht mehr ständig anfassen oder ansehen. Sie wissen, dass sie zusammengehören. Also konnte sie sich in Ruhe von dir anflirten lassen.« Die kleine Spitze konnte sie sich nicht verkneifen.

Alexander verengte für einen Moment die Augen, dann trank er einen Schluck Tee und schwieg für eine Weile. »Ich habe nicht geflirtet«, sagte er schließlich.

»Sie hat dich angesehen, als hättest du.«

»Ihr Problem.«

Leonora schloss die Augen und gähnte wieder. »Wie viel Uhr haben wir?«

»Keine Ahnung. Mein Handy liegt auf der Küchentheke.«

Aus halb geöffneten Augen beobachtete Leonora Alexander, während dieser seinen Tee trank. Sie stellte ihn sich in der Kleidung eines englischen Adligen aus dem 19. Jahrhundert vor. Unwiderstehlich.

»Was soll der Schlafzimmerblick?«, fragte er.

Leonora seufzte und richtete sich auf. »Ich habe mir gerade etwas vorgestellt.«

»Ah ja?«

»Nicht *das*.« Sie stand auf und fischte ihr Handy aus der

Handtasche. »Halb vier. Eigentlich können wir auch gleich wach bleiben.«

»Durchmachen? Ich muss früh wieder raus, das kommt also nicht infrage.«

Leonora lachte. Fast jeder Typ, den sie kannte, hätte die Gelegenheit für eine zweideutige Bemerkung genutzt, die offenließ, ob er tatsächlich mit ihr ins Bett wollte. Alexander tat das nie. Sie wussten beide warum. Und da war es gleich, wie oft er ihr versicherte, sie sei ihm nichts schuldig.

Ihre Wohnung bot einen zauberhaften Blick auf den Rhein, selbst bei Nacht. Da jedoch Licht im Raum brannte, sah sie im Fensterglas nur eine blasse, durchscheinende Version von sich selbst.

»Packst du das?«, fragte Alexander.

Sie drehte sich zu ihm um. »Sonst hätte ich von Anfang an *Nein* gesagt.«

Er beobachtete sie aufmerksam, dann stand er auf. »Ich muss ins Bett. Wir sehen uns morgen?« Sie nickte, und er kam zu ihr, berührte ihren Arm. »Gute Nacht.«

»Gute Nacht.«

Die Tür fiel hinter ihm ins Schloss, und sie hörte seine Schritte auf der Treppe. Kurz darauf hörte sie die Tür der Wohnung im Erdgeschoss zufallen. Langsam wandte sie sich ab, machte die Flurlampe an, ehe sie die im Wohnzimmer löschte. Dann ging sie ins Schlafzimmer. Sie dachte an jenen Moment vor fünf Monaten, als er in der Tür ihres Schlafzimmers lehnte, eine dunkle Silhouette vor dem hell erleuchteten Flur. Sein Lächeln hatte sie nur erahnen können. *Lässt du nachts immer noch das Licht an?*

DANACH

»Sie haben mir Vorwürfe gemacht und gesagt, dass ich etwas hätte merken müssen. Und er hat dasselbe gesagt. Aber woher hätte ich denn davon wissen sollen?«
(Alina Falk)

2

Es war wie das Atmen unter Wasser, wann immer die Vergangenheit schlaglichtartig vor Leonora aufflackerte. Die Wirklichkeit verschwamm für einen Moment, wich den Bildern einer anderen Realität, einer, die erst so kurz zurücklag und doch so weit fort schien. In solchen Augenblicken musste Leonora stehen bleiben, mit geschlossenen Augen um Atem ringen und sich darauf konzentrieren, im Hier und Jetzt zu bleiben. In der Regel war es nach einigen tiefen Atemzügen wieder gut, und es funktionierte auch dieses Mal.

Also gut, dachte sie und straffte sich, setzte den Weg fort, den Alexander ihr aufgetragen hatte, wenngleich mit einigem Unbehagen. Und so saß sie eine halbe Stunde später in einem fremden Wohnzimmer einer fremden Frau gegenüber und setzte sich für ein Kind ein, das ihr nichts bedeutete.

»Sie haben mir gesagt, wenn die Stadtwerke mir den Strom abschalten, kommt Lara in eine Pflegefamilie.«

Leonora saß der jungen Mutter gegenüber, die ihr fünfjähriges Kind an sich gedrückt hielt, als befürchte sie, es könnte ihr im nächsten Moment entrissen werden. »Aber nur so lange, bis der Strom wieder funktioniert, oder nicht?«

Die Frau, Elisabeth Kaufmann, nickte. »Aber ein paar Tage sind doch auch schon schlimm. Ich glaube, wenn einmal dieser Punkt erreicht ist, dass sie mir das Kind wegnehmen, dann tun sie das beim geringsten Anlass wieder.«

Grund war in dem Fall, dass man beim Jugendamt der Meinung war, dass ein Haushalt ohne Stromversorgung keine geeignete Umgebung für ein Kind sei, was nicht von der Hand zu weisen war. Kein heißes Wasser, da der elektrische Durchlauferhitzer nicht funktionierte, kein Licht, keine Möglichkeit, eine warme Mahlzeit zuzubereiten. Der Kühlschrank lief nicht mehr, sodass auch keine Nahrungsmittel auf Vorrat gekauft werden konnten, was die Auswahl an Möglichkeiten für Frühstück und Abendessen ebenfalls sehr eingrenzte. Leonora wusste das alles, aber die Möglichkeiten, zu helfen, waren ebenfalls sehr begrenzt.

»Wie hoch ist die fällige Zahlung?«

»Zweihundertfünfundsiebzig Euro.« Viel Geld für eine alleinerziehende Mutter ohne Job.

Leonora sog die Unterlippe zwischen die Zähne. Ihr fehlte es an Fingerspitzengefühl für eine solche Situation, sie war für diese Art von Sozialdienst gänzlich ungeeignet. Aber Alexander war der Meinung, sie würde das hinbekommen. *Wenn nicht du, wer sonst?* Also tat sie es. »Gibt es niemanden, von dem Sie sich das Geld leihen könnten?«

Falsche Frage, sagte der Blick der Frau.

»Und Laras Vater?« Ein Ingenieur, wenn Leonora sich recht erinnerte.

»Der arbeitet im Ausland und zahlt keinen Unterhalt.«

Richtig, wie hatte sie das vergessen können. »Entschuldigen Sie bitte.«

Elisabeth Kaufmann zuckte müde mit den Schultern, als sei sie dergleichen gewöhnt.

»Bis wann müssen Sie zahlen?«

»Bis gestern.« Die Frau ließ ein bitteres Lachen folgen.

»Nun gut.« Leonora nahm ihre Handtasche und entnahm ihr dreihundert Euro, die sie auf den Tisch legte. »Bitte schön. Rückzahlbar in Raten, wenn Sie sagen, Sie nehmen keine Almosen.«

Die Frau starrte sie an. »Wollen Sie mich veralbern?« Sie machte keine Anstalten, das Geld zu nehmen. Misstrauen schlich sich in ihren Blick, vielleicht sogar eine Spur von Angst. Ehe ihr sozialer Abstieg begonnen hatte, war sie eine gut bezahlte Angestellte in einer IT-Firma gewesen. Studierte Mathematikerin. Dem Kind zuliebe hatte sie nur eine Dreiviertelstelle gehabt, und bei einer Entlassungswelle war sie eine der Ersten gewesen, die hatten gehen müssen. Was kein Problem gewesen war, denn ihr Mann verdiente exorbitant viel Geld. Nur leider hatte der kurz nach der Kündigung eine andere Frau am Start gehabt. Dann kam die Scheidung. Auf das Sorgerecht verzichtete er, denn er konnte nun, wie er sagte, mit seiner neuen Frau endlich eigene Kinder bekommen. Lara war adoptiert, damit war sie offenbar nicht »eigenes Kind« genug.

»Sind Sie wirklich vom Jugendamt?«, fragte Elisabeth Kaufmann nun.

»Nein.«

»Aber Sie haben gesagt …«

»Sonst hätten Sie mich nicht hereingelassen, oder?« Leonora erhob sich, ehe die Sache aus dem Ruder lief. »Nehmen Sie das Geld. Es gibt offenbar jemanden, dem das Wohl des Kindes am Herzen liegt.«

»Falls die leiblichen Eltern es mir wegnehmen möchten …«

»Nein, keine Sorge.«

»Sind Sie von irgendeiner Kreditfirma? Stehen hier demnächst die Schläger vor der Tür, wenn ich nicht zurückzahlen kann?«

»Wohl kaum, sonst hätte ich Sie ja einen Schuldschein oder was immer man da ausstellt, unterschreiben lassen.« Leonora wandte sich zum Gehen, das Geld ließ sie liegen.

»Und wenn ich es nicht annehmen möchte?«

»Dann verschenken Sie es an Obdachlose.«

»Ich nehme keine Almosen.«

Leonora zog ihren Mantel an und griff nach ihrer Mütze. »Wie gesagt, in diesem Fall rückzahlbar in Raten.«

»Und an wen?«

»Ich melde mich bei Ihnen.« Sie verließ die Wohnung und beeilte sich, aus dem Haus zu kommen. Vermutlich hatte sie kein Fettnäpfchen ausgelassen, und ganz sicher war es nicht die Umsetzung, an die Alexander gedacht hatte, als er sagte: »Händige ihr das Geld behutsam aus.«

Leonora ahnte, dass die Frau sie vom Fenster aus beobachtete, wie sie über die Straße ging. Sie hasste Blicke in ihrem Rücken, spürte es regelrecht kribbeln. Sie zwang sich jedoch dazu, sich nicht umzusehen.

Es war ein diesiger Nachmittag, und Leonora wünschte, sie müsste abends nicht noch zum Unterricht. Sie schob die Hände in die Manteltaschen und ging zügig durch die Straßen, während die Dunkelheit schon in den Winkeln lauerte, bereit, hervorzukriechen, wenn die Dämmerung sich ankündigte. Die Straßenlaternen waren bereits an, bleiche Lichtpfützen in einem bleigrauen Tag.

Schon von Weitem sah sie Alexander wartend vor der Uni stehen, und Leonora beeilte sich, noch bei Grün über die Straße zu kommen.

»Wie ist es gelaufen?«, fragte er anstelle einer Begrüßung.

»Ich denke, verbockt habe ich es nicht.«

»Na, das ist ja immerhin schon mal etwas.«

Leonora verlagerte das Gewicht der Tasche von einer Schulter auf die andere. »Gehst du noch in die Uni?«

»So war es zumindest geplant.«

»Du darfst mich auf einen Kaffee einladen, ich bin ziemlich fertig.«

Er grinste. »Ich lade dich zu allem ein, was du möchtest.«

Sie betraten das Hauptgebäude, in dem die Cafeteria lag, und Leonora spürte, wie die Kopfschmerzen, die sich bereits in den frühen Morgenstunden angekündigt hatten, langsam stärker wurden.

»Schau mal«, sagte Alexander und deutete auf eine Gestalt an einem Tisch.

»Ach, der Welpe«, bemerkte Leonora.

»Genau der.«

Robin hatte sie seinerseits bemerkt und winkte ihnen zu. Obwohl sie wenig Lust auf ein Gespräch mit ihm hatte, folgte sie Alexander, nachdem er Kaffee für sie am Automaten geholt hatte.

»Habt ihr auch Seminare?«, fragte Robin.

»Ja, ich nachher«, antwortete Alexander.

»Du studierst Jura wie Patrick?«

»Ja.«

»Ich studiere Sport und Englisch auf Lehramt«, erklärte Robin, während er eine Tasse Kakao trank, von dessen süßlichem Geruch sich Leonora der Magen hob. Der schwarze Kaffee schmeckte ihr zwar erstaunlich gut, vertrieb jedoch nicht die Kopfschmerzen. Dabei brauchte sie doch einen klaren Kopf.

»Für Jura war mein Abi leider nicht gut genug«, fuhr Robin fort.

Alexander trank einen Schluck Kaffee, ganz offensichtlich, um keine höfliche Antwort geben zu müssen.

»Im wievielten Semester bist du?«, fragte Robin.

»Im ersten.«

Robin war irritiert. »Ah ja? Ich hätte jetzt gedacht, du bist so in meinem Alter.«

»Bin ich.«

»Freiwilliges Soziales Jahr?«

»So könnte man es nennen.«

»Hast du vorher was anderes studiert?« Offenbar ging Robin auf, dass Alexander auch mit einem Sozialen Jahr schon mindestens im vierten Semester sein musste.

»Nein.«

Schweigend trank Leonora ihren Kaffee.

Robin öffnete bereits den Mund zu einer weiteren Frage, stellte sie jedoch nicht. War wohl auch besser so.

»Soll ich dir noch einen Kaffee holen?«, fragte Alexander an Leonora gewandt.

»Das wäre lieb.«

Alexander erhob sich und ging zum Kaffeeautomaten. Während er das Geld in den Schlitz schob, beobachtete er, wie Robin sich leicht zu Leonora neigte und eine Unterhaltung begann. Leonora lächelte zurückhaltend, was Robin jedoch als Aufforderung aufzufassen schien, mit dem Stuhl ein klein wenig näher an sie heranzurücken. Alexander drückte den Knopf für schwarzen Kaffee und sah wieder zu Leonora und Robin, der in eben diesem Moment den Kopf wandte und zu ihm blickte. Als Alexander eine Braue hob, drehte er sich rasch wieder weg, als wäre er bei etwas Verbotenem erwischt worden. Plätschernd lief der Kaffee aus dem brummelnden Automaten, der den Vorgang mit einem gurgelnden Geräusch beendete. Vorsichtig zog Alexander den fast randvollen Becher hervor und trug ihn zu Leonora. Diese sah auf und schenkte ihm ein Lächeln, das gänzlich anders geartet war als das, mit dem sie Robin zuvor bedacht hatte.

»Studierst du hier auch?«, fragte Robin.

Leonora schüttelte den Kopf.

»Machst du eine Ausbildung?«, setzte Robin die Befragung fort.

»Nein.« Leonora gab keinen Deut Information über sich preis, über die sie nicht explizit gefragt wurde.

Ein winziges Lächeln grub sich in Alexanders Mundwinkel. Wenn Robin seine Neugier befriedigen wollte, musste er weiter fragen, was auf der anderen Seite grauenvoll aufdringlich wirken konnte.

»Na ja, Realschulabschluss ist ja auch schon ziemlich … äh, gut.« Robin lief rot an. Leonora schwieg. Alexander grinste.

»Arbeitest du schon?«, fuhr Robin rasch fort, ehe die Situation noch peinlicher werden konnte.

»Nein.«

»Ähm …« Robin sah Leonora an, dann Alexander, und man konnte förmlich sehen, wie es in seinem Kopf arbeitete. Alexanders gesamtes Auftreten ließ keinen Zweifel daran, dass Geld für ihn keine Rolle spielte. Dass er abartig reich war. Obszön reich. Und da saß nun diese hübsche junge Frau an seiner Seite, die nicht studierte, keine Ausbildung machte und nicht arbeitete. Für Robin – man konnte es ihm regelrecht von der Miene ablesen – ließ das wohl nur den Schluss zu, dass Leonora sich von ihm aushalten ließ. Jetzt flog gar ein Anflug von Neid über seine Züge. Denn Geld hatte Robin offenbar auch.

»Ich muss langsam los.« Wie zur Bestätigung seiner Worte sah Robin auf die Uhr, dann stand er auf. Er nestelte an seiner Tasche herum. »Man sieht sich.«

»Bis dann.«

Leonora nickte zum Abschied. »*Der?* Ernsthaft?«, fragte sie, als Robin aus der Tür war.

»Man kann es sich nicht aussuchen, nicht wahr?«

»Was hat es denn jetzt eigentlich mit der Frau und dem Geld auf sich?«

»Erfährst du schon noch.« Er erhob sich nun ebenfalls. »So, ich muss los. Mein Seminar fängt an.«

»Viel Spaß.«

»Gehst du nach Hause?«

»Ja, ich muss noch Mathe lernen.«

»Vorbildlich.« Er grinste, und sie versetzte ihm einen kleinen Stoß mit dem Ellbogen.

* * *

Alina hatte den Vormittag in der Unibibliothek verbracht. Jetzt war sie auf dem Weg ins Institut für Anglistik, um Robin ein Buch zu bringen, das er am Vortag bei einem kurzen Abstecher zum Kaffee bei ihr vergessen hatte. Sie waren seit ihrer Schulzeit befreundet, auch wenn Patrick diese Freundschaft immer ein klein wenig befremdete.

»Ihr seid grundverschieden«, sagte er gelegentlich.

»Deshalb kann man trotzdem befreundet sein.«

»Ist das alles noch wegen Nico?«

»Natürlich nicht!« Alina verstand nicht so recht, warum Nico für Patrick immer noch ein rotes Tuch war. Eine frühe Jugendliebe und ihr bester Freund, aber an Letzteres erinnerte sie sich ungern, denn auch Jahre später plagte sie das schlechte Gewissen. Robin war eine Art Relikt aus der Zeit, in der sie mit Nico zusammen und alles noch schön und unverstellt gewesen war, und vielleicht war das der Grund, warum sie die Freundschaft nicht aufgeben wollte.

»Dieser Typ saß gerade mit mir in der Cafeteria«, vertraute Robin ihr an, als sie ihm beim Betreten des Instituts begegnete. »Alexander Dobberstein mit Freundin. Haben sich zu mir gesetzt und einen Kaffee getrunken.«

»Ah ja?« Auch so eine Sache. Seit der Nacht auf der Kirmes drei Tage zuvor war er Alina nicht aus dem Kopf gegangen. Irgendwie war die ganze Sache seltsam. Patrick hatte ihn sofort in die Clique aufgenommen. »Cooler Typ.« Aber bei Patrick punktete man ja schon, wenn man den richtigen Stallgeruch hatte, und dass Alexander aus ihren Kreisen kam, war unübersehbar. So gerne Alina gesagt hätte, dass ihr jedes elitäre Denken fremd war, so wusste sie doch, dass sie sich damit selbst belügen würde.

»Seine Freundin studiert hier übrigens nicht«, fuhr Robin fort. »Und macht wohl auch sonst nichts, sie wollte nicht so recht mit der Sprache heraus.«

»Vielleicht hast du die falschen Fragen gestellt.«

»Ich vermute ja fast, sie ist so eine Art bezahlte Geliebte oder so.«

Alina musste lachen.

»Sie hat nach der Realschule nichts mehr gemacht, trägt aber teure Klamotten«, rechtfertigte Robin sich.

»Vielleicht hat sie reiche Eltern. Soll's geben, weißt du?«

Robin wurde rot. »Na ja, sie sind irgendwie … seltsam zusammen.«

»Einfach nur Freunde?«

»Ja, aber irgendwie ist da noch mehr. Kann ich nicht erklären. Aber ich finde Leonora toll. Wenn sie nicht mit ihm zusammen ist …« Er zuckte mit den Schultern.

»Wenn ich sie mal sehe, spreche ich das an.« Alina zwinkerte ihm zu. »So von Frau zu Frau.«

»Nur zu, sie sitzen in der Cafeteria.«

Alinas Lächeln verrutschte. So unmittelbar war das nun nicht gemeint gewesen. Nun war es an Robin, zu lächeln, als hätte er genau das geahnt. Alina seufzte. »Ich brauche eh einen Kaffee.«

»Danke, du hast was gut.«

Sie wandte sich ab und ging zum Hauptgebäude. Patrick würde den ganzen Tag im Juridicum verbringen, daher war fraglich, ob sie sich an diesem Tag überhaupt sahen. Er wohnte noch im Haus seiner Eltern, eine Gründerzeitvilla, deren obere Etage zu einer Wohnung für ihn umgebaut war – zu Schulzeiten bereits, was seiner ohnehin schon großen Popularität noch Aufschwung gegeben hatte. Welcher Sechzehnjährige verfügte schon über eine eigene Wohnung mit separatem Eingang?

Als Alina die Cafeteria betrat, sah sie Leonora an einem der Tische sitzen – glücklicherweise allein. Sie wirkte mondän und elegant.

»Hallo.« Alina trat zu ihr an den Tisch. »Kann ich mich setzen?«

Leonora sah sie mit einem Anflug von Erstaunen an und nickte dann. »Klar.«

»Wir sind uns letztens auf der Kirmes begegnet.«

»Ich weiß. Alina, ja?«

»Ja. Du bist ziemlich früh gegangen.«

Leonora trank einen Schluck Kaffee. »Ich mag keine Jahrmärkte. Irgendwie finde ich sie gruselig.«

»Geht mir ähnlich.«

Erstaunt hob Leonora die Brauen. »Tatsächlich?«

Alina zog einen Stuhl heran und setzte sich. Ihre Tasche stellte sie neben sich auf den Boden. »Ich habe den ganzen Vormittag in der Bibliothek verbracht, ich bin total durch. Hast du heute Seminare?«

»Nein, ich studiere noch nicht.«

Noch. Alina nahm ihr Portemonnaie und fischte Münzgeld für den Kaffeeautomaten heraus. Es kam eben doch darauf an, seine Fragen richtig zu stellen. »Ich hole mir rasch einen Kaffee. Willst du auch noch was?«

»Nein, ich hab noch.«

Alina erhob sich und ging zum Automaten. Kurz überlegte sie, auch was zu essen, blieb dann aber bei schwarzem Kaffee. Als sie zum Tisch zurückkehrte, steckte Leonora gerade ihr Smartphone wieder ein.

»Kommst du auch aus Heidelberg?«

Leonora schüttelte den Kopf. »Nein, aus Berlin.«

»Was machst du derzeit? Ausbildung oder was anderes?«

»Ich hole mein Abi an der Abendschule in Siegburg nach.«

Von wegen bezahlte Geliebte. Wenn sie aus Berlin kam und hier lebte, obwohl sie zur Abendschule in den Nachbarort ging, war das zwischen ihr und Alexander wohl doch mehr als reine Freundschaft.

»Und danach?«, fragte Alina weiter. »Studierst du auch hier?«

»Ich weiß es noch nicht. Vielleicht.«

Also doch keine Beziehung? Das war tatsächlich etwas verwirrend. »Ich wollte eigentlich nach Berlin«, sagte Alina, »aber irgendwie bin ich hier hängen geblieben.«

»Weil dein Freund hier wohnt?«

Alina überlegte einen Moment lang. »Ja, das ist sicher auch ein Grund.« Tatsächlich fiel es ihr schwerer als gedacht, sich von allem zu lösen, was sie kannte. Robin ging es wohl ähnlich, denn auch er war geblieben. »Würdest du es nicht auch ein Stück weit davon abhängig machen?«

Leonora zögerte nur einen kurzen Augenblick, dann schüttelte sie den Kopf. »Nein, wohl eher nicht.«

So recht schlau wurde Alina aus alldem nicht. Und auch Robin zuliebe würde sie keinen direkten Vorstoß machen, um nicht als aufdringlich neugierig zu gelten. Allerdings ahnte sie, dass er chancenlos war. Und in gewisser Weise war das auch gut so. Alina wusste nicht, warum, aber sie mochte Leonora nicht. Es war, als lauere etwas Dunkles in ihrem Blick, und Alina hatte die Dunkelheit schon als Kind nicht gemocht.

* * *

Leonoras letzter Kurs des Tages endete kurz nach zehn. Zwar hatte Alexander angeboten, sie mit dem Auto abzuholen, aber sie fuhr abends gerne noch mit der Bahn, um ein wenig Ruhe zu haben und ihre Gedanken zu ordnen.

Zwei Einbrüche hatte es in ihrem Leben gegeben. Der erste hatte es aus den Fugen gehoben. Der zweite war in Gestalt Alexanders dahergekommen. Ein Jahr war das nun her.

Sie hatte auf der Straße herumgelungert und war ziemlich kaputt gewesen, als er irgendwann einfach vor ihr gestanden und sie angesehen hatte. Und Leonora wusste, was es bedeutete, wenn Männer sie ansahen. Sie hob herausfordernd das Kinn. »Kennen wir uns?«

»Noch nicht persönlich.«

»Heißt?«

»Ich weiß, wer du bist, das ist schon mal ein Anfang.«

»Ach ja? Und wer bin ich?«

Er hatte ihr zugezwinkert, auf eine seltsame Art verschwörerisch, als würden sie sich tatsächlich kennen. »Dein Name ist eine rote Blume tief in meinem Herzen. Ich würde mich in Stücke zerreißen, um dich einmal bei deinem Namen zu nennen.«

Leonora hob die Brauen. Er zitierte *Das letzte Einhorn*? »Als ich den Film als Kind gesehen habe, habe ich mir mal gewünscht, dass jemand das zu mir sagt.«

»Na, dann passt es doch.«

»Es war aber ein Schmetterling, der das sagte.« Sie legte den Kopf schief. »Und ich hatte immer ganz bestimmte Vorstellungen von dem Typen, der mal so mit mir spricht. Aber gut, wenigstens die Optik stimmt.«

Alexanders Lippen hatten sich zu einem Grinsen verzogen, das gefährlich wirkte, anziehend und entwaffnend.

Als jemand sie anstieß, schreckte Leonora hoch. Sie war eingeschlafen, das passierte ihr sonst nie in öffentlichen Verkehrsmitteln.

»Endstation.« Der junge Mann, der sich seine Aktentasche unter den Arm klemmte, sah sie mit einer Mischung aus Besorgnis und Belustigung an.

Leonora fuhr hoch. »Wo sind wir?«

»Bad Honnef.«

»Oh, so ein Mist!« Leonora raffte ihre Tasche an sich und erhob sich hastig.

»Wo wollten Sie denn hin?«, fragte der Mann, während sie die U-Bahn verließen.

Sie sagte ihm den Namen ihrer Haltestelle. Normalerweise endete die Bahn dort auch. Aber dann fiel ihr ein, dass sie ja die um zweiundzwanzig Minuten nach zehn genommen hatte, da sie die erste verpasst hatte. Und die fuhr durch. Mist, dachte sie. So ein blöder Mist. Jetzt stand sie um zwanzig nach elf hier herum, anstatt um halb elf daheim zu sein. Sie ging zum Fahrplan, um zu sehen, wann die nächste Bahn zurück ging. Noch gute zwanzig Minuten, das war ja überschaubar. Dann noch mal etwas über eine halbe Stunde. Da war sie nicht vor halb eins zu Hause. Seufzend ließ sie sich auf einer Bank nieder und ignorierte die Blicke zweier junger Männer, die zehn Meter von ihr entfernt standen und glotzten.

Der Bahnsteig war leer, abgesehen von einem Pärchen, das sich gerade angeregt unterhielt. Leonora zog ihr Mathebuch hervor und ging den Stoff der letzten Stunde noch einmal durch. Kurz glitt ihr Blick zur Uhr. Noch achtzehn Minuten. Das zog sich ja wie Kaugummi. Die beiden Typen schoben sich näher an sie heran, und unwillkürlich schärften sich ihre Sinne, spannte sich ihr Körper an. Sie sah zu dem Pärchen, das ihr – absichtlich oder nicht – den Rücken zugedreht hatte.

»Was liest du denn da?«, fragte einer der beiden, der offenbar beschlossen hatte, nicht noch mehr Zeit verstreichen zu lassen, und sich schwer neben ihr auf die Bank fallen ließ. Nun kam auch der andere, und Leonora senkte den Blick wieder auf ihr Buch.

»Hey, ich hab dich was gefragt.«

Nun war das Gespräch des Pärchens verstummt, und das Wegsehen bekam etwas Demonstratives.

Leonora seufzte. »Interessiert dich das tatsächlich?«

Der Mann wirkte überrascht. »Nee.«

»Na also.«

»Aber *du* interessierst uns«, gluckste der andere.

Leonora verdrehte die Augen. »Ziemlich plump, oder?«

»Häh?« Der Mann ließ sich an ihrer anderen Seite auf der Bank nieder. Noch siebzehn Minuten.

Mit blöden Typen kam Leonora klar, solange sie nicht übergriffig wurden. Zwar konnte sie sich recht gut verteidigen, wusste aber auch ihre Chancen realistisch einzuschätzen. Zweien war sie eindeutig unterlegen. Bisher waren sie zumindest nicht aggressiv. Wenn das so blieb, kam sie mit ihnen klar. Noch fünfzehn Minuten. Sie klappte das Buch zu und zeigte es dem Dunkelhaarigen zu ihrer Rechten, der danach gefragt hatte. Irgendwie wirkte es, als gebe er den Ton an. »Langweiliger Kram.«

Er nickte zustimmend. »Und warum liest du es dann?«

»Weil ich muss.«

Lässig streckte er die Beine aus. »Ich habe irgendwann entschieden, dass ich so was nicht lesen muss.«

Ja, so siehst du aus.

»Wo wohnst du?«, fragte der andere.

Leonora ignorierte ihn. »Und was hast du stattdessen gemacht?«, fragte sie den Dunkelhaarigen.

»Abgehangen mit Freunden.«

Sie nickte und steckte das Buch ein. »Hat sicher mehr Spaß gemacht.«

»Anfangs ja, später nicht mehr.«

Leonora hob fragend die Brauen.

»Und was machst du so?«, fragte der Typ zu ihrer Linken. Wieder ignorierte sie ihn.

»Warum?«, wandte sie sich an den zu ihrer Rechten. Noch dreizehn Minuten.

»War ja auch irgendwie immer derselbe Mist.«

Leonora nickte verständnisvoll.

»Gehst du etwa noch zur Schule?«, wollte der andere wissen. »Wohl mehrmals pappen geblieben, was?«, fügte er glucksend hinzu.

Nach wie vor gönnte sie ihm nicht einmal einen Blick. »Wäre daher für mich auch nicht spannender als Schule.«

»Nee, aber die Kumpels sagen einem wenigstens nicht, was man tun und lassen soll.«

»Na ja …« Leonoras Wort verlor sich in einem Luftschnappen, als der andere Mann sie rüde anstieß.

»Ey, ich sprech mit dir, du blöde Schlampe.«

Sie runzelte die Stirn, wandte sich zu ihm um, aber da ging der zu ihrer Rechten bereits hoch. »Was soll das? Siehst du nicht, dass wir uns unterhalten? Quatsch gefälligst nicht so blöd dazwischen.«

Leonora stand auf.

»Wo willst du hin?«, fragte er.

»Dein Freund hat mich grad Schlampe genannt, oder nicht?«

»Ignorier den Idioten einfach.«

Nun fuhr der andere auf und stieß seinen Freund vor die Brust. Das Pärchen wandte sich ab, sein Blick traf Leonoras, und sie gingen ein Stück weit Richtung Treppe. Noch acht Minuten. Nun fanden sich noch einige andere Fahrgäste ein, während die Rangelei zwischen den Freunden in einen handfesten Streit ausartete, in dem Schimpfworte fielen, die Leonora aus ihren Zeiten auf der Straße überaus vertraut in den Ohren klangen. Sie brachte mehrere Schritte Abstand zwischen sich und die beiden.

Als die Bahn endlich quietschend einfuhr und sie Anstalten

machte, einzusteigen, riss sich der Dunkelhaarige los. »Hey, bleib doch.«

»Sorry.« Sie zuckte mit den Schultern und stieg ein.

Er starrte ihr nach, während sein Kumpel ihr den Mittelfinger zeigte. Reizender Zeitgenosse. Leonora sah ihn an, lächelte spöttisch. Dann drehte sich sein Freund nach einem letzten bedauernden Blick zu ihm um. Und jetzt prügelten sie sich doch.

NICO

Sieben Jahre zuvor

Schneller. Die letzten Kraftreserven mobilisieren. Nico Rabe setzte zum Sprint an, spürte den angenehmen Schmerz in den Muskeln, als sein Körper noch einmal alles gab. Die Arme im Triumph hochgerissen, lief Nico über die Zielgerade, drehte sich um, schlug mit Robin ein, der als Zweiter einlief.

Er beugte sich vornüber, stützte die Hände auf die Oberschenkel und kam langsam wieder zu Atem. Dann setzte das Hochgefühl ein, das jede sportliche Verausgabung begleitete. So musste Erfolg schmecken, dachte er. Ob es das war, was Menschen verspürten, wenn sie beruflich auf der Erfolgsspur waren? Diesen Kick? Er richtete sich auf und strich sich das verschwitzte Haar aus der Stirn, dann griff er nach seiner Wasserflasche und trank in langen Zügen.

»Nächstes Mal bin ich vorne«, sagte Robin, der immer noch nach Atem rang.

»Sagst du jedes Mal«, antwortete Nico grinsend und nahm die Brille ab, um die Gläser mit seinem T-Shirt zu polieren. Diese Sportler-Brille hatte er seit einigen Wochen, sie hatte spezielle Bügel, die sie auch beim Sprint sicher an ihrem Platz hielten.

»Sehen wir uns heute?«

»Ich bin verabredet.«

Robin hob die Brauen. »Die geheimnisvolle Schöne wieder?«

Wieder grinste Nico, wobei es dieses Mal weniger siegesgewiss als vielmehr das leicht verträumte, etwas zu breit geratene Lächeln des frisch Verliebten war. Dann legte er den Kopf in den Nacken und ließ sich das Wasser aus der Flasche über das Haar laufen.

»Bereit für die nächste Runde?«, rief sein Trainer.

»Aber immer doch!«, antworteten Nico und Robin im Chor, während die übrigen Jungen leise aufstöhnten.

Andreas Kaltenbach hob die Pfeife an die Lippen, stieß einen kurzen Pfiff aus. Zeit, sich aufzustellen.

DANACH

»Na ja, was soll ich damit schon zu tun haben?
Ich habe doch nur beobachtet.«
(Luca Abendroth)

3 Leonora war den ganzen Nachmittag mit Englisch beschäftigt – eine Interpretation eines theoretischen Textes, das fand sie ja schon auf Deutsch ätzend. Sie hatte sich in ein Café in Uninähe gesetzt, weil es ihr an diesem Tag daheim zu still war. An manchen Tagen brauchte sie die Stille, an anderen Tagen machte sie ihr Angst, als warte sie unbewusst auf ein Geräusch, das da nicht sein durfte.

»Ach, hallo!«, hörte sie eine erfreute Stimme. »So eine Überraschung.«

Angesichts dessen, dass sie in einem von Studenten rege frequentierten Café saß, war es nun ganz so überraschend auch nicht. »Hallo, Robin.«

»Wartest du auf jemanden?«

»Nein.«

»Heute mal ohne Alexander?«

Sie hob kaum merklich die Brauen. »Er ist ja nicht mein Aufpasser, nicht wahr?«

Er wurde rot. »Ähm, nein, so meinte ich das nicht.«

Sei nett zu ihm. Also gut, Alexander, dann bin ich mal nicht so, dachte sie und lächelte. »Setz dich doch.«

Robins Verlegenheit wich freudigem Erstaunen. »Klar, gerne.« Er warf einen kurzen Blick auf ihr Heft. »Englisch?«

»Ja, eine Interpretation.«

»Du weißt, dass ich Englisch studiere?«

Ein spöttisches Lächeln trat auf Leonoras Lippen. »Möchtest du meine Hausaufgaben für mich machen?«

»Als angehender Lehrer müsste ich das entschieden verneinen.«

Leonora beugte sich vor und stützte ihr Kinn auf die Hand. »Ich verrat's deinen späteren Schülern nicht, versprochen.«

Er hatte Feuer gefangen, das war unübersehbar. Jetzt befand er sich ein wenig in der Zwickmühle, einerseits witzig zu antworten und andererseits nicht spießig zu wirken. »Und wenn man meine Schrift erkennt?«

Das war so wenig geistreich, dass Leonora ihn dafür noch ein wenig zappeln lassen musste. »Ich tipp's am PC ab.«

Jetzt sog er die Luft ein und stieß sie langsam wieder aus. Er hatte tatsächlich etwas Welpenhaftes an sich. Zwar war er wirklich nicht Leonoras Typ, sie konnte sich aber gut vorstellen, dass es Mädchen gab, die auf so was standen. »Also gut«, sagte er. »Ich mach's.«

Jetzt lachte sie. »Schon gut, war nur Spaß.«

Er wirkte erleichtert. »Ich hätt's aber wirklich gemacht.«

»Ich weiß.« Sie ließ sich auf seinen Tonfall ein. »Aber selber lernen macht klug.« Sie schob die Blätter zusammen und legte sie in eine Mappe.

Ein junger Mann, den Leonora auf Robins Alter schätzte, kam an den Tisch.

»Hey, Luca«, sagte Robin in einem Ton, den man alten Bekannten gegenüber anschlug, die einem völlig gleich waren. »Wie geht's?«

»Gut.« Der Angesprochene hielt den Stift in der Hand und wartete auf eine Bestellung. Leonora nippte an ihrem kalt gewordenen Kaffee und beobachtete ihn, während Robin heiße Schokolade bestellte. Luca hatte etwas Lauerndes, das auf Leonora zutiefst abstoßend wirkte. Aber davon hatte Alexander ihr ja schon erzählt, schließlich war ihre Wahl nicht zufällig auf dieses Café gefallen.

»Was machst du heute noch so?«, fragte Robin, als der Kellner gegangen war.

»Ich treffe Alexander nachher.«

Robin wirkte enttäuscht, obwohl er sich sichtlich Mühe gab, es sie nicht merken zu lassen. »Seid ihr eigentlich zusammen?«

Oha, dachte sie, er wird mutiger. »Es ist kompliziert.«

»Ah, okay.« Er schwieg, und Leonora warf einen Blick auf ihr Handy. Sie musste los und erhob sich in dem Moment, in dem der junge Kellner mit dem Kakao zurückkam. »Musst du schon gehen?«

»Ja, leider. Wir können ja mal einen Kaffee trinken, wenn du magst.«

Ein Strahlen glitt über Robins Gesicht. »Gern.«

»Also, bis dann.« Sie hob die Hand und winkte ihm zum Abschied zu.

»Da bist du ja.« Alexander schob sich ein Kaugummi in den Mund, während er die Auslagen in dem Sportgeschäft musterte. Der Wind fegte raschelnd Blätter zusammen, eine Papiertüte, die jemand achtlos fortgeworfen hatte, klebte noch vom letzten Regenguss zwischen Zigarettenstummeln auf dem Bürgersteig. Das Schaufenster bot eine kleine, ausgesuchte Auslage. Aber auch die konnte nicht darüber hinwegtäuschen, dass der Laden schon bessere Zeiten gesehen hatte. »Wie war's?«

»Wir verabreden uns demnächst.«

»Gut.«

Leonora fragte sich, ob er eifersüchtig war, ein klein wenig zumindest. Anzumerken war es ihm jedenfalls nicht.

»Komm«, sagte er zu Leonora und umfasste den Türgriff. Als er die Tür aufschob, ertönte eine altmodisch klingende Glocke, und Leonora atmete den Geruch nach neuer Kleidung, Gummi und ledernen Schuhen ein. Mit auf dem Rücken verschränkten Armen betrachtete Alexander die Regale, in denen Trikots nach Sportart sortiert lagen. Daneben befand sich ein Ständer, an dem Sonderangebote hingen, bereits zweimal heruntergesetzt. Leonora tat nicht einmal so, als würde sie das interessieren.

»Hey.« Ein junger Mann kam aus dem angrenzenden Raum. »Mein Vater macht gerade Mittag. Kann ich helfen?«

»Nein, ich schaue mich nur um.«

Leonora streifte den Mann mit einem kurzen Blick. Etwa in Alexanders Alter und offenbar schon an Kunden gewöhnt, die nichts kaufen wollten. In Zeiten des Onlinehandels verirrten sich nur wenige Leute in kleine Läden wie diesen hier. Und wenn, ließen sie sich beraten, um dann woanders zu kaufen.

Die Türglocke ging erneut, und ein Mädchen betrat den

Raum, brachte einen Schwall kalter Luft mit sich und stob auf den Mann zu. »Sorry, ich konnte nicht früher weg.« Sie flog ihm um den Hals.

Alexander runzelte die Stirn. Leonora konnte ihm förmlich ansehen, was er dachte. *Eine Unbekannte in der Gleichung?* Er wandte sich wieder den Laufschuhen zu, und Leonora spürte die vibrierende Ungeduld der beiden, endlich allein zu sein.

Der Mann räusperte sich. »Brauchen Sie Hilfe?«

Ein kleines Lächeln glitt über Alexanders Lippen. Entweder hielt ihn der Mann für älter, als er war, oder er wollte professionelle Distanz wahren.

»Ich brauche Laufschuhe«, sagte Alexander.

»Hmhm.« Der Mann trat vor. »Für welchen Boden? Joggen im Park und so?«

»Ja.«

Das war so gut wie alles andere. Das Mädchen hatte sich an die Theke gelehnt und blies sich eine Strähne aus der Stirn. Sie war ein wenig jünger als ihr Freund, vielleicht sechzehn Jahre alt, mit rotblondem Haar, blauen Augen und Sommersprossen auf der Nase.

Der Mann fragte nach der Größe, zog einige Schuhkartons hervor und reichte ihm aus jedem den rechten Schuh. Während Alexander die Schuhe anprobierte, ging der Mann zu dem Mädchen zurück.

»Ich kann nicht ganz so lange«, sagte sie. »Papa will, dass ich nachher mit *Kathi*«, sie zog den Namen in die Länge, »einkaufen gehe. Das soll unser gutes Verhältnis zueinander fördern.«

»Und wenn du nicht mitgehst?«

»Er sagt, ich sei noch nicht zu alt für Hausarrest.«

»Das ist doch albern.«

»Wem sagst du das?«

Alexander entschied sich recht schnell und zog sein Portemonnaie hervor, um zu bezahlen. Er sah das Mädchen an, das sich nur wenig Mühe gab, seine Ungeduld zu verbergen. »Dein Vater ist Moritz Balkow, nicht wahr?«, fragte er beiläufig.

Sie starrte ihn an. »Du kennst meinen Vater?« Offenbar sah er doch nicht älter aus, als er war.

»Jap.«

»Sei so gut und erzähl ihm nicht, dass du mich hier gesehen hast, ja? Wir haben da so unsere … Differenzen.«

»Keine Sorge, meine Lippen sind versiegelt.« Er zwinkerte ihr zu.

Der Mann nahm das Geld entgegen und sah ihn aus leicht verengten Augen an, dann gab er Wechselgeld raus, schob den Karton in eine Tüte und reichte sie Alexander über die Verkaufstheke hinweg.

»Wenn ihr ungestört sein wollt«, sagte Alexander, ehe er den Laden verließ, »dann hängt doch einfach das Geschlossen-Schild an die Tür.«

»Na, denk mal an, daran dachten wir auch schon«, sagte das Mädchen.

»Mein Vater lässt den Laden immer über Mittag offen. Viele Kunden kommen ja in der Mittagspause oder nach Feierabend.«

Wobei die Zeit der *vielen Kunden* wohl auch schon lange vorbei zu sein schien. Alexander und Leonora verabschiedeten sich und gingen. Während sie langsam die Straße entlangschlenderten, kam ihnen ein Mann entgegen. Leicht gebeugte

Haltung, als müsse er sich gegen den Wind stemmen, das ergraute Haar so dicht, dass es ihm in die Stirn fiel, der Blick gesenkt. Als er auf einer Höhe mit Alexander war, bemerkte er offenbar die Tüte – *Andreas Kaltenbach Sportartikel* –, sah auf, lächelte, grüßte und ging weiter. Alexander blieb stehen und beobachtete ihn, wie er den Laden betrat.

Sie wollten gerade weitergehen, als zwei Männer, die auf der gegenüberliegenden Straßenseite an einer Hauswand gelehnt hatten, langsam hinübergeschlendert kamen. Leonora spürte, wie Alexander die Muskeln anspannte, aber die Aufmerksamkeit der Männer galt nicht ihnen, sondern dem Geschäft. Einer von ihnen zog die Tür auf, ließ dem anderen den Vortritt und folgte ihm dann.

»Was machst du?«, fragte Leonora, als Alexander zurückging. »Die sehen aus, als würden sie Ärger bedeuten.«

»Was du nicht sagst.«

Obschon ihr nicht wohl war bei dem Gedanken, folgte sie Alexander zu dem Schaufenster. Vorsichtig, um keine Aufmerksamkeit auf sich zu ziehen, sahen sie hindurch. Die beiden Männer standen mitten im Raum und sprachen mit dem älteren Mann, beide sehr ruhig, der Besitzer sichtlich aufgeregt. Im Hintergrund standen der Mann und das Mädchen, er mit geballten Fäusten, sie eine Hand an den Mund gelegt. Dann, unvermittelt, schlug einer der beiden Männer zu. Der Schlag traf den Älteren in den Magen und ließ ihn wie ein Taschenmesser zusammenklappen. Er ging nicht sofort zu Boden, dafür sorgte dann ein Tritt des anderen Mannes.

Der Mann wollte dazwischengehen, aber sein Vater hielt eine Hand hoch, rief etwas mit schmerzverzerrtem Gesicht, während die beiden Männer sich geschmeidig zu ihm umwandten und einer von ihnen etwas sagte, das ihn innehalten ließ. Leonora sah, wie Alexander sein Handy aus der Tasche zog.

»Was machst du?«

»Die Polizei rufen, was sonst?«

»Du willst nicht dort hinein?«, fragte Leonora erleichtert, denn das hätte sie ihm durchaus zugetraut.

»Um die Sache noch schlimmer zu …« Er unterbrach sich, weil offenbar am anderen Ende der Hörer abgehoben wurde. Leonora sah wieder in das Geschäft. Einer der Männer war in die Hocke gegangen und sprach eindringlich auf den Älteren ein. Leonora hörte, wie Alexander schilderte, was geschah, die Adresse und seinen Namen nannte.

»Alles klar«, sagte er, nachdem er das Gespräch beendet hatte. »Es kommt jemand. Gehen wir.«

»Einfach so?«

»Ja, einfach so.«

Da Leonora aufgrund von Erfahrungen aus der Vergangenheit immer noch misstrauisch wurde, wenn sie einen Polizeiwagen sah, war sie nicht böse drum, zu gehen. »Was, denkst du, waren das für Leute?«

»Geldeintreiber.«

»Bist du sicher?«

»Ja.« Er schob das Handy beim Gehen in die Tasche. »Übrigens sind wir heute Abend mit Patrick und seiner Freundin verabredet.«

Eigentlich wäre Leonora lieber früh ins Bett gegangen. Aber sei's drum.

* * *

Schon zu Schulzeiten hatte Patrick als einer der sozialen Schüler gegolten, die es irgendwie schafften, dabei nicht gönnerhaft zu wirken. Er war Klassensprecher gewesen, Stufensprecher, Schulsprecher. Alles Ämter, um die sich Alina nicht gerade gerissen hatte. Zudem hatte er sich ständig privat engagiert, hatte in den Ferien ehrenamtlich bei der Tafel geholfen, hatte sich um sozial schwache Schüler gekümmert, unbezahlte Nachhilfe gegeben – Robin sagte gelegentlich, dass Patrick bestimmt etwas zu verbergen hatte. Alina ärgerte sich jedes Mal über diese Bemerkung, vor allem angesichts dessen, dass Robin jeder soziale Gedanke vollkommen abging.

Jetzt lag sie auf dem Sofa in Patricks Wohnzimmer, hatte die Füße, die in dicken Wollsocken steckten, übereinandergelegt und blätterte in einem Buch. Gelegentlich ließ sie ihren Blick zu Patrick schweifen, der an seinem Schreibtisch am Fenster saß und an einem Protokoll schrieb. Wie immer war er bei allem, was er tat, hochkonzentriert.

Alina beobachtete ihn, wie er den Kopf leicht neigte und ihm eine Strähne seines dunkelblonden Haars in die Stirn fiel. In solchen Augenblicken erschien ihr das Blau seiner Augen intensiver – was natürlich Unsinn war, ein Eindruck, der nur deshalb entstand, weil er so fixiert auf das war, was er tat. In diesem Moment drehte er den Kopf, und sein Blick begegnete ihrem. Ein Lächeln spielte um seine Lippen, erreichte seine Augen jedoch nicht, als sei er in Gedanken immer noch bei seinem Text.

»Ich bin heute Alexander Dobberstein begegnet«, sagte er. »Er fragte, ob wir heute Abend zusammen rausgehen.«

»Ah ja? Zusammen heißt du und er oder wir und sie?«

»Seine Freundin kommt wohl mit. Passt es bei dir?«

Alina durchforstete ihren imaginären Terminkalender und sah an Patricks Grinsen, dass er die Verzögerungstaktik durchschaute.

»Du musst nicht, wenn du nicht willst.«

»Nein, passt schon. Wie kommt es, dass ihr auf einmal was zusammen unternehmt?«

»Keine Ahnung, er hat mich angesprochen, als wir uns im Juridicum begegnet sind. Er ist ziemlich direkt, dafür, dass wir uns kaum kennen. Bei jedem anderen würde so was aufdringlich wirken. Aber er hat was, dass man denkt, man müsse ihn unbedingt kennenlernen.«

»Ja, ich weiß, was du meinst.« Alina fand seine Ausstrahlung beunruhigend. Sie war ihm bisher nur zweimal begegnet, und er war eigentlich immer sehr nett, aber die Art und Weise, wie er sie ansah war … Alina wusste, es war albern, aber das einzige Wort, das ihr dafür einfiel, war *gefährlich*. Und zwar nicht auf die Art und Weise, die einen unweigerlich in die Flucht schlug. Ganz im Gegenteil. Eigentlich wollte sie den Abend lieber nicht mit ihm verbringen. Und wollte es andererseits doch.

»Begeistert siehst du nicht aus.«

»Ich bin nur müde. Wie kommst du voran?«, wechselte sie das Thema.

»Ganz gut.« Er streckte sich, dann stand er auf und kam zu ihr. Sie richtete sich auf und legte das Buch weg, als er sich auf die Seitenlehne des Sofas setzte. »Ich glaube, ich mache Schluss für heute.« Er hatte sich mit einer Hand hinter ihr auf der Rückenlehne abgestützt und sah sie an. Nun gehörte seine Aufmerksamkeit ihr. Auch etwas, das typisch Patrick war. Wenn er sich jemandem – oder etwas – zuwandte, geschah das ganz und gar. Er zog nicht sein Smartphone hervor und chattete, während ihm jemand etwas erzählte, er las keine E-Mails, während sie mit Freunden am Tisch saßen. »Zu gut, um wahr zu sein«, hatte Robin einmal angemerkt.

Patrick war eben im Begriff, sich zu ihr zu neigen, als die Türglocke ging. Er richtete sich auf, runzelte die Stirn.

»Erwartest du Besuch?«

»Nein.« Unerwartete Besucher waren ihm ein Gräuel. Und für die Post war es zu spät. Er erhob sich und ging zur Freisprechanlage, um im Bildschirm zu sehen, wer vor der Tür stand. »Hannah Balkow«, sagte er.

Alina seufzte. »Machst du ihr auf?«

»Ja.« Er drückte den Türöffner, lauschte auf das Klicken und ließ ihn los. Kurz darauf setzte sich der Fahrstuhl in Bewegung.

Als Alina Hannahs tränenerstickte Stimme hörte, wusste sie, dass der entspannte Nachmittag vorbei war.

* * *

Leonora sah Patrick an, als er das Lokal betrat. Er erwiderte ihren Blick und schenkte ihr ein gewinnendes Lächeln, das Leonora erwiderte. *Erinnerst du dich?* Aber da war nichts, nicht der Ansatz eines Erkennens. *So sehr habe ich mich doch gar nicht verändert. Aber natürlich erinnerst du dich nicht mehr an das Kind, dem du in die verängstigten Augen geschaut hast. Oder hört die Erinnerung dort auf? Als könnte das Kind nicht erwachsen geworden sein?*

Alina begrüßte sie förmlich und verzichtete glücklicherweise auf Umarmung und in die Luft gehauchte Küsse. An ihrer Seite ging das Mädchen, das Leonora in dem Geschäft gesehen hatte und das sie nun erstaunt ansah.

»Wir haben eine Freundin mitgebracht, die ein wenig Abwechslung braucht«, sagte Patrick. »Hannah Balkow.«

Nun wirkte Alexander für einen Moment aus der Fassung gebracht, aber er hatte sich so schnell wieder im Griff, dass dies außer Leonora vermutlich niemand bemerkt hatte.

»Wir haben uns heute schon gesehen«, antwortete das Mädchen und wirkte nicht so, als sei der Anlass ein erfreulicher gewesen. »Er war im Laden, ehe …« Sie schluckte, und ihre Augen füllten sich mit Tränen.

»Viel mehr als das«, sagte Alexander. »Ich habe sogar die Polizei gerufen.«

»Ach, das warst du?«

Das Mädchen schlang die Arme um den Oberkörper, wirkte immer noch verstört. Leonora, die mehr als einmal miterlebt hatte, wie jemand zusammengeschlagen wurde, konnte das nachvollziehen.

»Ich bin hilfsbereiter, als ich aussehe«, sagte Alexander und zwinkerte ihr zu.

Ein zögerliches Lächeln erschien in ihren Mundwinkeln, aber sie biss sich sofort auf die Unterlippe, als sei diese Gefühlsregung komplett unangebracht. »Als die Polizei kam, waren die Typen schon weg. Aber immerhin hatten wir das Gefühl, dass wir nicht ganz allein waren und jemand es bemerkt hat. Ich hoffe, das schreckt sie künftig ab.«

Falls es wirklich Geldeintreiber waren, bezweifelte Leonora

das, aber sie wollte das Mädchen nicht noch weiter beunruhigen.

»Du warst im Geschäft von Maximilians Vater?«, fragte Patrick.

»Ja, ich brauchte Laufschuhe.«

»Wie bist du ausgerechnet auf dieses Geschäft gekommen? Du bist doch neu hier, und so bekannt ist es ja nun nicht.« Patrick wirkte erstaunt.

»Ich kaufe lieber bei ortsansässigen Händlern.« Mehr erklärte Alexander nicht.

»Der Laden wird sich eh nicht lange halten«, bemerkte Patrick. »Ein Wunder, dass du dort überhaupt noch was bekommen hast. Ich dachte, der kann gar keine neue Ware mehr beziehen.«

»Du weißt schon, dass ich hier mit am Tisch sitze, ja?«, fauchte Hannah.

Patrick hob begütigend die Hände. »Schon gut, so war es nicht gemeint. Dein Max kann ja schließlich nichts dafür, dass sein Vater den Laden so heruntergewirtschaftet hat.« Er wandte sich an Alexander. »Früher war der alte Kaltenbach Trainer für Leichtathletik, aber dann hat man seinen Lieblingsschützling mit Dopingmitteln erwischt, danach war's dann auch für ihn vorbei. Jetzt hat er nur noch den Laden, der mehr schlecht als recht läuft.«

»Was konnte er dafür, dass der Typ gedopt war?«, fragte Alexander.

»So direkt wohl nichts, aber da er ihn besonders gefördert hat, fiel das auch noch auf ihn zurück. Außerdem hat dieser Idiot auch noch mit dem Zeug gedealt.«

»Das reicht jetzt, Patrick«, kam es von Alina.

»Tut mir leid.« Patrick berührte ihren Arm. »Er war Alinas erste Jugendliebe. Sie stand einfach auf nerdige Typen.«

Alina biss sich auf die Lippe und wandte den Blick ab. Alexander beobachtete sie, dann wandte er sich wieder an Patrick. »Na ja, wo die Liebe hinfällt.«

Lachend winkte Patrick den Kellner herbei. »Danach fiel sie zum Glück an die richtige Stelle.«

Leonora verdrehte die Augen. Ging's noch platter? Und darauf stand Alina? Na, momentan wohl eher nicht, wenn man ihren Blick richtig deutete. Hannah hingegen wirkte, als bekäme sie von alldem nichts mit. Verständlich, wenn man bedachte, was erst vor wenigen Stunden passiert war.

»Wie geht's denn deinem Freund?«, fragte Leonora sie.

Hannah wirkte einen Moment lang irritiert, als sei sie gedanklich schon gar nicht mehr bei ihnen gewesen. »Maximilian geht es gut.«

»Warum hast du ihn nicht mitgebracht?«

»Er wollte bei seinem Vater bleiben.«

»Ja, verstehe ich.«

Endlich erschien der Kellner, nachdem er Patrick vorher stoisch ignoriert hatte und nun die Bestellung aufnahm mit einem Ausdruck, der besagte: »Ich weiß nicht, wer ihr seid, aber ihr langweilt mich jetzt schon.«

»Außerdem«, fuhr Hannah fort, nachdem der Kellner wieder gegangen war, »sind hier abends öfter mal Freunde meines Vaters unterwegs, und er mag Maximilian nicht so besonders. Wenn der wüsste, was heute passiert ist und dass ich dabei war …«

»Hannahs Vater«, erklärte Patrick, »hängt noch so altmodischem Standesdünkel an und denkt, Maximilian wäre nicht der Richtige für sein Töchterchen.«

Hannah widersprach nicht, sondern zuckte nur in einer resignierten Geste mit den Schultern. Sie wirkte so jung und verletzlich, dabei war Leonora nur wenige Jahre älter als sie. Aber die Erlebnisse, die Leonoras ganzes Wesen prägten, hatten sie sehr früh erwachsen werden lassen. Erneut wanderte ihr Blick zu Patrick. *Vermutlich erkennst du mich deshalb nicht mehr.*

DANACH

»Dabei war es ja nicht einmal so, dass ich ihn gehasst hätte. Er hatte einfach etwas, das ich nicht hatte.«
(Robin Preuß)

4 So etwas wie eine beste Freundin hatte Leonora nie gehabt. Kameradinnen schon, aber so etwas wie nächtelang am Telefon quatschen oder chatten kannte sie nicht. Ihr Leben war eine Folge von Höhen und Tiefen gewesen – eigentlich mehr Tiefen als Höhen –, da war für derart profane Dinge kein Platz gewesen.

Jetzt hatte Leonora Alexander. Und sie hatte einen Laptop, der in diesem Moment auf ihrem Schoß lag, als ihr Handy ein kurzes *Pling* von sich gab. Robin. Sie hatte ihm am Vortag ihre Nummer gegeben, und er hatte sie offenbar sofort bei Whatsapp gesucht.

Robin: *Hallo, so früh schon wach?*

»Wie kreativ«, murmelte Leonora.

Leonora: *Ich muss lernen.*

Robin: *Vorbildlich.*

Leonora: ☺

Robin: *Hast du Lust, heute auf einen Kaffee vorbeizukommen?*

Offenbar hatte er beschlossen, jetzt richtig zur Sache zu gehen. Leonora seufzte. Lust hatte sie nicht.

Leonora: *Ich muss noch lernen. Später Nachmittag?*

Darauf kam längere Zeit keine Antwort. Vermutlich hatte Robin nicht mit einer spontanen Zusage gerechnet und überlegte nun, was er schreiben sollte. Sie konnte erkennen, dass er schrieb, dann kam jedoch nichts. Vermutlich löschte er das Geschriebene wieder. Leonora stellte den Laptop auf den Tisch und ging in die Küche, um Kaffee zu kochen.

Während sie darauf wartete, dass sich das Wasser erhitzte, sah sie aus dem Fenster. Der Wind bog die kahlen Äste, während sich dunkelgraue Schlieren in einen bleigrauen Himmel zogen. Leonora legte ein Pad in die Kaffeemaschine und drückte auf die Taste für doppelten Espresso. Surrend setzte sich die Maschine in Gang, und ein dunkelbrauner Strahl plätscherte in die Tasse.

Und dann kam die Erinnerung. Sie selbst im Alter von dreizehn Jahren. Unbedarft. Es schien ein ganzes Leben zwischen damals und jetzt zu liegen.

»Es kommen auch bessere Zeiten, das verspreche ich dir.« Ihr Vater.

Leonora, die weinend nach Hause gekommen war, weil die Kinder in der Schule sie gehänselt hatten, glaubte nicht daran. Von diesen Zeiten sprach ihr Vater ja ständig.

»Es gibt Möglichkeiten für Menschen wie uns«, hatte er gesagt. »Hilfe, damit man neu anfangen kann.«

Ein Neuanfang. Leonora wollte antworten, während sie beobachtete, wie der Kaffee aus der Maschine rann, und sich vorstellte, dass ihr Leben ebenso einfach zerrann.

Im nächsten Augenblick kündigte ein *Pling* eine eingehende Chatnachricht an, und Leonora fuhr aus ihren Erinnerungen hoch. Fast mechanisch schaltete sie die Kaffeemaschine ab und kam langsam wieder zur Ruhe. Mit dem dampfenden Becher kehrte sie zurück zu ihrem Sessel und las die Nachricht.

Robin: *Gegen vier? Freue mich.*

Dafür hatte er fast fünf Minuten gebraucht? Aus irgendeinem Grund machte sie das ärgerlich, und am liebsten hätte sie den Chat geschlossen und wäre einfach nicht hingegangen. Aber Robin konnte ja nichts dafür, dass bei ihr alles so lief, wie es eben lief.

Leonora: *Freue mich auch. Bis dann.*

Sie schloss das Programm und schaltete das Handy aus. Mit dem Kaffee in der Hand setzte sie sich in den Sessel und zog die Beine an. Normalität zu leben war schwer, wenn man sie nie kennengelernt hatte und wenn die Angst aus jedem noch so harmlosen Vorfall Gefahren formte. Leonora dachte an Alexander, wieder einmal. Abgesehen von ihrem Vater war er der erste Mann, dem sie traute, obwohl sie ihn eigentlich kaum kannte. Sie wusste nicht, was ihn hierherführte, sie wusste nicht, warum er sie ausfindig gemacht hatte und wie es kam, dass er genau über sie Bescheid wusste. Trotzdem vertraute sie ihm. Er war bestimmt kein unbeschriebenes Blatt, aber das war sie auch nicht.

Robin hatte eine hübsche kleine Wohnung, stellte Leonora fest, als er sie hineinbat. Sie hatte auf diesen Besuch keine rechte Lust gehabt, aber da sie es ihm versprochen hatte, biss sie nun eben in den sauren Apfel.

»Was möchtest du trinken?«, fragte er und wirkte ein wenig nervös, wie ein Schuljunge bei seiner ersten Verabredung.

»Tee.« Wenn sie noch mehr Kaffee trank, würde sie vermutlich Purzelbäume schlagen.

»Sind Teebeutel vom Discounter auch okay?«

»Klar.« Das wäre ja genau das Richtige für Alexander. Sie schob die Hände in die Gesäßtaschen ihrer Jeans und ging zu dem breiten Fenster an der rückwärtigen Wand, durch das sie hinaus in den diesigen Nachmittag sah. Auf den Straßen waberte frühabendlicher Dunst, und in den Winkeln lauerte bereits die Dämmerung.

Leonora drehte sich langsam um und sah sich in dem Raum um. Die Wohnung bestand aus einem großen Studio, mit einem Bett in einer Ecke, die durch eine viereckige Säule abgetrennt war. Es gab einen Wohnbereich mit Sofa und Sessel und einen kleinen Esstisch mit zwei Stühlen. Die Küche war durch eine halbhohe Mauer vom übrigen Raum getrennt. Leonora ging langsam durch den Raum auf eine Wand zu, an der Fotos in schlichten Glasrahmen hingen. Offenbar war Robin in seiner Schulzeit Hochleistungssportler gewesen. Auf fast allen Bildern stand er in Siegerposen und bekam eine Medaille oder einen Pokal überreicht. Auf einigen Bildern war er in einer Gruppe mit anderen Sportlern, und Alina ging näher, um die Fotos zu betrachten. Auf zwei Bildern stand er Arm in Arm mit einem anderen Jungen, und beide reckten je einen kleinen Pokal hoch. Der andere Junge wirkte eher wie ein Nerd denn wie ein Sportler, schlaksig mit einer altmodisch wirkenden Sportlerbrille.

»Ist das ein Freund von dir?«, fragte sie, als sie Robin kommen hörte, und drehte sich um.

Er balancierte mit konzentriertem Gesichtsausdruck eine Tasse, die fast randvoll mit blass gefärbtem Wasser gefüllt war, aus dem der Faden eines Teebeutels hing. Behutsam stellte er den Becher auf dem niedrigen Sofatisch ab und kam zu Leonora.

»Das war mal mein bester Freund.«

»Und jetzt nicht mehr?«

»Wir haben uns aus den Augen verloren«, antwortete Robin vage.

»Obwohl er dein bester Freund war? Wie geht das?«, fragte Leonora, als hätte sie Erfahrung darin, beste Freunde zu haben.

»Nico hat irgendeinen Mist mit Drogen gebaut.«

»Und daraufhin hast du den Kontakt abgebrochen?«

»Na ja.« Er wirkte unbehaglich. »Er hat Jugendknast bekommen, und danach ist der Kontakt abgebrochen.«

Leonora hob ungläubig die Brauen. »Jugendknast für ein Drogendelikt?«

»Wir haben uns auch gewundert. Na ja, und danach ist er einfach abgetaucht.«

Leonora betrachtete nachdenklich die Fotos und nickte. »Schon seltsam. So erfolgreich, und dann versaut er sich das Leben durch so einen Mist.«

»Ja, man steckt halt nicht drin.« Robin streifte die Bilder mit einem flüchtigen Blick. »Setz dich doch.«

Langsam wandte Leonora sich von der Fotowand ab und ließ sich auf dem Sessel nieder. Das Sofa sah zwar bequemer aus, aber sie wollte gar nicht erst das Risiko eingehen, dass Robin sich neben sie setzte und die erste Annäherung startete. Auf keinen Fall wollte sie ihn ermutigen. Er wirkte tatsächlich ein wenig enttäuscht, als er sich auf dem Sofa ihr gegenüber niederließ.

»Arbeitest du neben dem Studium?«, fragte Leonora.

»Ich gebe Englisch-Nachhilfe, aber das mache ich eher ehrenamtlich, Geld verdiene ich mit Devisengeschäften.«

»Da kenne ich mich, ehrlich gesagt, nicht mit aus.«

»Ist gar nicht so kompliziert.« Er setzte zu einer ausschweifenden Erklärung an, der Leonora schon bald nicht mehr folgte. Wörter wie Interbankenmarkt, Handelsusancen, Devisenoption und Zentralbanken hallten in ihrem Kopf nach. »Es ist der größte Finanzmarkt der Welt. Es gibt natürlich auch Risiken, aber das macht ja im Grunde den Reiz aus.«

Das konnte Leonora nicht so recht nachvollziehen, aber sie hatte auch noch nie so viel Geld gehabt, dass sich diese Frage gestellt hätte. Sie zog den tropfenden Teebeutel aus dem Becher und ließ ihn in einen Aschenbecher fallen, den Robin ihr eilig zuschob.

»Mit Geld spielen war nie so meins«, sagte sie und nippte an dem Tee.

»Na ja, meins auch nicht, aber ich habe auf diese Weise immerhin ziemlich viel verdient. Eigentlich komme ich aus eher einfachen Verhältnissen, mein Vater ist Handwerker, meine Mutter geht putzen, wir hatten nie viel Geld.«

»Aber du warst doch auf einer Privatschule, dachte ich. Zumindest hat Patrick erzählt, dass du in Alinas Jahrgang warst.« Und er wiederum zwei Jahrgänge darüber. Das war von all dem Geschwätz, mit dem er sie bei ihrem abendlichen Treffen gelangweilt hatte, eines der Dinge gewesen, die bei Leonora hängen geblieben waren.

»Ja, ich habe ein Stipendium bekommen. Wegen herausragender sportlicher Leistungen.«

»Ihr seid alle nach der Schule hiergeblieben. Hat es dich nicht gereizt, mal was anderes zu sehen?«

Robin zuckte die Schultern, wirkte unbehaglich. »Ach, hat sich einfach nicht ergeben.«

Leonora trank den heißen Tee in kleinen Schlucken. Auch wenn er nicht besonders gut schmeckte, tat ihr die Wärme gut, sie fror schon den ganzen Tag.

»Luca wollte weg, aber der ist ja irgendwie total abgestürzt.«

»Ach, der war auch auf derselben Schule?«

»Ja, auch mein Jahrgang. Aber den mochte keiner, hatte immer so was Wieselhaftes und seine Ohren überall. Das Abi hat er gerade so bekommen, und danach hat er irgendwie nichts mehr auf die Reihe gekriegt.«

Dafür hatte Leonora mehr Verständnis als dafür, Geld durch Risikogeschäfte zu vermehren und gleichzeitig aufs Spiel zu setzen. Sie wusste, wie es sich anfühlte, immer am Rand zu balancieren und zu hoffen, nicht gänzlich abzustürzen.

Robin saß entspannt zurückgelehnt auf dem Sofa, und Leonora war erleichtert, dass er auf Annäherungsversuche verzichtete, was nur zu Peinlichkeiten geführt hätte. Vermutlich ahnte er, dass ein behutsames Vorgehen eher zum Ziel führte, wenngleich sie ihm die Enttäuschung gerne erspart hätte.

»Luca hat mal gesagt«, fuhr Robin fort, nun offenbar in Plauderstimmung, »dass er, wenn er wollte, viel Geld bekommen könnte. Aber die Sache, an der er dran sei, sei ihm zu heiß.«

Leonora hob die Brauen. »Klingt ein wenig nach Wichtigtuerei.«

»Ja. Allerdings kann es gut sein, dass er tatsächlich irgendwas mitbekommen hat. Ich habe ja gesagt, der hatte seine Ohren überall. Der Kerl ist wirklich mit Vorsicht zu genießen, das war damals schon bekannt. Er hat einmal versucht, einen Lehrer um eine gute Note zu erpressen, da ist er aber an den Falschen geraten. Nur weil sein Vater irgendein hohes Tier bei der Stadt ist, konnte er einen Schulverweis gerade noch abwenden. Aber ein gutes Abi konnte er knicken.«

Leonora dachte an das, was Alexander über Luca gesagt hatte. Das entsprach im Wesentlichen dem, was Robin gerade erzählte, und deckte sich mit ihrem eigenen Eindruck. Rein instinktiv hätte sie einen großen Bogen um ihn gemacht, aber Alexander war in dieser Hinsicht recht deutlich gewesen. *Wir brauchen ihn noch.*

* * *

Nachdem sie den ganzen Tag am Schreibtisch verbracht hatte, genoss Alina die abendlichen Mußestunden. Sie nutzte den Umstand, dass es nicht regnete, zu einem Spaziergang. Die Hände in die Manteltaschen geschoben, ging sie die Straße entlang. Einen Moment lang überlegte sie, ob sie zu Patrick gehen sollte, und entschied sich dann dagegen.

Im Sommer hatte sie vor der Frage gestanden, ob sie ein Semester in Skandinavien studieren wollte, sich jedoch dagegen entschieden und beschlossen, noch ein Jahr damit zu warten. Jetzt bedauerte sie das. Patrick ging nächstes Jahr für ein Semester nach Paris, und sie hatte gleichzeitig mit ihm fort sein wollen, damit sie nicht für ein ganzes Jahr getrennt waren. Hätte sie gewusst, dass in diesem Winter so viele Altlasten hochgespült würden, wäre sie gegangen.

Die Straßen lagen still da, und der Atem stand ihr in kleinen Wölkchen vor dem Mund. Alina hatte sich nie für besonders ängstlich gehalten, aber als sich die Silhouette eines Mannes von einer Häuserwand löste, erschrak sie fürchterlich und sah sich instinktiv nach einem Fluchtweg um. Dann erkannte sie Alexander. Für einen Moment ging ihr der Atem ruhiger, ehe der Argwohn wieder die Oberhand gewann und sie sich fragte, ob er ihr auflauerte.

»Entschuldige, ich wollte dich nicht erschrecken«, sagte er.

»Schon gut.« Sie zog die Schultern hoch, blieb auf Distanz. »Wartest du auf jemanden?«

»Nein, ich wohne hier.« Er nickte zum Haus hin, vor dem er stand.

Ein wenig irritiert sah sie an der Fassade hoch. Dass er so nahe wohnte, hatte sie nicht gewusst, aber eigentlich wusste sie überhaupt nichts über ihn. Außer, dass er sie irritierte. Es war dieses seltsame Gefühl, das einen beschlich, wenn man jemandem begegnete und das diffuse Gefühl hatte, ihn zu kennen, aber nichts zueinanderpasste.

»Wolltest du auch gerade spazieren gehen?«, fragte sie.

»Nein, eine Zigarette rauchen, meine Wohnung hat keinen Balkon.«

Fast reflexhaft sah Alina an der Hausfassade hoch.

»Auf der anderen Seite«, erklärte er, und ein Lächeln schwang in seiner Stimme mit.

Sie sah ihn an, sah in seinen Augen einen dunklen Glanz, in dem bei Nacht keine Farbe auszumachen war. Während er ihren Blick stumm erwiderte, versuchte sie auszuloten, was es war, das sie so sehr an ihm anzog, und ob er Patrick gefährlich werden konnte. Ob Alexander diese irritierende Vertrautheit ebenso empfand wie sie? Oder machte sie sich gerade völlig zum Narren?

»Wenn du magst, begleite ich dich ein Stück«, schlug er vor, und Alinas Herz schlug schneller. *Ich bin wohl vollkommen verrückt geworden.*

»Ja, gerne.«

Der Nebel war dichter geworden, waberte über die Straßen, schluckte das bleiche Licht der Straßenlaternen.

»Was hast du gemacht, ehe du angefangen hast zu studieren?«, fragte sie, während sie langsam weiterschlenderten.

»Alles Mögliche. Ich brauchte eine Weile, um zu wissen, was ich wirklich machen möchte.«

»Ja, das kann ich nachvollziehen. Wenn es mit Psychologie nicht geklappt hätte, hätte ich auch nicht gewusst, was ich machen soll.« Sie schob die Hände tiefer in die Taschen, als könne sie auf diese Weise mehr Wärme daraus schöpfen. Irgendwie kam es ihr vor, als sei dieser Herbst kälter als die vorhergehenden, stürmischer, nebliger. Vielleicht war aber auch ihre eigene Wahrnehmung getrübt von zu vielen Erinnerungen, die auf einmal hochgespült wurden, von zu viel schlechtem Gewissen. Hinzu gesellte sich ein unterschwelliges Unbehagen, dessen Ursprung sie nicht ergründen konnte.

»Hast du in Berlin gewohnt?«

»Nein. Warum?«

»Weil Leonora daher kommt, dachte ich. Oder habt ihr euch in Heidelberg kennengelernt?«

»Nein, aber ich war dort nur kurz, praktisch auf der Durchreise.«

Und da war sie einfach mit ihm mitgegangen? Alina hätte zu gerne gewusst, welcher Art die Beziehung der beiden war, vor allem angesichts dessen, dass Robin sich ganz offensichtlich vehement um Leonora bemühte. »Wenn Patrick nicht gewesen wäre«, sagte sie, »wäre ich vermutlich zum Studieren nach Berlin gegangen. Mich hat es immer schon in die Großstadt gezogen. Stattdessen sind wir hier alle irgendwie versackt.«

»Ihr könnt ja immer noch gehen.«

»Ja, könnten wir grundsätzlich schon. Tun wir sicher auch nach dem Studium.« Da blieb dann nur noch zu hoffen, dass sie in derselben Stadt einen Job fanden. Und in diesem Moment, während Alina neben Alexander herging, fiel ihr das erste Mal auf, dass sie diesen Gedanken beinahe mechanisch dachte. Sie dachte es nicht auf die Art, wie man einen Wunsch denkt, sondern es war einfach eine Abfolge von Gedanken: Studium, Job, dieselbe Stadt. Es steckte nicht dieses Drängende dahinter, das Kompromisslose, weil man keinesfalls getrennt sein wollte. Im selben Augenblick folgte das schlechte Gewissen Patrick gegenüber.

»Kommst du morgen zu Patricks Party?«, fragte sie.

»Ja, ich denke schon.«

Sie wollte ihn fragen, ob er Leonora mitbringen würde, aber dann befürchtete sie, es könnte wirken, als lote sie aus, wie er zu ihr stand.

Hannah Balkow würde auch kommen und sich vermutlich wieder den ganzen Abend über ihre Stiefmutter ausheulen. Das konnte Alina nachvollziehen. Sie fand Katharina »Kathi«

Balkow auch unsympathisch und verstand nicht, warum Hannahs Vater sie überhaupt geheiratet hatte. Ein so attraktiver, eloquenter Mann hätte sicher auch etwas anderes haben können als ein so geistloses Modepüppchen. Aber gut, wo die Liebe hinfiel.

Er war Alinas erste Jugendliebe. Sie stand einfach auf nerdige Typen. Patrick. *Na ja, wo die Liebe hinfällt.* Alina hatte sich bemüht, nicht weiter darüber nachzudenken, und nun überfiel die Erinnerung an dieses Gespräch sie aus dem Hinterhalt, während sie über Kathi nachdachte. Nico. Jetzt war er so lange aus ihrem Bewusstsein getilgt gewesen, und auf einmal wurde all das wieder ausgegraben. Warum führte sie in letzter Zeit nur alles zu ihm?

Schweigend setzten sie den Weg fort, und zwischen ihnen baute sich eine Stille auf, die fast schon körperlich erdrückend wirkte.

»Wo wohnst du?« Alexanders Stimme wirkte wie schwebend in der Stille.

»Am Ende der Straße rechts rein, dann sind es noch gut hundert Meter.«

»Ich bringe dich noch nach Hause.«

»Brauchst du nicht.«

»Ich weiß.«

Alina hatte die Hände in die Manteltaschen geschoben, versuchte, Alexanders raumgreifender Präsenz zu entkommen, indem sie an andere Dinge dachte, und dann kehrten ihre Gedanken doch immer wieder zu ihm zurück. Als sie endlich vor ihrer Haustür standen, zwang Alina ein Lächeln auf ihre Lippen.

»Danke für deine Begleitung.«

»Habe ich gerne gemacht.«

Sie sah ihn an, und er neigte den Kopf, erwiderte den Blick auf eine Art, die ihr einen Schauer den Rücken hinunterrieseln ließ. Etwas, dachte sie, etwas war vertraut, so vertraut, dass es ihr den Atem nahm. Aber das war unmöglich, dachte sie. Wofür diese Spielchen? Warum kein Zeichen des Erkennens seinerseits? Und dann dachte sie, dass sie ihr Gesicht nur ein winziges Stück anheben müsste, um ihn zu küssen.

* * *

Alexander wartete auf sie, das erkannte sie daran, dass die Tür nicht mehr verschlossen war und Licht brannte. Sie lächelte, ließ den Schlüssel auf die Kommode im Flur fallen und ging ins Wohnzimmer. Ihre Stiefel klapperten auf den Holzdielen, und selbst wenn Alexander nicht gehört hatte, wie sie die Tür aufschloss, konnte ihm nun nicht mehr entgehen, dass sie daheim war. Er saß auf dem Sofa und hielt ein Buch in der Hand, von dem er nun aufsah.

»Ich habe Sushi mitgebracht«, sagte er.

»Woher wusstest du, dass ich noch nichts gegessen habe?«

»Aus Erfahrung.« Er zwinkerte ihr zu.

Sie ging zur Küchentheke und öffnete die Schachteln. »Ganz schön viel Verpackung für den Inhalt.«

»Ich habe meinen Anteil schon gegessen.«

Leonora musste lachen und holte einen Teller.

»Wie war's?«

»Ganz nett.«

»Hat er viel von sich erzählt?«

»Ach, nur so Kram wie alte Freundschaften und sein Spekulieren an irgendwelchen Finanzmärkten.«

»Devisengeschäfte?«

»Ja, genau.«

»Das habe ich auch schon gemacht, man kann ziemlich viel gewinnen, wenn man die Märkte genau beobachtet, aber auch alles verlieren.«

»Klingt nicht nach etwas, das mich reizen könnte.« Leonora ließ sich mit dem Teller neben ihm auf dem Sofa nieder.

»Du siehst müde aus, hat er dich erschöpft?«

Sie warf ihm einen schrägen Blick zu. »Lass die Anzüglichkeiten, ja?«

Er lächelte entwaffnend und klappte das Buch zu.

»Na, dann erzähl mal.«

Leonora streifte sich die Stiefel ab und zog die Beine an, sodass sie sich gemütlich in die Ecke zwischen Arm- und Rückenlehne kuscheln und Alexander ansehen konnte. »Er hat in erster Linie von sich erzählt, was er so macht, was er sich so denkt. Außerdem hatte er mal einen besten Freund, der irgendein Drogenproblem hatte.«

Alexander nickte. »Und sonst?«

»Er hat keine Annäherung versucht.«

»Hast du das erwartet?«

»Weiß ich nicht, ehrlich gesagt.«

Er sah sie eine Weile aufmerksam an, dann nickte er.

»Hast du eigentlich einen besten Freund?«

Erstaunt hob er die Brauen. »Wieso fragst du?«

»Weil ich in letzter Zeit öfter darüber nachdenke, über

Freundschaften und so. Ich hatte nie Freunde, also echte Freunde.«

»Echte Freunde hatte ich auch nie.«

Sie nickte nur.

Alexander stand auf. »Ich mache dir eine heiße Schokolade, ja?«

Wieder nickte sie.

Er beugte sich vor, berührte ihre Schulter, und für einen Moment war es, als konzentrierten sich all ihre Empfindungen auf jene Stelle, wo die Wärme seiner Hand war. »Du weißt, dass du immer zu mir kommen kannst, wenn dir etwas Kummer bereitet.«

Ein weiteres Nicken.

Ein flüchtiges Lächeln erschien auf Alexanders Lippen, dann richtete er sich auf und ging in die Küche.

Du weißt, dass du immer zu mir kommen kannst, wenn dir etwas Kummer bereitet. Leonora schloss die Augen und lehnte den Kopf an die Rückenlehne des Sofas. *Dabei weiß ich nicht einmal, wer du eigentlich bist.* In diesem Moment stieg erneut die Erinnerung an ihr dreizehnjähriges Ich auf, das unbedarfte Mädchen, das zur Tür lief, als die Klingel anschlug. Sie öffnete. Vor ihr stand Patrick. *Aber wer* du *bist, weiß ich.*

NICO

Sieben Jahre zuvor

»Das kann doch nicht sein«, beschwerte sich Robin in gespielter Empörung. »Niemand gewinnt *immer.*«

»Niemand außer ihm.« Alina schlang den Arm um Nicos Mitte, was ihm einen freudigen Schauder durch den Magen jagte. Das Kribbeln stieg hoch in die Brust und brach mit einem übermütigen Lachen aus ihm heraus. Er war verschwitzt vom Lauf, das Haar klebte ihm in der Stirn, er trug diese runde Sportbrille, und doch sah dieses hübscheste Mädchen der Stadt ihn so verliebt an.

»Bist du jetzt fertig für heute?«, fragte sie.

»Ja, ab jetzt stehe ich zur Verfügung.«

Ein Lachen tanzte in ihren Augen, und Nico legte ihr den Arm um die Schultern, zögerlich angesichts dieser neuen Vertrautheit, die er noch gar nicht so richtig fassen konnte. Unter seinen Fingern spürte er ihr seidiges braunes Haar, das ihr offen auf die Schultern fiel. Kurz verflocht er die Finger darin, dann zog er den Arm zurück und ging in die Umkleide, um zu duschen und sich anzuziehen. Als er kurz darauf wieder draußen stand, waren die Sportler von Alinas Schule auf dem Platz, zwei Jahrgänge über ihnen. Die Privatschule war teuer, schrieb aber jährlich ein Stipendium aus für sportlich hochbegabten Nachwuchs. Nico und Robin hatten gute Chancen und lieferten sich gerade ein Kopf-an-Kopf-Rennen. Leisten konnten sich ihre Eltern das Schulgeld nämlich nicht, aber beide wollten unbedingt auf diese Schule.

»Ändert aber nichts an unserer Freundschaft, egal wer es bekommt«, hatten sie sich gegenseitig versichert. Nico für seinen Teil hoffte, dass das stimmte, denn er wusste nicht, ob er mit dem sich unweigerlich einstellenden Neidgefühl würde umgehen können. Aber nächstes Jahr konnte man es ja erneut versuchen, und eigentlich sah es für ihn ziemlich gut aus.

Alina strahlte ihn an, als er auf den Sportplatz trat. An ihrer Seite stand ein Junge, den er nicht kannte, der aber ebenfalls zu den Sportlern zu gehören schien. Er sah gut aus, und seinem Gehabe war anzumerken, dass er seine Wirkung auf andere durchaus kannte. Er sah Alina auf eine Art an, die auf tiefere Gefühle als Freundschaft schließen ließ. Alinas Lächeln jedoch galt allein Nico.

»Da bist du ja.« Sie nahm seine Hand.

»Du bist also das neue Sport-Ass, das wir vielleicht bald im Schulteam haben?«, fragte der Junge.

»Ich oder Robin.«

Der Junge nickte, dann sah er zu den übrigen Sportlern auf dem Platz. »Na dann, vielleicht auf bald. Ich bin übrigens Patrick.«

»Nico.«

»Weiß ich längst.« Er zwinkerte ihm zu, schenkte Alina erneut einen Blick, der seine Verliebtheit nur schlecht verhüllte, und trabte auf den Platz.

DANACH

»Ich muss gar nicht mit Ihnen sprechen, oder?«
(Moritz Balkow)

5

Alina hätte einiges darum gegeben, dass ihr die Peinlichkeit dieser Szene erspart geblieben wäre. Dabei hatte der Abend eigentlich recht schön begonnen mit einer Party im großen Wohnzimmer und Wintergarten von Patricks Eltern, die für eine Woche verreist waren. Hannah war auch eingeladen, was für sie und ihre Freundinnen immer ein kleines Highlight war. Allerdings hatte sie ihren Freund mitgebracht, und das war nicht abgesprochen gewesen.

»Die bringen doch fast alle ihre Partner mit«, hatte Alina gesagt.

»Ja, aber doch nicht diesen Kerl.«

»Was hast du gegen ihn?«

»Er macht keinen Hehl daraus, dass er mich nicht ausstehen kann. Er verteilt ständig pauschal Rundumschläge gegen alle, die finanziell bessergestellt sind, als wären wir allesamt Ausbeuter auf seine Kosten. Aber dann hierherkommen und feiern.«

Das war tatsächlich ein wenig inkonsequent. Und gerade

Patrick war nun wirklich niemand, der sich über andere erhob, ganz im Gegenteil. Allerdings war, abgesehen von Patricks Unmut, alles in Ordnung gewesen, und Hannah schien glücklich über die geraubten abendlichen Stunden an Maximilians Seite. Dann tauchte allerdings ihr Vater auf, warum auch immer. Und das in jenem ungünstigen Zeitpunkt, als Hannah gerade trunken vor Lachen und Glück in Maximilians Armen tanzte.

»Oh«, sagte jemand neben Alina, als Moritz Balkow den Raum betrat, »das sieht nach Ärger aus.«

Noch hatte Hannah ihn nicht bemerkt, warf gerade mit einem perlenden Lachen den Kopf in den Nacken.

»Hannah!« Moritz Balkow wusste, wie man seine Stimme zum Tragen brachte, ohne laut zu werden. Er trug einen Anzug und eine elegante Brille, offenbar kam er spät aus dem Büro und war direkt hierhergefahren.

Hannah löste sich aus Maximilians Armen und lief rot an. Ihre Freundinnen starrten, ebenso die Gäste in unmittelbarer Nähe. Ganz offensichtlich rang sie mit sich, was peinlicher war, ihrem Vater zu widersprechen und dabei womöglich ausgeschimpft zu werden wie ein Kind oder ihm widerspruchslos zu folgen.

Ungeduldig winkte Moritz Balkow sie heran. »Komm. Na los.«

Hannahs Hand umfasste die Maximilians, und der traf offenbar den Entschluss der direkten Konfrontation. »Ich weiß nicht, welches Problem Sie mit mir haben, aber …«

»Aber«, unterbrach Moritz Balkow ihn kalt, »meine Tochter ist noch minderjährig, und ich bin Ihnen keine Rechenschaft darüber schuldig, welchen Umgang ich ihr verbiete und welchen ich erlaube.«

»Das hier sind Hannahs Freunde. *Ich* werde gehen«, antwortete Maximilian.

Hannah jedoch schüttelte vehement den Kopf, schien etwas sagen zu wollen und war sichtlich kurz davor, in Tränen auszubrechen. Sie schwieg und floh stattdessen an ihrem Vater vorbei aus dem Raum. Kurz darauf hörte Alina, wie die Haustür mit einem Knall geschlossen wurde. Moritz Balkow nickte ihnen zu und wandte sich zum Gehen.

Alexander betrat mit Leonora den Raum, und für einen kurzen Moment traf Alinas Blick den seinen. Ein gänzlich unwillkommenes Kribbeln lief durch ihren Magen. Sie wandte sich rasch ab, und doch war der Spaziergang mit ihm so präsent, als habe er sie eben erst vor ihrer Haustür verlassen. Wieder sah sie den Moment vor sich, wie sie da gestanden hatten, wozu sie sich beinahe hätte hinreißen lassen. Sie schämte sich immer noch für diesen Gedanken.

Moritz Balkow und Alexander sahen sich kurz an, dann war Ersterer auch schon zur Tür hinaus.

»Was war das denn bitte?«, fragte eines der Mädchen, die mit Hannah gekommen waren. Maximilian stand einen Moment lang wie verloren im Raum, dann verließ er ebenfalls die Feier.

»Illustrer Besuch?«, fragte Alexander, als er sich mit Leonora zu ihr gesellte.

»Ach, frag nicht.«

Patrick kam nun auch und legte Alina locker den Arm um die Taille, eine seltsame Geste, die schien, als wolle er Besitzverhältnisse klären. Aber über Alinas Gefühlsverwirrungen konnte er doch nichts wissen.

»Er hat wohl rausbekommen, dass Hannah mit Maximilian hier ist«, sagte er.

»Wie kann er das denn rausbekommen haben?«, wollte Alina wissen.

»Hier kennen ihn ja schließlich genug Leute.«

»Aber außer dir ist die Sache mit Maximilian doch allen egal.«

Patrick runzelte die Stirn. »Soll das heißen, du denkst, *ich* hätte ihn angerufen? Warum hätte ich das tun sollen?«

»Weil du Hannah magst und denkst, dass der Typ nicht der Richtige ist.«

»Was geht mich das denn an?« Sein Arm glitt von ihrer Taille. »Und selbst wenn ich das denke, dann rufe ich doch nicht ihren Vater an.«

»Es könnte ja theoretisch jeder hier gewesen sein«, sagte Alexander. »Vielleicht sogar eine ihrer Begleiterinnen, die selbst in Maximilian verliebt ist.« Wieder traf sein Blick Alinas, und wieder fuhr ihr das Kribbeln wild durch den Magen. Rasch wandte sie sich ab, griff nach Patricks Hand und zog ihn mit sich. Er sah sie verblüfft an, und sie zwang ein Lächeln auf ihre Lippen. »Komm, tanzen wir.«

* * *

»Flirtest du mit ihr?«, fragte Leonora.

Alexander sah zu den tanzenden Paaren, als müsse er sich erst einmal vergewissern, von wem die Rede war. »Nein.«

»Es wirkt aber so. Und sie scheint darauf anzuspringen.«

»Das ist ihr Problem, nicht meins.«

Leonora sah zu Alina und Patrick, dann bemerkte sie Robin, der sich von der anderen Seite her näherte. Hoffentlich wollte er nicht mit ihr tanzen. Auch Alexander drehte sich nun zu ihm und lächelte.

»Hallo.« Robin gab sich Mühe, lässig zu wirken, hatte eine Hand in die Tasche seiner Jeans geschoben und hielt in der anderen ein Glas. »Wie geht's?«

»Ganz gut«, antwortete Leonora.

»Ich habe gehört, du machst in Devisenhandel?«, fragte Alexander, und Robin hob erstaunt die Brauen, sah Leonora an, als habe er ihr nicht zugetraut, davon erzählt zu haben.

»Ja«, antwortete er dann. »Damit bin ich zu Geld gekommen. Meine Eltern sind eigentlich gar nicht reich.« Leonora fragte sich, wie oft er die Geschichte noch erzählen wollte.

»Tatsächlich?«, fragte Alexander, als sei ihm all das neu.

»Ja, meine Eltern hätten sich nicht einmal meine Schule leisten können. Und da habe ich mir gesagt, ich möchte meinen Kindern später so etwas ermöglichen.«

»Du planst ja weit voraus.« Alexanders Ton war nicht zu entnehmen, ob er spottete oder im Ernst sprach.

Robin schien sich dessen ebenfalls nicht sicher zu sein und zuckte nur ein wenig verlegen mit den Schultern.

»Ich habe auch schon damit gehandelt«, sagte Alexander.

Robin war bei dem Thema ganz offensichtlich in seinem Element, und schon bald tauschten sich die beiden über den Währungsmarkt, Makroökonomie und alles mögliche andere langweilige Zeug aus.

Leonora ließ die beiden stehen, um sich am Büfett zu bedienen. Patrick hatte keine Kosten gescheut, das Catering war wirklich hervorragend. Während sie kleine Blätterteighäppchen mit Lachs aß, beobachtete sie Alina und Patrick. Ob Alina verliebt war in Alexander? Auf jeden Fall verwirrte er sie, das war offensichtlich. Ihr Blick wanderte zu Alexander, der nach wie vor in sein angeregtes Gespräch mit Robin vertieft war.

Leonora aß noch ein letztes Häppchen, dann ging sie langsam durch den Raum. Sie kannte hier niemanden, und abgesehen von einem gelegentlichen neugierigen Blick nahm keiner Notiz von ihr. Unbemerkt verließ sie den Raum und ging durch den großzügigen Flur in den Eingangsbereich des Hauses, von wo aus sie auf die Straße trat. Ein kalter Wind wehte raschelnd Laub zusammen, und das Licht der Straßenlaternen verlieh den Villen und Bäumen eine schmutzig graue Patina. Leonora rieb sich fröstelnd die Oberarme und atmete in tiefen Zügen die kalte Nachtluft ein. Im nächsten Moment fuhr sie zusammen, als sie im Augenwinkel bemerkte, wie sich eine Gestalt rechts von ihr regte.

Du dachtest doch nicht ernsthaft, du könntest einfach fortlaufen, nicht wahr?

»Oh, sorry«, kam es von Maximilian. »Ich wollte dich nicht erschrecken.« Er stand an den Stamm eines Baumes gelehnt und hatte offenbar auf die Straße geschaut.

»Schon gut.« Leonora schlug das Herz immer noch bis zum Hals. »Ich hatte nur nicht damit gerechnet, dass hier jemand in der Kälte herumsteht.«

»Mir war noch nicht danach, heimzugehen. Aber auf die

Party zurück will ich auch nicht mehr.« Er wirkte unglücklich und in diesem Moment auch viel jünger, als er eigentlich war. »Ihr Vater kann mich nicht ausstehen.«

»Wenn ich das nicht schon gewusst hätte, wäre mir das spätestens vorhin klar geworden.«

Er lächelte zögernd. »Ich glaube, er hält mich und meine Familie irgendwie für asozial.«

»Das kenne ich.«

Sein Blick glitt flüchtig an ihr runter und wieder hoch. »Kann ich mir kaum vorstellen.«

Leonora ging nicht darauf ein. »Hast du mal versucht, dich mit ihrem Vater zu unterhalten? Vielleicht merkt er dann, dass du gar kein so übler Typ bist.«

Er lachte. »Der würde mir nicht mal die Tür öffnen. Keine Ahnung, was er für ein Problem hat. Ich meine, wir leben im einundzwanzigsten Jahrhundert, wer hat denn da noch Standesdünkel?«

Was Freundschaften und Beziehungen anging, war Leonora nun wahrhaftig keine Expertin und konnte daher auch keine Tipps geben. So beließ sie es nur bei einem Schulterzucken.

»Na ja«, kam es von Maxmilian, »noch eineinhalb Jahre, dann ist sie volljährig.«

»Ah, hier bist du«, hörte Leonora Alexanders Stimme und drehte sich um. »Patrick hat gesagt, er hätte dich rausgehen sehen. Ist alles in Ordnung?«

»Ja, ich brauchte nur ein wenig frische Luft.«

Alexander nickte Maximilian grüßend zu. »Das wird schon«, sagte er aufmunternd.

»Ja«, murmelte Maxmilian. »Irgendwann. Irgendwie.«

»Moritz Balkow hat auch seine Leichen im Keller, man muss sie nur ausgraben.«

Ein kurzes Lachen erklang. »Ich bin doch nicht verrückt.« Maximilian schob die Hände in die Taschen. »Wie auch immer, ich mache mich mal auf den Weg. Bis dann.«

Sie verabschiedeten sich, und Leonora wandte sich an Alexander. »Du magst ihn, nicht wahr?«

»Wie kommst du darauf? Ich kenne ihn doch gar nicht.«

»Na ja, wenn du mit den anderen sprichst, bist du immer so cool, fast … spöttisch. Auch wenn die das gar nicht merken. Aber zu Maximilian bist du richtig nett.«

Ein kleines Lächeln spielte um Alexanders Mundwinkel.

»Was meintest du mit den Leichen im Keller des Staatsanwaltes?«, fragte sie.

»Warte es ab.« Er sah in die Richtung, in die Maximilian gegangen war. Für einen seltsam anrührenden Augenblick wirkte er weit weg und irgendwie verloren. Ehe Leonora dieses befremdliche Gefühl zu fassen begann, wandte er sich ihr zu. »Robin lässt sich von mir übrigens beraten, was seine Devisengeschäfte angeht.«

»Du willst ihm zu mehr Geld verhelfen?«

»Nein.« Jetzt lächelte er, kalt, beinahe schon höhnisch. »Ganz im Gegenteil.«

Leonora hatte ein schlechtes Gewissen. Robin bedeutete ihr nichts, und sie wusste, dass Alexander seine Gründe haben mochte. Aber für ihre Begriffe waren da zu viele Heimlichkeiten, die sie nicht verstand. Und es war normalerweise nicht ihre Art, blind zu helfen, ohne zu wissen, wohin das führen würde. Also ließ sie ihn gewähren. Sie hatte ja ohnehin keine andere Wahl, wenn sie nicht wollte, dass ihr ganzer schöner Plan aus dem Ruder lief.

»Hey, so nachdenklich?«

Sie drehte sich um und sah Patrick in die Augen. Kein Funke des Erkennens.

»Ich war vorhin mit Alexander unten bei Maximilian«, sagte sie. Aus irgendeinem Grund war sie in Stimmung, mit ihm zu plaudern, ihn aus der Reserve zu locken.

»Er hat noch unten rumgelungert?«

»Hmhm«, machte Leonora bestätigend. Sie hatte seinerzeit kurzes Haar gehabt, war dünn, beinahe mager gewesen. Und mit dreizehn sah man anders aus als mit neunzehn. Vielleicht war es tatsächlich kein Wunder, dass Patrick sie nicht erkannte.

»Er arbeitet für die Presse«, sagte er, als erkläre das so einiges.

»Dafür wirkt er noch nicht alt genug.«

»Als Praktikant. Unbezahlt.«

Sie erinnerte sich an Zeitungsartikel über Patrick und seine Eltern. Es war ihnen offenbar ein Anliegen, ihre karitative Arbeit öffentlichkeitswirksam zu halten. Hilfe für Obdachlose, für Flüchtlinge, für sozial Abgehängte. Eigentlich war es nicht erstaunlich, dass er jemanden wie Maximilian nicht mochte. Vielleicht fühlte er sich von ihm durchschaut.

»Was ist dieser Moritz Balkow eigentlich für ein Mensch?«, fragte sie.

Patrick lehnte sich mit der Hüfte gegen ein Sideboard und sah zu den tanzenden Partygästen, wirkte, als überlege er, was für eine Antwort er geben sollte. »Sehr ambitioniert und erfolgreich.«

»Bist du mit seiner Tochter befreundet? Sie ist doch deutlich jünger als du.«

»Moritz Balkow ist mit meinen Eltern gut bekannt. Sein Vater war ein sehr erfolgreicher Anwalt, hat so ziemlich jeden verteidigt, der so richtig viel Geld hatte, auch üble Typen. Sein Sohn wollte sich wohl davon abheben und ist zur Staatsanwaltschaft gegangen.«

»Mehr moralische Klarheit, ja?«

Er schien zu überlegen, dann grinste er. »Moralische Klarheit. Ja, das gefällt mir.«

Leonora sah auf die Tanzfläche, die mittlerweile ziemlich voll war. Hannahs Freundinnen konnte sie nicht mehr entdecken. Träge bewegte sie den Körper zur Musik, wich näher an die Theke, als immer mehr auf die Tanzfläche strebten und es mittlerweile auch hier ziemlich eng wurde.

»Weißt du wirklich nicht, wer Hannahs Vater angerufen hat?«, fragte sie.

»Nein.«

Dann stellte sie ihr Glas ab und tanzte ebenfalls, drehte sich zu Patrick um, tanzte nahe an ihn heran, schob die Arme um seinen Nacken und sah ihn auf eine Weise an, die ihn vermuten lassen musste, sie beabsichtige, ihn zu küssen.

Er wirkte irritiert, beinahe schon bestürzt. »Bist du betrunken?«

Ein kleines Lächeln spielte um ihre Lippen. »Wirke ich, als wäre ich's?«

»Ehrlich gesagt, nein. Also, was willst du?«

»Wenn du das wüsstest, würdest du keine Nacht mehr ruhig schlafen.«

»Ah, du denkst, Alina genüge mir nicht?«

»Oh, ich dachte nicht an *das.*« Ihr Lächeln verblasste, und sie sah ihm in die Augen, wartete auf ein Zeichen des Erkennens, sah aber nur Unsicherheit aufflackern, als wisse er nicht so recht, was er von ihr halten sollte. »Hast du Angst?«

»Sei nicht albern. Natürlich nicht.«

»Solltest du aber.« Jetzt lächelte sie wieder und ließ ihn los.

Sie bemerkte seinen Blick, konnte darin lesen wie in einem Buch. *Was für eine Irre hat Alexander sich da an Land gezogen?*

DANACH

»Eingreifen? Warum hätte ich eingreifen sollen?
War ja nicht mein Problem.«
(Luca Abendroth)

6 »Irgendwie ist es ja ganz romantisch«, sagte Leonora, als sie mit Alexander zusammen in einem Café saß. »Ein bisschen wie Romeo und Julia.«

Alexander hob die Brauen. »Ich dachte, du magst das Stück nicht.«

»Nein, tue ich auch nicht. Aber das heißt ja nicht, dass eine solche Liebe im wahren Leben nicht einen gewissen Reiz hat.«

»Du weißt aber schon, wie die Sache geendet ist, ja?«

Leonora rührte in ihrem Kaffee und sah durch das Fenster hinaus auf die Straße, die in milchigem Herbstlicht dalag. »Sie können ja ihr eigenes Ende schreiben.«

Patrick hatte ihnen am Tag zuvor ausgiebig von Maximilian und Hannah erzählt. Sie hatten in der Uni-Cafeteria gesessen, und es hatte keinerlei Überredungskunst bedurft, damit er drauflosplauderte. Maximilian war der einzige Sohn eines Sportartikelherstellers, der früher einmal Leichtathletiktrainer gewesen war. Dann allerdings hatte einer seiner Schützlinge –

sein Protegé – sich mit Dopingmitteln und Drogen erwischen lassen, und seine Trainerkarriere war vorüber gewesen, da er sich geweigert hatte, den Jungen einfach fallen zu lassen.

»Danach«, hatte Patrick erzählt, »hatte er nur noch diesen kleinen Laden, der in Zeiten des Internethandels zunehmend weniger gefragt ist. Die Banken haben ihm kein Geld mehr gegeben, und anstatt Insolvenz anzumelden, was jeder halbwegs gescheite Mensch getan hätte, hat er sich an einen Kredithai gewandt. Der schickt ihm ab und zu nette Besucher vorbei und erinnert an die ausstehende Zahlung.«

Was Hannah anging, so konnte Patrick verstehen, dass ihr Vater ihr jeden Umgang mit Maximilian verbot. »Der hat gerade sein Abi gemacht und einen Praktikumsplatz bei einer Zeitung bekommen. Und wie es um die Karrierechancen im Journalismus bestellt ist, weiß ja nun jeder.«

»Darauf kommt es in einer Beziehung doch auch wohl nicht an«, hatte Leonora eingewandt und dafür nur einen mitleidigen Blick geerntet, über den sie sich auch einen Tag später noch ärgerte.

»Auf jeden Fall hat Moritz Balkow ihr den Umgang strikt untersagt, vor allem jetzt, wo ihm zugetragen wurde, dass Schläger in dem Geschäft aufgetaucht sind.«

»Woher weiß er eigentlich davon?«, hatte Leonora gefragt und Patrick in die Augen gesehen.

Immer noch kein Erkennen. Dafür ein kleines Lächeln und Schulterzucken. »Buschtrommeln.«

»Kann er seiner Tochter einfach so den Umgang verbieten?«, fragte Leonora Alexander, während sie mit dem Löffel in ihrem Kaffee rührte.

»Sie ist minderjährig.«

»Ja, aber er sperrt sie ja nicht zu Hause ein.«

»Daher trifft sie ihn ja auch immer wieder.« Alexander wandte den Blick ab und sah Luca an, der zwischen den Tischen herging und Bestellungen aufnahm. Kurz sahen sie sich an, dann wandte sich Luca wieder den Gästen zu.

»Was ist da zwischen dir und diesem Typen?«

Alexanders Mundwinkel zuckten. »Nichts, was Anlass zu Eifersucht geben würde.«

Sie versetzte ihm unter dem Tisch einen leichten Tritt gegen den Knöchel. »Also, nun sag schon.«

»Das habe ich doch bereits. Er versorgt mich mit Informationen. Ohne ihn wären wir nicht da, wo wir jetzt sind.«

»Tja, nur bin ich diejenige von uns beiden, die nicht weiß, wo wir eigentlich gerade stehen.«

»Geduld.«

Leonora sah hinaus auf die dunstige Straße. Sie erkannte den jungen Typen in dem Moment, als er sich umdrehte, und sie wandte sich nicht rasch genug ab, denn ihre Blicke trafen sich, und ein Aufblitzen von Erstaunen huschte über seine Züge. Und dann kam er tatsächlich auf den Eingang des Cafés zu.

»So ein Mist«, seufzte sie.

Alexander sah sie fragend an, aber noch ehe er was sagen konnte, stand der Typ bereits an ihrem Tisch.

»Hey«, sagte er. »So eine Überraschung.«

»Ja, tatsächlich«, antwortete sie, ohne dass ihre Stimme auch nur ansatzweise seine Freude über das Wiedersehen widerspiegelte.

»Du warst so plötzlich weg letztens«, sagte er.

»Meine Bahn kam.«

»Ach ja, stimmt.«

Ehe das geistreiche Gespräch fortgesetzt werden konnte, mischte sich Alexander ein. »Und mit wem habe ich das Vergnügen?«

Die Aufmerksamkeit des jungen Mannes richtete sich nur sehr widerwillig auf ihn. »Alex.«

Leonora musste lachen.

»Hier ebenso«, antwortete Alexander.

»Hä?«

»Wir haben uns an dem Abend kennengelernt«, erklärte Leonora nun, »als ich so spät daheim war, weil ich die Bahn verpasst habe.«

»Ah ja.«

»Bist du mit dem zusammen, oder was?«, fragte Alex.

Alexander hob die Brauen. »Wäre das ein Problem?«

»Ich hab mir für sie immerhin fast einen Zahn ausschlagen lassen.«

»Da kann ich nicht mithalten, befürchte ich.«

Leonora verdrehte die Augen. »Ich fand es sehr nobel, dass du mich an dem Abend verteidigt hast.«

»War doch kein Problem. Ich wusste nicht, dass du 'nen Freund hast. Schade.«

Alexander lächelte freundlich. »Dürfen wir dich zu einem Kaffee einladen? So als Dankeschön?«

Leonora versetzte ihm einen erneuten Tritt gegen den Knöchel.

»Nein, lasst mal stecken. War doch keine große Sache.« Alex winkte ein wenig linkisch und verließ das Café wieder.

Leonora sah ihm nach, als er auf die Straße trat und sich mehrmals zu dem Panoramafenster des Cafés umdrehte, ehe er um eine Häuserecke verschwand. Hoffentlich kein Stalker oder so.

»Der war doch ganz nett.«

»Ja, solange man ihm als Mädchen nicht allein im Dunkeln auf einem Bahnsteig begegnet.« Leonora trank ihren Kaffee, der inzwischen nur noch lauwarm war. »Ich möchte mehr wissen.«

»Und ich möchte, dass du Laras Mutter noch einmal besuchst«, sagte Alexander übergangslos.

»Warum?«

»Sie bezieht das Essen für ihr Kind an der Tafel. Lass ihr Geld da.«

Leonora drehte die Tasse zwischen den Händen. »Erzähl mir mehr.«

»Ein anderes Mal.«

»Dann gehe ich nicht.«

Er hob die Brauen. »Wie war das?«

Sie erwiderte seinen Blick ungerührt. Ein stummes Kräftemessen, dann gab Alexander zu ihrem Erstaunen nach. »Also gut, was willst du wissen?«

»Warum sind wir hier?«

»Du weißt, warum.«

»Nein, ich weiß, warum *ich* hier bin. Aber was ist mit dir?«

»Ich habe eine Vergangenheit.«

»Die hat jeder.«

»Meine ist etwas … komplizierter.«

»Also gut. Und was hast du mit dieser Frau zu schaffen?«

»Die, die du heute besuchen wirst?«

»Ja, die, die beim letzten Mal schon misstrauisch war.«

»Lass sie misstrauisch sein, sie wird das Geld annehmen, alles andere wäre egoistisch ihrem Kind gegenüber. Und das Jugendamt beobachtet ihre Wohnverhältnisse ohnehin schon.«

»Warum sie?«

»Weil sie es nötig hat.«

»Bist du der barmherzige Samariter, oder was?«

»Ich erkläre es dir später, okay?«

Leonora stieß einen tiefen Seufzer aus. »Also gut. Kann man den Vater nicht irgendwie zum Zahlen zwingen?«

Alexander lächelte boshaft. »Man kann. Und man wird.«

»Boah, ist das langweilig«, seufzte das Mädchen neben Leonora, als diese abends im Unterricht saß.

Leonora dachte dasselbe, während sie zur Tafel sah, wo gerade eine mathematische Gleichung zerlegt wurde. Sie wusste, sie musste bei der Sache bleiben, damit sie den Anschluss nicht verlor. Und sie wollte den Abschluss unbedingt haben, wollte ihr Leben in den Griff bekommen und auf eigenen Beinen stehen. Aber ihre Gedanken schweiften immer wieder ab, zu Patrick, zu Alexander, zu der Frau mit dem kleinen Kind. Nachmittags war sie bei ihr gewesen, hatte ihr Geld gegeben, und das Misstrauen der Frau war von einem Anflug von Angst durchmischt, als befürchte sie, durch ihre Geldnot in gefährliche Fahrwasser geraten zu sein. Ablehnen konnte sie indes ebenso wenig wie beim letzten Mal.

»Machst du das auch neben dem Job?«, fragte die Frau.

Leonora wandte den Kopf zu ihr. »Nein.«

»Ich muss morgens immer so früh raus, da habe ich abends den Kopf kaum frei für den Kram hier. Aber ich möchte studieren, also muss ich da durch.«

Leonora nickte nur. Sie war ungeübt in normalen Unterhaltungen zwischen Schülerinnen. An solchen Gesprächen hatte sie sich so gut wie nie beteiligt, sie war stets auf der Hut gewesen. Das Mädchen mochte in ihrem Alter sein und hatte offenbar nach der Schule gearbeitet, vielleicht sogar eine Ausbildung gemacht, während bei Leonora alles den Bach runtergegangen war.

»Ich war schon früher nicht besonders gut in Mathe«, sagte die Frau jetzt.

»Ich mochte es eigentlich immer«, antwortete Leonora, was der Wahrheit entsprach. Sie mochte die Logik darin, die klaren Strukturen.

Ihr Lehrer warf ihnen einen kurzen Blick zu, dann fuhr er fort, die Gleichungen zu erklären. Leonora schrieb mit, war aber nicht bei der Sache.

»Ich bin übrigens Nadine«, sagte das Mädchen, als sie nach der Stunde die Sachen zusammenräumten.

»Leonora.«

»Klingt hübsch.«

Leonora lächelte kurz und schloss ihre Tasche. Der Klassenraum leerte sich, und sie musste an die Schule denken, daran, wie sich Gruppen plaudernd gefunden hatten, Freundinnen Seite an Seite die Räume verließen, um die kurzen Pausen für wichtige Gespräche zu nutzen, daran, wie man sich nach Schulschluss verabredete. Und einen Moment lang durchfuhr sie Bedauern.

»Wo arbeitest du?«, fragte sie, weil sie das Gefühl hatte, etwas sagen zu müssen, und Nadine nicht komplett auflaufen lassen wollte.

»In einer Bäckerei, daher muss ich morgens schon um fünf raus. Aber das ist okay, die bezahlen ganz gut.«

Im Grunde genommen, dachte Leonora, während sie mit Nadine den Klassenraum verließ, war sie in dieser Hinsicht recht privilegiert.

Auf der Straße waberte der Nebel, und die feuchte Kälte kroch Leonora die Beine hoch. Sie erschauerte.

»Der hübsche Kerl dort wartet offenbar auf dich«, sagte Nadine, und für einen Moment dachte Leonora, sie spreche von Alexander. Dann jedoch bemerkte sie Robin, der ihr zuwinkte und auf sie zukam.

»Wartest du etwa auf mich?«, fragte sie, als er bei ihnen war.

»Okay«, sagte Nadine, »ich muss dann los. Mein Wagen parkt dort hinten.« Sie deutete mit der Hand die Straße runter. Bis übermorgen!«

»Ja, bis dann!«

Leonora strich sich eine gelöste Haarsträhne hinter das Ohr und sah Robin an, wartete auf eine Antwort.

»Du hattest erwähnt, dass du Mittwochabend hier Unterricht hast, und da dachte ich, wenn ich schon in der Nähe bin …« Er ließ den Satz unvollendet, überließ es Leonora, den offensichtlichen Schluss zu ziehen und zu erahnen, was er sich gedacht hatte.

»Bist du mit der Bahn?«, fragte er.

Sie nickte nur.

»Ich bin mit dem Auto da. Soll ich dich mitnehmen?«

Einen Moment lang ärgerte Leonora sich über diese Aufdringlichkeit, dann jedoch versuchte sie, darin lediglich das zu sehen, was vermutlich damit gemeint war: eine freundliche Geste. Vielleicht gepaart mit der Hoffnung, aus diesem kleinen Weg nach Hause könne sich ein bisschen mehr ergeben.

»Ja, gerne«, antwortete sie und begleitete ihn zu seinem Wagen.

Offenbar hatte er die Standheizung laufen lassen, denn es war angenehm warm, und das Kältezittern ließ nach. Robin setzte sich auf die Fahrerseite, startete das Auto und setzte rückwärts aus der Parklücke auf die Straße.

»Du warst hier in der Nähe unterwegs?«, nahm sie seine vorherige Andeutung wieder auf.

»Ja, ich habe einen Kumpel besucht.«

Die Wärme machte Leonora ein wenig schläfrig, und sie ließ den Blick träge aus dem Fenster über die Straße gleiten. Sie hörte, wie Robin das Radio einschaltete, es aber leise genug stellte, damit eine Unterhaltung möglich war.

»Wie lange musst du noch zur Abendschule?«, fragte er.

»Noch knapp zwei Jahre.«

»Wie alt bist du eigentlich?«

»Neunzehn.«

Die Frage, was sie zwischen dem Schulabschluss und heute getan hatte, schwebte in der Luft, aber Leonora griff sie nicht auf.

»Wie war das so, auf eine Privatschule zu gehen?«, fragte sie nun ihrerseits.

»Ach, ganz nett.«

»Du hattest erzählt, du hättest ein Stipendium bekommen,

wegen deiner sportlichen Leistungen. Was hast du genau gemacht?«

Er schwieg einen Moment lang, bremste ab, sah konzentriert auf die Straße, wo sich der Verkehr an einer Fußgängerampel staute. »Ich war Hochleistungssportler in Leichtathletik.« Er hupte, und der Fahrer vor ihm, der offensichtlich geträumt hatte, fuhr weiter.

»Du musst ja ziemlich gut gewesen sein.«

»Hmhm, war wohl so.«

Leonora öffnete die Tasche, kramte nach ihrem Lippenpflegestift und bemerkte, wie Robin sie aus den Augenwinkeln beobachtete, während sie ihn auftrug. Auf ihn wirkte das vermutlich ähnlich lasziv, wie wenn sie sich die Lippen nachgezogen hätte. »War dein Freund auch Sportler?«

»Der von heute Abend?«

»Nein, der auf dem Foto.«

»Nico? Ja, wir haben zusammen trainiert.«

»Muss hart für ihn gewesen sein, zu sehen, wie der beste Freund ein Stipendium bekommt. Ich meine, auch wenn man es demjenigen gönnt, ist das doch ziemlich schwer. Man denkt bestimmt: *Warum der und nicht ich?*«

Wieder schwieg Robin eine Weile. »Er war besser als ich. Aber dann kam diese Drogengeschichte, und er war raus. Da bin ich nachgerückt.«

Erstaunt sah Leonora ihn an. »Ach, das ist ja tragisch.«

»Irgendwie schon. Da hat man natürlich ein schlechtes Gewissen, wenn man von dem Unglück eines anderen profitiert.«

»Na ja, er hätte ja die Finger von dem Zeug lassen sollen.«

»Ja, hätte er.«

Es war offensichtlich, dass Robin über das Thema nicht gern sprach. Aber gut, angesichts dessen, dass er vom Fall seines Freundes profitiert hatte und danach an dessen Verbleib offenbar nicht interessiert gewesen war, war das wohl nicht weiter verwunderlich.

»Wo wohnst du genau?«, fragte Robin, und sie nannte ihm ihre Adresse. Fünf Minuten später fuhr er vor ihrem Wohnhaus rechts ran, zeitgleich mit Alexander, der aus der anderen Richtung kam. Das enthob Leonora der Frage, ob sie Robin noch zu sich einlud oder nicht, denn dieser schien irgendwie ganz selbstverständlich davon auszugehen, dass er, sobald Alexander auftauchte, aus dem Rennen war.

Alexander bemerkte sie erst, als sie die Autotür öffnete und ausstieg. »Oh, hallo.« Dann wandte er den Blick, bemerkte Robin. »Ihr wart zusammen aus?«

»Nein«, sagte Robin, ehe Leonora antworten konnte, »ich habe sie von der Abendschule abgeholt.«

Fragend blickte Alexander jetzt zu ihr, aber wieder kam Leonora nicht zu Wort.

»Ich war zufällig in der Nähe«, erklärte Robin, als sei er Alexander Rechenschaft schuldig.

»Worüber ich sehr froh war«, half sie ihm aus seiner selbst gewählten Verlegenheit. »Mir war ziemlich kalt.«

Robin lächelte ein wenig zurückhaltend. Man konnte fast den Eindruck gewinnen, etwas beunruhige ihn an Alexander und als befürchte er, dieser könne argwöhnen, er – Robin – spanne ihm die Frau aus. »Möchtest du noch mit hoch?«, fragte Leonora einem spontanen Impuls folgend.

»Nein, ich muss noch ein bisschen was für die Uni tun.«

»Dann ein anderes Mal«, sagte Alexander und legte Leonora leicht den Arm um die Taille.

»Klar.« Robin hatte die Geste offenbar bemerkt, denn seine Antwort hatte etwas Gezwungenes. Er verabschiedete sich, dann stieg er in seinen Wagen und fuhr los.

»Du bist schon ein wenig gemein, nicht wahr?«, sagte Leonora und überließ es ihm, die Tür aufzuschließen.

»Ich war doch sehr freundlich.«

»Du warst besitzergreifend und hast ihn das sehen lassen.«

Alexander hob die Brauen. »Bist du auf einmal doch interessiert?«

»Nein.« Sie ging an ihm vorbei in das Gebäude. An der Tür zu ihrer Wohnung blieb sie stehen. »Wer ist Nico?«, fragte sie und beobachtete seine Reaktion.

Er zuckte jedoch nur die Schultern. »Erzähl du es mir.«

Aufmerksam taxierte sie ihn, dann wandte sie sich ab. »Ein anderes Mal vielleicht.«

* * *

Hannah saß im Schneidersitz auf Maximilians Bett und hörte seinen Vater unten in der Wohnung rumoren. Es klang, als würde er Schränke rücken. Maximilian saß an seinem kleinen Schreibtisch, hatte eine Datei auf dem Computer geöffnet und starrte nachdenklich darauf.

»Ich würde gerne mal einen richtig guten Artikel über aktuelle Themen schreiben«, sagte er. »Nicht immer nur so einen langweiligen Kram.«

»Du bist Praktikant.«

»Ich bin in gut zwei Jahren fertig mit der Uni, und ich würde so gerne jetzt schon was vorweisen.«

Hannah zog ihre Strickjacke enger um sich. Von irgendwoher zog es, und sie sah zum Fenster, vermutete, es sei nicht richtig geschlossen. »Ich kann mal in dem Kram von meinem Vater herumsuchen, ob sich da was findet.«

Maximilian lachte. »Klar.«

»Er soll mal eine Affäre mit einer Oberstufenschülerin gehabt haben, die bei ihm ein Praktikum gemacht hat.«

»Darüber hat er aber bestimmt keine Unterlagen. Außerdem lockt so was doch heute keinen Hund mehr hinter dem Ofen hervor.«

»Na ja, stimmt schon. Aber für einen kleinen Skandal taugt es vielleicht.«

»War sie minderjährig?«

»Keine Ahnung.«

»Ich kann da nicht irgendwas mutmaßen. Außerdem ist er eh schon nicht gut auf mich zu sprechen, da schreibe ich nicht auch noch irgendwelche Geschichten über ihn.«

Hannah zuckte die Schultern. »Wie geht's deinem Vater eigentlich?«

»Nicht gut. Die Schulden setzen ihm zu, diese Typen waren letztens wieder da … Ich mache mir Sorgen um ihn. Hätte er damals diesen Kerl nicht so vehement verteidigt, dann wäre heute bestimmt alles anders.«

»Welchen Kerl?«

»Den mit den Drogen und dem Dopingzeug. Mit fünfzehn. Wie kaputt kann man sein? Ist danach in Jugendhaft gekommen, und der Vater hat sich wohl totgesoffen.«

»Dein Vater hat einen Voll-Asi unterstützt?«

»Der war wohl ein ziemliches Sportass, mein Vater hat ihn trainiert. Deiner hat ihn später übrigens in den Knast gebracht.«

Erstaunen flackerte in Hannah auf. »Tatsächlich? Mag er deinen Vater deswegen nicht?«

»Nein, damit hatte das wohl nichts zu tun, der steckte da ja nicht mit drin.«

»Interessante Geschichte. Schreib doch darüber.«

»Da müsste ich den Kerl von damals erst mal finden und interviewen. Der treibt sich inzwischen vermutlich in der Drogen- und Verbrecherszene herum.«

»Gut, dass wir keine Vorurteile haben, nicht wahr?«

Maximilian schnitt eine Grimasse und wandte sich wieder seinem Computer zu, dann schloss er die Datei mit einem Mausklick und seufzte. »Ich geb's auf für heute.«

»Und ich muss jetzt nach Hause«, sagte Hannah mit Blick auf die Uhr.

»Schon?«

»Ich habe morgen Schule, mein Lieber.« Sie stand auf. »Wir sehen uns morgen, ja?«

Maximilian begleitete sie bis nach unten zur Haustür. »Soll ich nicht mitkommen?«, fragte er mit kritischem Blick auf die nebligen Straßen.

»Nein, ich bin mit dem Fahrrad.«

»Das ist kein Hindernis für mich.«

Jetzt musste sie lachen. »Ach, komm, ich weiß doch, wie ungern du mit dem Rad fährst.«

»Es wäre ein wahres Opfer.«

»Nein, lass stecken. Ich brauche keine zehn Minuten bis nach Hause, mich klaut schon keiner.« Sie gab ihm einen Kuss und lief die Stufen hinunter in den Hof, wo das Fahrrad angekettet war. Nachdem sie Maximilian noch eine Kusshand zugeworfen hatte, schwang sie sich aufs Rad und trat in die Pedale.

Die Straßen glänzten nebelfeucht, und es hatte sich spätabendliche Stille über die Stadt gesenkt. Die Silhouetten zweier Fußgänger näherten sich von der rechten Seite. Hannah erkannte im Vorbeifahren Alina. Diese sah auf, und einen Moment lang irritierte Hannah der Begleiter, denn intuitiv hatte sie Patrick erwartet. Sie warf den beiden ein schnelles »Hallo!« zu, war jedoch einen Augenblick zu lange unaufmerksam gewesen und bemerkte den Ziegelstein, den irgendein Idiot auf die Fahrbahn geworfen hatte, zu spät. Das Vorderrad stieß dagegen, und ehe Hannah das Fahrrad ausbalancieren konnte, kippte es scheppernd um. Sie schlug mit der Hüfte auf den Bordstein und schrie vor Schreck und vor Schmerz auf.

»Hey, alles klar?« Alina kam zu ihr gelaufen, und ihr Begleiter hob das Fahrrad von Hannahs Bein.

Hannah rappelte sich auf, war einen Moment lang ein wenig zittrig in den Knien, aber abgesehen von der schmerzhaften Prellung an der Hüfte war nichts passiert. »Ja, alles gut.« Sie zog ihre Jacke wieder zurecht und griff nach ihrem Fahrrad. »Danke.« Sie taxierte den jungen Mann einen Moment lang, ehe sie ihn erkannte. Der schon wieder.

»Soll ich dich begleiten?«, fragte Alina.

»Nein, es geht schon. Danke noch mal.« Hanna schwang sich aufs Fahrrad und fuhr los. Die Hüfte schmerzte doch ziemlich, stellte sie fest, während sie in die Pedale trat. Hoffentlich wurde das kein riesiger blauer Fleck, bei dem jede Hose dann drückte und wehtat.

Sie fuhr in die Einfahrt der Balkow-Villa, schloss die Seitentür der Garage auf und schob das Fahrrad hinein. Als sie die Tür aufschloss, kam ihr Kathi entgegen.

»Wo kommst du denn um diese Uhrzeit her?«

»Was geht dich das an?« Hannah hängte ihren Mantel auf, zog Mütze und Schal aus und warf alles achtlos auf die Garderobe.

»Ich habe hier aufgeräumt«, kam es von Kathi, aber Hannah ignorierte sie und ging auf ihr Zimmer, wo sie sich aufs Bett warf. Sie sah auf die Uhr und zählte die Minuten, die ihr Vater brauchen würde, um hier zu erscheinen. Das hing immer davon ab, wie ausführlich Kathi Hannahs Verfehlungen darlegte, und davon, ob ihr Vater lange dagegen argumentierte, dass sie solche Streitigkeiten bleiben lassen sollte. Irgendwann gab er aber in der Regel auf, und als Hannah – der Zeiger war um acht Minuten weitergerückt – Schritte hörte, war klar, dass Kathi die Kurzfassung gewählt hatte und er nicht beschäftigt genug gewesen war, um sich lange zu sträuben.

Die Tür ging auf, und er stand in der Tür. Da er seine Brille trug, hatte Kathi ihn entweder beim Arbeiten oder Lesen gestört. »Was war das gerade schon wieder?«

»Ich habe meinen Schal nicht ordentlich genug aufgehängt.«

»Kathi sagt, du hättest patzig reagiert, als sie dich gefragt hat, warum es so spät geworden ist.«

»Bisher war es doch auch kein Problem, wenn ich um diese Uhrzeit zu Hause war. Warum macht sie da gerade heute ein Fass auf?«

»Du musst trotzdem nicht unverschämt werden, immerhin ist sie deine Stiefmutter.«

»Ja, ja«, murmelte Hannah.

»Hannah, bitte.«

Sie seufzte. »Ja, ist gut.«

»Bei so einem Wetter kannst du übrigens auch anrufen, dann holt dich jemand ab. Ich mag es nicht, wenn du in Nebel und Dunkelheit so spät noch mit dem Rad unterwegs bist.«

»Die statistische Wahrscheinlichkeit, dass mir jemand auflauert, ist eher gering.«

Er hob eine Braue, wirkte belustigt. »Ach was?«

Es könnte so schön sein, dachte sie, wenn Kathi nicht wäre. Als Kind hatte sie sich immer gut mit ihrem Vater verstanden. »Sag mal«, begann sie, »hast du mal einen Drogendealer ins Gefängnis gebracht?«

»Mehr als einen. Warum?«

»Ich meinte einen, der von Maximilians Vater trainiert wurde.«

Er verengte kaum merklich die Augen. »Kann gut sein. Wie kommst du darauf?«

»Ach, hat mir jemand erzählt. Magst du Max deshalb nicht?«

»Das hat damit nichts zu tun. Ich habe dir meine Gründe genannt.«

»Okay.«

Er taxierte sie prüfend, schien darauf zu warten, dass sie widersprach, aber Hannah wollte das Thema nicht vertiefen, sonst bohrte er womöglich noch nach, ob sie wirklich nur bei Freunden gewesen war, und Hannah war keine gute Lügnerin. Glücklicherweise ließ er es damit gut sein.

»Ich sage Kathi, dass es dir leidtut.«

»Meinetwegen.«

Einen Moment lang wirkte er, als wolle er noch etwas dazu sagen, schwieg jedoch und verließ das Zimmer. Hannah starrte die geschlossene Tür an, dann dachte sie an Alina und diesen Typen. Im Grunde genommen war ihr egal, mit wem Alina sich herumtrieb, aber irgendwie hatte sie seltsam gewirkt, ertappt. Und dann fragte sie sich, wer ihrem Vater erzählt haben mochte, dass Maximilian mit ihr auf die Party gekommen war. Immerhin kannte dieser Kerl ihn, und von welcher Art diese Bekanntschaft war, wusste sie nicht. Sie zögerte einen Moment lang, dann griff sie nach ihrem Handy, scrollte zu Patricks Nummer, zögerte ein weiteres Mal und wählte ihn an.

* * *

Alina fragte sich, ob sie nicht vollkommen den Verstand verloren hatte. Wie von selbst hatten ihre Schritte sie bei ihrem abendlichen Spaziergang zu Alexanders Haus geführt. Dieses Mal jedoch hatte er nicht draußen gestanden, und nach langem Zögern war sie zur Tür gegangen und hatte seinen Namen auf den Klingelschildern gesucht. Vier Parteien wohnten in dem Haus, anhand der Schilder konnte sie immerhin sehen, dass Alexander und Leonora sich keine Wohnung teilten. Aus irgendeinem Grund hatte sie das gefreut. Schließlich hatte sie den Klingelknopf berührt, erst ganz sacht, dann fester, und im nächsten Moment war sie erschrocken gewesen, hatte gehofft, dass er nicht zu Hause war.

Ein Knacken erklang in der Gegensprechanlage.

»Ja?«, war seine Stimme in der Gegensprechanlage zu hören gewesen.

Ihre eigene war ihr wie losgelöst von ihr erschienen, als sie ihren Namen nannte und ihn fragte, ob er Lust auf einen abendlichen Spaziergang hatte. Kurz darauf hatte er vor ihr gestanden, und wenn ihn ihr spätabendlicher Besuch irritierte, ließ er es sich zumindest nicht anmerken. Sie waren die gleiche Runde gegangen wie einige Tage zuvor, hatten geplaudert, und vor ihrer Tür hatte Alina sich rasch von ihm verabschiedet, um ihren Gedanken keine Abwege zu erlauben. Dafür malte sie es sich nun auf ihrem Sofa liegend aus, stellte sich vor, wie es gewesen wäre, hätte er sie geküsst. Und fühlte sich danach zunehmend schlechter.

Das Klingeln ihres Handys klang in der nächtlichen Stille überlaut, und sie fuhr hoch, während das Herz ihr bis zum Hals schlug. Sie angelte das Telefon von dem kleinen Beistelltisch und sah aufs Display. Patrick. Kurz überlegte sie, sich schlafend zu stellen, aber dann nahm sie das Gespräch an.

»Hey, wie geht's?«, fragte sie und hörte, wie schläfrig-träge ihre Stimme dabei klang.

»Hast du schon geschlafen?«

»Fast. Ich kann mich nur gerade nicht aufraffen, das Sofa zu verlassen.«

»Ich wollte mich nur mal kurz melden und Gute Nacht sagen.«

»Das ist lieb. Sehen wir uns morgen?«

»Ja.« Schweigen. »Und hast du den ganzen Abend gelernt, wie du es dir vorgenommen hast?«

»Ja, ich bin gut vorangekommen. Mir brummt der Kopf.«

Schweigen. »Um noch ein wenig an die frische Luft zu gehen, ist es jetzt schon spät, sonst würde ich sagen, dreh doch noch eine Runde.«

Alina kam es vor, als wolle er sie aushorchen, und sie fragte sich, ob er ihre Unsicherheit spürte, ob er bereits auf der Party gespürt hatte, dass etwas nicht stimmte. Dann dachte sie an Hannah. Hatte sie tatsächlich Patrick angerufen und ihm brühwarm erzählt, sie habe sie mit Alexander gesehen? Konnte das sein? »Ich war schon raus«, sagte sie. »Übrigens habe ich Alexander getroffen.« Das stimmte nicht so ganz, wobei, beim letzten Mal hatte sie ihn immerhin getroffen, und sie hatte ja nicht genau gesagt, wann … »Er hat mich ein Stück weit begleitet.«

»Ah, okay.«

Sie wartete, aber sonst kam nichts. »Hannah haben wir übrigens auch gesehen, sie hatte einen Unfall.«

»Schlimm?«

»Nein, sie ist danach mit dem Rad weiter.« Das Gespräch wurde ihr lästig, und sie war müde. »Du, wir sehen uns morgen, ja? Ich kippe gleich vom Sofa.«

»Ist gut, schlaf schön.«

Sie legte auf, warf das Handy nachlässig aufs Sofa und erhob sich. Seit wann forschte Patrick sie aus?

Dann dachte sie wieder an Alexander, fast sehnsuchtsvoll, und fühlte sich furchtbar elend dabei. Diese Vertrautheit in der Art, zu sprechen, den Kopf zu neigen, sie anzusehen.

Nico, dachte sie.

Aber warum dann kein Zeichen des Erkennens? Und warum diese Spielchen?

Vielleicht sah sie auch einfach nur Gespenster. Wenngleich sie nicht verstand, weshalb in letzter Zeit alles zu ihm zu führen schien.

* * *

»Sie hat dich abgeholt?« Leonora saß auf ihrem Sofa und knabberte Takkos mit Käsedip.

»Ja, ich war auch erstaunt.«

»Ist sie verliebt in dich?«

Er sah sie an, schien zu überlegen. »Ich habe, ehrlich gesagt, nicht die leiseste Ahnung.«

»So, wie du grinst, scheint dir der Gedanke aber recht gut zu gefallen.«

»Nur keine Eifersucht, mein Herz gehört allein dir.«

Ahnte er wirklich nicht, was diese beiläufig dahingesagten Sätze für eine Wirkung hatten? Leonora betrachtete ihn, während er dasaß, seinen aufgeklappten Laptop auf dem Schoß. Sie stand auf, setzte sich auf die Armlehne seines Sessels und schaute über seine Schulter, was er dort machte.

»Ist das Börsenkram?«

Ein Lächeln grub sich in seine Mundwinkel. »*Börsenkram*, ganz recht.«

»Mit Robins Geld?«

»Ja.«

»Sieht momentan so aus, als würde es mehr werden.«

»Ja. Sonst vertraut er mir nicht die richtig großen Summen an. Er soll risikobereiter werden und aufs Ganze gehen.«

Wieder stieg das schlechte Gewissen in Leonora auf, aber sie sagte nichts, sondern beobachtete die bunten Grafiken vor dem schwarzen Hintergrund. »Hast du dein Geld auch hierüber bekommen?«

Jetzt lachte er. »Nein.«

Sie hob die Hand, berührte sein dunkles Haar, zögerte und ließ die Finger schließlich bis zu seinem Nacken gleiten. Er klappte den Laptop zu und wandte den Kopf, um sie anzusehen. Für einen verstörend intensiven Moment wollte Leonora nichts anderes als ihn küssen und ihn dazu bringen, ihr jedes seiner Geheimnisse in die Kehle zu sprechen.

»Wollten wir gefährliche Fahrwasser nicht meiden?«, fragte er.

Leonora nickte vage, zog ihre Hand jedoch nicht zurück. »Habt ihr … du und sie …«

»Nein, haben wir nicht. Werden wir auch nicht.« Er legte das Notebook auf den Tisch, und ihre Hand glitt von seinem Nacken. Er sah zum Fenster, seine Gestalt spiegelte sich durchscheinend in der nächtlichen Dunkelheit. Eine Weile saß er da, wirkte gedankenverloren, und Leonora erkannte eine ungewohnte Weichheit in seinen Zügen, eine fast schon anrührende Verletzlichkeit. Dann verschloss sich sein Gesicht wieder, und er drehte sich zu ihr um.

»Möchtest du das wirklich?« Er musste nicht näher ausführen, was er meinte, und Leonora wusste darauf auch keine Antwort zu geben. Es würde alles verändern, und sie konnte nicht sagen, ob zum Besseren oder zum Schlechteren. Unwillkürlich schüttelte sie den Kopf.

»Woher hast du all das Geld?«, fragte sie übergangslos.

»Reich geerbt.«

Sie nickte, wusste nicht, was sie dazu sagen sollte. »Ich bin müde«, sagte sie, was für ihn das Zeichen zum Aufbruch war. Sie wollte keine Komplikationen, wollte endlich ein Leben, das in geordneten Bahnen verlief und ihr Konstanten bot, an denen sie sich festhalten konnte. Alexander lächelte, und ihr Herz machte einen kleinen Satz.

»Gute Nacht«, sagte er.

»Gute Nacht«, antwortete sie. Und dann küsste sie ihn doch.

NICO

Sieben Jahre zuvor

Jede Freude über das gewonnene Stipendium zerbarst in einem Wust aus Problemen. Er war außer sich vor Freude gewesen, als er erfuhr, dass er das Rennen gemacht hatte. Danach war Robin irgendwie komisch geworden, hatte nur schlecht verhehlen können, wie sehr es ihn traf. Aber das würde vorbeigehen, davon war Nico überzeugt. Nicht so leicht war es jedoch, mit dem Vorwurf umzugehen, der ihn aus dem Nichts heraus traf.

»Ich habe in meinem ganzen Leben noch keine Dopingmittel genommen. Was soll der Mist?« Die Vorwürfe waren absurd, aber dennoch schlug sein Herz heftig vor Angst. Schlimmer als das wog der Vorwurf, er habe verbotene, aufputschende Substanzen in Umlauf gebracht. Ja, so ein Kram wurde genommen, das wusste er. Aber damit hatte er nichts zu tun.

»Ich denke auch, dass da nichts dran ist«, beruhigte ihn sein Trainer. »Keine Ahnung, wo diese Vorwürfe auf einmal herkommen.«

Nico wollte das alles einfach abtun, sagte sich, dass sich alles als haltlos herausstellen würde, aber der Gedanke daran trieb ihn fortwährend um. Es fiel ihm schwer, sich zu konzentrieren, sowohl in der Schule als auch beim Training. Dabei waren seine Noten und seine Leistungen als Sportler die Voraussetzung dafür, an die neue Schule zu gehen. Aber was, wenn man dort von dieser Anschuldigung erfuhr? Konnte man ihm das Stipendium entziehen?

Robin schlug ihn an diesem Tag, war ganze zwei Sekunden vor ihm auf der Zielgerade, aber seine Freude darüber schien aufgesetzt. »Na, bringt ja jetzt auch nichts mehr.«

»Du kannst dich nächstes Jahr doch wieder bewerben«, sagte Nico.

»Ja, klar. Da kann man einfach nur hoffen, dass es dann klappt. Immerhin ist mein stärkster Konkurrent dann ja nicht mehr da.« Sein Lachen wirkte bemüht.

Nico war nicht in Stimmung, darauf einzugehen. Man konnte ihm nichts anhaben, solange man in seinem Blut keinen Nachweis für aufputschende Substanzen fand. Damit wäre dieser Ärger endlich vom Tisch.

»Sie können mir nichts anhaben, nicht wahr?«, fragte er seinen Trainer erneut.

»Nein, natürlich nicht«, versicherte dieser. »Ich stehe hinter dir, egal, was passiert.«

DANACH

»So, wie es dann letzten Endes lief, war es auch gar nicht geplant gewesen.«
(Robin Preuß)

7

Die letzten zwei Wochen hatte Leonora Alexander nur selten gesehen, was auch daran lag, dass sie oft lernte und sich sogar zweimal mit Nadine aus dem Abendgymnasium getroffen hatte. Einfach nur zum Kaffeetrinken. Eine ganz neue Erfahrung. Und sie stellte fest, dass ihr das gefiel. Zudem stellte sie fest, dass Begegnungen mit Alexander in letzter Zeit oft eine irritierende Wirkung auf ihre Gefühle hatten. Sie wollte ihn rein freundschaftlich ansehen und konnte es nicht. Gleichzeitig wusste sie nicht, wie sie mit dieser Art von Gefühlen umgehen sollte. Sie waren ihr ähnlich unvertraut wie eine Schulfreundschaft.

»Du machst dich rar«, stellte er fest, als sie ihn auf einen Kaffee traf.

Auf den Straßen war neblige Feuchtigkeit, und ihr Haar fühlte sich klamm an.

»Ich habe zwei Klausuren geschrieben, und du weißt ja, Englisch ist nicht meine stärkste Seite.«

»Und was war die andere?«

»Mathe, aber das kann ich.« Sie schloss die Hände um den Kaffeebecher, wärmte ihre kalten Finger daran. »Hör zu, ich …« Sie wusste nicht, wie sie auf den Kuss zu sprechen kommen sollte, auf das ganze Gewirr von Gefühlen.

»Alles gut, Leonora.«

Sie wollte etwas sagen, schwieg dann jedoch. Alexander verzog das Gesicht, als er an seinem Tee nippte. »Ich frage mich, ob es nicht schon an Betrug grenzt, diese ranzige Brühe als Tee zu bezeichnen.«

»Tja, gute Frage, Herr Jurist.« Leonora konnte die Erleichterung über den Themenwechsel nicht verbergen. Sie griff nach der Tasse und hob sie an die Lippen. »Schmeckt doch ganz normal.«

Er zog die Stirn kraus. »Du machst mir gerade Angst.«

Sie musste lachen, stellte die Tasse wieder vor ihn und rührte Sahne in ihren Kakao. Ihr Blick fiel auf Luca, der sich in der Nähe herumdrückte, und sie fragte sich, ob er tatsächlich jedes Gespräch belauschte und auf Brisanz untersuchte. Schrecklicher Typ.

»Robin hat mir erzählt«, sagte sie, »dieser Luca hätte ein Handyvideo, mit dem er jemanden in gehörige Schwierigkeiten bringen könnte.«

»Hat er. Aber so dämlich, denjenigen damit zu erpressen, ist nicht einmal er. Und nun ist die Sache schon etwas länger her, und er wird sich nur schwer herausreden können, wenn er gefragt wird, warum er so lange geschwiegen hat. Wenn dann noch Erpressung dazukommt …«

Er zuckte die Schultern.

»Musst du eigentlich immer in so kryptischen Andeutungen sprechen?«, fragte sie entnervt.

»Ich erzähle es dir ein anderes Mal.«

»Ja, das habe ich schon mal gehört.«

Alexander antwortete nicht und sah zur Tür. »Jetzt wird es interessant«, sagte er, als Robin das Café betrat, kreidebleich und mit einer seltsam starren Haltung, als ringe er sich nur mühsam Selbstbeherrschung ab. Er kam auf ihren Tisch zu und blieb abrupt stehen, als wolle er am liebsten darüberspringen und Alexander an den Hals gehen.

»Was für eine Scheiße ziehst du da ab?« Robins Stimme schnappte beinahe über.

Alexander blieb ganz ruhig und sah ihn an. Dann lächelte er. »Ein wenig verkalkuliert?«

Robin starrte ihn an, ungläubig, fassungslos. »Ich habe fast mein ganzes Geld gesetzt.«

»Ich weiß. Schön dumm.«

Erst jetzt schien Robin das Ausmaß dessen bewusst zu werden, was geschehen war. Er war praktisch mittellos, zumindest gemessen an seinem vorherigen Wohlstand, denn so dämlich, wirklich alles zu setzen, konnte er nicht sein. »Dann verschaff mir mein Geld zurück.«

»Du weißt, dass das nicht geht.«

»Ich verklage dich.«

»Probier's doch. Du kennst die Risiken, und ich habe dich schließlich nicht bestohlen.«

Robins Blick zuckte zu Leonora, die das schlechte Gewissen nur schwer verbergen konnte. »Wusstest du davon?«

Leonora antwortete nicht.

»Ich dachte, wir wären Freunde. Ich dachte, wir …« Er fuhr sich mit einer hilflosen Geste durch die Haare. »Verdammt noch mal. Du blöde … blöde Schlampe.«

»Lass sie aus dem Spiel, sie hätte mich nicht daran hindern können.«

»Warum? Warum, verdammt?«

Alexanders boshaftes Lächeln vertiefte sich. »Denk gut nach. Vielleicht kommst du selbst darauf. Geh ein paar Jahre zurück, erinnere dich an deine Freunde und daran, wer durch deine Schuld weit mehr als Geld verloren hat.«

Erst wirkte Robin verwirrt, dann weiteten sich seine Augen. »Was? Aber … Aber ich … Er hat nicht …«

Ohne etwas darauf zu entgegnen, stand Alexander auf und bedeutete Leonora, es ihm gleichzutun. »Komm.« Er legte das Geld für ihre Bestellung auf den Tisch und winkte Luca zu.

Nach einem letzten bedauernden Blick zu Robin folgte Leonora ihm. »Gibst du ihm sein Geld zurück?«

»Ich habe es nicht mehr.«

Das machte Leonora nun doch sprachlos. »Ich dachte, du sagst das nur so.«

»Nein. Ich habe alles gesetzt und verloren.«

»Alles? Spinnst du?«

Wieder lächelte er. »Und das war nur der Anfang. Als Nächstes sind Patrick und dieser Anwalt dran.«

* * *

Hannah stand hinter der Schule und löste das Schloss von ihrem Fahrrad. Sie hatte eigentlich schon seit einer halben

Stunde frei, aber noch mit zwei Klassenkameraden ein Referat durchgesprochen und die Aufgaben verteilt. Als sie das Fahrrad aus dem Ständer zog, bemerkte sie Maximilian, der am Tor zum Fahrradhof stand und auf sie wartete.

»Hey, wie geht's?«, fragte sie. »Ich dachte, du musst arbeiten.«

»Ja, muss ich auch, aber mein Vater macht später Pause, damit ich dich abholen kann.«

Sie schob das Fahrrad neben sich her, als sie das Schulgelände verließen. »Ist was Besonderes? Habe ich einen Termin vergessen?« Stirnrunzelnd rief sie sich das aktuelle Datum ins Gedächtnis, konnte sich aber an keine Verabredung erinnern.

»Nein, keine Sorge, du hast nichts vergessen.« In seinem Lachen lag ein seltsamer Missklang, eine Mischung aus Sorge, Erleichterung und Verwirrung. »Mein Vater hat heute Morgen einen Anruf bekommen. Er ist schuldenfrei.«

Hannahs Augen weiteten sich. »Wie bitte? Das ist ja wunderbar. Hat er das Geld doch auftreiben können?«

»Nein, eben nicht. Er versteht es ja selbst nicht. Irgendwer hat es gezahlt. Na ja, mein Vater ist einerseits erleichtert, andererseits hat er aber auch Angst, dass ein anderer Kredithai die Schulden gekauft hat.«

»Warum um alles in der Welt sollte jemand das tun? Dein Vater ist ja keine Berühmtheit oder so. Und auch nicht so reich, dass auf Dauer was zu holen wäre. Das wäre doch das absolute Verlustgeschäft.«

»Ja, ich weiß. Aber ich verstehe es nicht.«

»Vielleicht meint es einfach jemand gut mit ihm. Hat er nicht früher einmal Talente trainiert? Möglicherweise ist einer groß rausgekommen.«

Maximilian sah sie zweifelnd an. »Denkst du das wirklich?«

»Na ja, möglich ist es.«

»Von denen ist keiner so richtig berühmt geworden, alles gute Sportler, aber Karriere haben die später nach der Schule woanders gemacht.«

»Was macht dein Vater jetzt?«

»Erst einmal nichts. Er kann aufgrund dieser Ungewissheit nicht einmal erleichtert sein, die Kerle vom Hals zu haben. Wer weiß, was da als Nächstes kommt?«

Darauf wusste Hannah nichts zu sagen.

»Na ja, erst einmal kann man es wohl nicht ändern, und immerhin ist jetzt zumindest Ruhe.«

»Es kann ja wirklich sein, dass jemand einfach helfen wollte.«

»Hmhm, gut möglich«, kam es zweifelnd von Maximilian.

»Du solltest nicht so viel darüber nachgrübeln. Wenn dein Vater keine echten Feinde hat, gibt es keinen Grund, warum jemand seine Schulden bezahlen sollte, um ihm eins auszuwischen. Zu welchem Zweck überhaupt?«

»Man könnte ihm wieder Schläger schicken oder ihn sonst wie unter Druck setzen.«

»Das wäre doch Blödsinn. Mal ehrlich, Max, warum sollte jemand so einen umständlichen Weg gehen? Ihm auflauern kann man auch, ohne seine Schulden zu bezahlen. Freut euch jetzt erst einmal, dass diese Sorge von euch genommen ist.«

Max nickte unbestimmt. »Weißt du inzwischen eigentlich, wer deinem Vater gesagt hat, dass ich mit dir auf der Party von Patrick war?«, wechselte er das Thema.

»Nein, er wollte es mir nicht sagen.«

»Vermutlich war es Patrick selbst, er kann mich nicht ausstehen.«

»Das glaube ich nicht.« Wobei Hannah nicht ganz so vehement widersprach. Irgendjemand hatte es ihrem Vater zweifelsohne erzählt, und da war Patrick in der Tat der wahrscheinlichste Kandidat, denn etliche der anderen Gäste kannten ihn zwar ebenfalls, aber denen dürfte es egal gewesen sein, mit wem Hannah auf einer Party erschien. Sie hatte mit niemandem von ihnen näher zu tun. Oder es war doch dieser Alexander gewesen.

»Vielleicht treffen wir uns demnächst besser nicht mehr bei mir«, sagte Maximilian. »Falls mein Vater tatsächlich in irgendeine üble Geschichte gerutscht ist, fände ich es besser, wenn du nicht da bist, falls wieder so ein Schlägertrupp auftaucht.«

»Rede keinen Unsinn. Natürlich komme ich zu euch. Ich verzichte doch nicht darauf, dich zu besuchen, nur weil unter Umständen jemand auftaucht, von dem du noch nicht einmal sicher weißt, dass er deinem Vater übel gesinnt ist.«

»Und wenn doch?«

»Dann verschwinde ich einfach durch den Hinterausgang.« Sie zwinkerte ihm verschwörerisch zu, und er lächelte schwach. Nur ein kleines Verziehen der Mundwinkel, aber immerhin besser als die Leichenbittermiene zuvor.

* * *

Leonora stellte fest, dass ihr die ganze Situation auf einmal Angst machte, als habe sie sich auf etwas eingelassen, das jetzt eine furchtbare Eigendynamik entwickelte. Dann jedoch brauchte sie nur an ihren Vater zu denken und an ihre Jugend, die mit dreizehn Jahren abrupt beendet gewesen war, um jeden Gedanken daran, Alexander Einhalt zu gebieten, zu verwerfen.

Sie ertappte sich dabei, wie sie in letzter Zeit vermehrt über die Schulter sah, als könne sie verfolgt werden. Und das Unwohlsein blieb und setzte sich hartnäckig in ihr fest, sodass es ihr schwerfiel, sich auf den Unterricht zu konzentrieren. Immer wieder schweifte ihr Blick hinaus in das herbstliche Dunkel, während die Erklärungen und Ausführungen der Lehrer an ihr vorbeirauschten.

»Hast du noch Zeit für einen kleinen Absacker?«, fragte Nadine, als sie am Ende der letzten Stunde die Sachen zusammenpackten.

Leonora warf einen Blick auf die Uhr, wollte absagen und gab sich dann doch einen Ruck. Was konnte es schon schaden, ein bisschen Normalität zu leben? »Gerne, ich muss nur zusehen, dass ich danach noch einen Bus bekomme, die Bahnen fahren abends nicht mehr so dicht getaktet.«

»Kann dein Freund dich nicht abholen?«

»Alexander? Doch, würde er, aber er muss mich nicht herumkutschieren.«

»War das der, der hier abends mal stand?«

»Nein, das war Robin, der ist nicht mein Freund, er wäre es nur gern.«

»Klingt, als hättest du ein spannendes Leben.«

»Du hast ja keine Ahnung«, murmelte Leonora. Sie schloss die Verschlüsse ihrer Tasche und hängte sie sich über. Ihr Wunsch nach einem Leben, in dem es schon spannend war, von einem Mann im Auto abgeholt zu werden, war so groß, dass er sie einen Moment lang fast schmerzte. Aber dahin würde sie vermutlich nie kommen. Und wenn sie sich von Alexander trennte? Wenn sie auf jede Rache verzichtete? Mit Robin ausging? Seine Freundin wurde? Ein wunderbar normales Leben führte? Aber das war nicht möglich, und das wusste sie. Allein die seltsame Verquickung ihrer fünf Leben – Alexander, Leonora, Robin, Patrick und Alina – ließ dergleichen Gedanken in weite Ferne rücken. Ganz zu schweigen von Alexanders seltsamer Beziehung zu Hannah, deren Vater und Max. Und diesem gruseligen Luca. Zudem war es nicht nur das, Leonora konnte sich nicht von Alexander trennen. Vielleicht war sie verliebt in ihn, vielleicht auch nicht, so recht konnte sie diese seltsame Anziehung, die er auf sie ausübte, nicht ergründen.

»Also, was ist? Kommst du mit? Ich fahre dich auch später nach Hause.«

»Musst du nicht.«

»Ich weiß«, antwortete Nadine. »Aber ich mach's trotzdem.«

Ein kurzes Lächeln zuckte über Leonoras Lippen. »Gut, ich komme mit.« Sie verließen das Gebäude und traten auf die Straße, die im Licht der Straßenlaternen etwas verwaschen wirkte. Nadine steuerte auf einen Fiat zu, der unter einem Baum stand, als Leonora hörte, wie eine Tür zugeschlagen wurde und Schritte sich eilig über die Straße näherten. Sie hielt inne, drehte sich um und bemerkte Robin, der auf sie zugelaufen kam.

»Komm mit«, sagte er, als er bei ihnen angekommen war.

Leonora runzelte die Stirn. »Ganz sicher nicht, du spinnst wohl.«

»Ich sagte, du sollst mitkommen, ich muss mit dir sprechen.«

Da Leonora nicht vorhatte, sich von ihm einfach in sein

Auto kommandieren zu lassen, und ihr sein Tonfall zudem Angst machte, wandte sie sich wortlos ab und wollte weiter, als Robin sie am Arm hielt. Sie erstarrte, und Nadine, die ebenfalls stehen geblieben war und etwas befremdet wirkte, fragte nun: »Brauchst du Hilfe?«

Mit einem Ruck befreite Leonora ihren Arm. »Nein, alles gut. Komm, fahren wir.«

Robin machte keinen weiteren Versuch, sie aufzuhalten, und als sie Nadines Auto erreicht hatten, sah sich Leonora das erste Mal nach ihm um. Er stand immer noch da, mit hängenden Armen, und sah ihr nach. Dann wandte er sich abrupt ab und lief über die Straße zu seinem Auto. Leonora hatte sich gerade angeschnallt, als sie einen Motor aufheulen hörte, dann schoss Robins Wagen davon.

»Was war das denn für eine kranke Aktion?«, fragte Nadine.

Leonora schüttelte nur den Kopf und hoffte innerlich, dass Robin sich nichts antun würde. Mit zitternden Fingern holte sie das Handy raus, tippte eine Nachricht an Alexander und steckte es wieder weg. Den Blick aus dem Fenster gerichtet, beobachtete sie, wie Häuser und Bäume an ihr vorbeiglitten, bis aufkommende Tränen alles zu einer Masse werden ließen, in die sich das Licht wie Schlieren mischte. Ein Blinzeln ließ ihren Blick wieder klar werden, und kühle Nässe hing in ihren Wimpern. Dann wurde ihr bewusst, dass Nadine sie ansprach, und sie drehte sich zu ihr um. »Ja?«

»Ich hatte gefragt, was das eben für ein gruseliger Auftritt war.«

Auf einmal war Leonora das alles lästig, hier im Auto zu sitzen, ein Gespräch zu führen, nach Dingen gefragt zu werden, die Nadine nichts angingen – obwohl es normal war, dass sie fragte, immerhin hatte sich der Vorfall vor ihren Augen abgespielt. Und es lag in der Tat eher Fassungslosigkeit und Unverständnis in ihrer Stimme als Sensationslust. Leonora holte tief Luft und stieß sie in einem Seufzer wieder aus. »Ach, der ist sauer auf meinen Freund«, sagte sie.

»Und da lauert er *dir* auf? Das ist ja armselig.«

»Ja, ist es wohl.« Dabei ahnte Leonora, warum Robin sich nicht direkt an Alexander wandte. Er musste wissen, wie sinnlos das war, und verstand einfach die Welt nicht mehr. Aber Leonora konnte sie ihm auch nicht erklären, sie wusste kaum mehr als er.

Nadine fuhr zu einer Bar, und Leonora, die eigentlich überhaupt keine Lust mehr hatte, etwas zu trinken und zu plaudern, stieg aus und hoffte, man sah ihr ihre Lustlosigkeit nicht an. Immerhin konnte Nadine nichts für Leonoras verkorkstes Leben.

Es wurde schließlich doch recht nett, was daran lag, dass Nadine sich nicht daran störte, wie wortkarg sie war, sondern eine Unterhaltung begann, die sie zunächst selbst bestritt und die so fernab von der Lebenswirklichkeit ihrer Mitschülerin war, dass Leonora tatsächlich interessiert zuhörte. Es ging um ein Elternhaus in Norddeutschland, eine Jugend auf einem Gestüt, Pferde, Schule, unendliche Möglichkeiten.

»Und dann habe ich es letzten Endes doch vergeigt«, erklärte Nadine und zerbrach das Bild vollendeter Idylle. »Ich habe mit den falschen Leuten abgehangen, meinen Abschluss gerade mal so geschafft und dann irgendwie gar nichts mehr gemacht, außer das Geld meiner Eltern auszugeben.«

»Und wie bist du dann hier gelandet?«, fragte Leonora.

»Die Liebe«, antwortete Nadine düster. »Na ja, oder das, was ich dafür gehalten habe. Der Typ hatte hier recht schnell eine Neue, und mein Vater hatte so ziemlich zeitgleich die Nase voll und hat mir den Geldhahn abgedreht.«

»Und dann?«

»Dann habe ich mit ihm vereinbart, ich mache entweder eine Ausbildung oder hole das Abi nach, wenn er mich weiterhin unterstützt. Ich habe mich um Ausbildungsstellen beworben, bis mich endlich jemand genommen hat. Na ja, und dann hat das mit der Abendschule geklappt.« Nadine nippte an ihrem Glas. »Und wie war das bei dir?«

»Ich habe die Mittlere Reife ganz gut bestanden. Danach habe ich erst einmal gar nichts gemacht, und dann habe ich Alexander kennengelernt, bin mit ihm hierher und habe mich an der Abendschule eingeschrieben.«

»Klingt so ähnlich wie bei mir.«

»Hmhm«, machte Leonora unbestimmt. Nichts konnte ihrer Vergangenheit unähnlicher sein als ein harmonisches Familienleben und eine liebende Familie, die einen unterstützte. Sie erwähnte nicht, dass sie auf Alexanders Kosten lebte, da das vermutlich einen falschen Eindruck angesichts ihres Verhältnisses zueinander geschaffen hätte.

»Immerhin hält deine Liebe ja noch, im Gegensatz zu meiner.«

Liebe. Liebte sie Alexander? Sie war verrückt nach ihm, das ja. Aber Liebe? Nachdenklich schwenkte Leonora ihr Glas, beobachtete den Rest Flüssigkeit, der darin schwappte.

»War es bei dir auch so, dass du lieber mit Freunden unterwegs warst, als zu lernen?«, fragte Nadine.

»Nein, ich bin nicht gerade gesellig.«

»Ach, echt?« Nadine grinste.

»Tut mir leid.«

»Nein, so war das nicht gemeint. Ist schon okay, dafür quatsche ich ja für zwei.«

Leonora musste lächeln. Sie trank den letzten Schluck aus und bestellte einen Espresso.

»Willst du heute die Nacht durchmachen?«

»Nein, bei mir wirkt das immer nur als kurzer Aufputscher.«

Sie blieben noch eine Stunde in der Bar, dann fuhr Nadine sie nach Hause. »Na dann«, sagte Nadine. »Wir sehen uns.«

»Ja, bis bald.« Leonora stieg aus und schlug die Autotür zu. Der Wagen war gerade davongefahren und sie auf dem Weg zur Tür, als sich eine Gestalt von der Hauswand löste. Leonora erschrak so heftig, dass ihr fast der Schlüssel aus der Hand gefallen wäre.

»Robin! Was machst du hier?«

»Auf dich warten.«

»Was willst du von mir?«

»Reden. Ich will mein Geld zurück.«

»Damit habe ich nichts zu tun.« Sie wollte an ihm vorbei, aber er stand so dicht am Hauseingang, dass sie nicht zur Tür kam. »Lass mich los«, befahl sie kalt, als er ihr Handgelenk umfasste.

»Nicht, ehe wir geredet haben.«

»Worüber denn? Ich habe damit nichts zu tun.« Sie wollte ihren Arm losreißen, aber dieses Mal hielt er sie zu fest. »Ich schreie, wenn du mich nicht sofort loslässt.«

»Mach doch. Aber dann komme ich halt morgen wieder.«

»Was, um alles in der Welt, willst du denn von mir hören?«

»Warum er das getan hat.«

»Das weiß ich nicht.«

»Ich glaube dir kein Wort, seit der Sache gehst du mir aus dem Weg. Sorg dafür, dass ich mein Geld zurückbekomme.«

»Sonst was?«

»Das wirst du dann schon noch merken.«

»Das ist ziemlich armselig, nicht wahr? An Alexander kommst du nicht ran, und dann drohst du mir, weil du denkst, dass ich in der schwächeren Position bin?«

Er ließ sie los. »Sorg dafür, dass ich mein Geld zurückbekomme«, wiederholte er.

»Was ist hier los?«, hörte Leonora Alexanders Stimme und drehte sich um. Da stand er zusammen mit Alina, als seien beide gemeinsam unterwegs gewesen. Wenn es etwas gebraucht hatte, um Leonora den Abend komplett zu verleiden, dann dieser Anblick.

Nun drehte sich auch Robin um. »Alina?«

Alina wirkte, als sei ihr unbehaglich zumute. »Was machst du denn hier?«, fragte sie.

»Wusstest du etwa auch davon?«

Jetzt wirkte sie irritiert. »Wovon?«

»Nein, wusste sie nicht«, antwortete Alexander an ihrer Stelle. »Und was wird das hier?«

»Nur ein kurzes Gespräch.«

»Ja, ganz so sah es aus.«

Robin ging auf Alexander zu und blieb nur wenige Schritte von ihm entfernt stehen. »Ich möchte mein Geld zurück.«

»Das ist schlechterdings nicht möglich.«

»Das wirst du noch bedauern.«

Alexanders mitleidiges Lächeln wirkte in dem bleichen Licht der Laternen nahezu geisterhaft. »Nur zu.«

Robin wandte sich an Alina. »Und du? Suchst du gerade den Kick, oder was?«

»Wir waren nur spazieren.«

»Klar«, höhnte Robin. Er drehte sich weg, ging zu seinem Auto, und Alina lief ihm nach.

»Warte doch.«

Er ging weiter, und das Geräusch der Entriegelung war zu hören. Alina hatte ihn eingeholt und öffnete die Beifahrertür. Entweder war sie in Sorge, Robin könnte Patrick etwas erzählen, oder aber sie war einfach nur neugierig, was vorgefallen war.

Leonora rieb sich das Handgelenk, wo Robin sie angefasst hatte.

»Alles in Ordnung?«, fragte Alexander und schloss die Tür auf.

»Ach, lass mich doch in Ruhe«, fauchte sie und lief an ihm vorbei die Treppe hoch.

»Wenn ich dir einen guten Rat geben darf«, sagte Robin, während er aggressiver fuhr als sonst, »halte dich von diesem Kerl fern.«

»Was ist denn passiert?« Alina betrachtete sein Profil, die finster verengten Augen, den harten Zug um den Mund, der sich bei Robin so ungewohnt ausnahm.

»Er hat mich um viel Geld betrogen.«

»Wie das?«

Er bremste abrupt ab. »Wo willst du überhaupt hin?«

»Nach Hause.«

»Hatte dein Verehrer nicht die Höflichkeit, dich wenigstens heimzubringen?«

»Er ist nicht …«

»Ja, ja, schon gut. Erspar es mir.«

Es war eine kurze Fahrt, und Robin parkte vor dem Haus, in dem sich Alinas Wohnung befand. Er hielt das Lenkrad umklammert, während der Motor noch lief.

»Was ist vorgefallen?«, fragte Alina erneut und lehnte sich gegen die Tür, um ihn anzusehen.

Seufzend stellte er den Motor ab und erzählte es ihr. Es war die Rede von Börse, Devisenhandel und von Geld, das Alexander durch geschicktes Spekulieren vermehren sollte. Klang für Alina ein wenig danach, als sei Robin selbst schuld, aber sie hütete sich davor, das laut zu sagen.

»Und jetzt bist du mittellos, oder was?«

»Nein, ich werde in den nächsten Wochen sicher nicht verhungern, und die Wohnung gehört ja mir, sodass ich wenigstens keine Miete bezahlen muss. Aber es wird eng. Meine Ersparnisse sind praktisch weg, und ich habe sonst ja kein Einkommen.«

»Suchst du dir jetzt einen Job?«

Er zuckte die Schultern.

»Von irgendwas musst du ja schließlich leben.«

»Ach, echt?«

»Wieso hast du ihm überhaupt so viel Geld gegeben?«

»Er hat das am Anfang echt gut vermehrt, und dann bin ich auf Risiko gegangen.« Mit einem kurzen Blick streifte er sie. »Dämlich, ich weiß. Aber er hat es mit Absicht verloren.«

»Woher weißt du das?«

»Weil ich es beobachtet habe. Aber ich konnte nicht eingreifen, und er hat mich ignoriert.« Seine Hand schlug auf das Lenkrad. »Ich verstehe nicht, warum.«

Alina dachte an diese seltsame Faszination, die Alexander auf sie ausübte, dachte an seine Augen – Augen, die ihr so vertraut schienen und in denen nicht der Funke eines Wiedererkennens lag. Und sie musste falschliegen, denn es bestand nun wirklich überhaupt kein Grund, Robin Böses zuzufügen. »Und wenn du dich irrst? Wenn es keine Absicht war?«

»Du hättest erleben müssen, wie er mich angegrinst hat, als ich ihn zur Rede gestellt habe. Es war Absicht, daran gibt es überhaupt keinen Zweifel.«

Alina knibbelte an einem losen Faden an ihrer Jacke, der eine kleine Schlaufe geschlagen hatte. Sie wusste darauf keine Antwort, ihr kam das alles seltsam vor. Vielleicht lag das aber auch daran, dass ihr Blick getrübt war, was Alexander anging. Als sie ihn an diesem Tag zu einem Spaziergang abgeholt hatte, hatte sie dies in der Überzeugung getan, sich von ihm küssen zu lassen, wenn er das wollte. Nun, mit einigem Abstand kam ihr dieser Treuebruch an Patrick – wenngleich bisher nur in Gedanken – so furchtbar vor, dass sie sich vornahm, Alexander nicht wieder zu besuchen. Gleichzeitig jedoch ahnte sie, dass dieser gute Vorsatz nicht lange halten würde.

»Was hast du eigentlich mit diesem Kerl zu schaffen?«, fragte Robin, als habe er ihre Gedanken erraten.

»Nichts. Wir waren nur spazieren.«

»Ah ja.«

Das war nun nicht die Unterhaltung, die sie führen wollte,

und so tastete Alina nach dem Türgriff. »Es tut mir leid um dein Geld«, sagte sie, konnte jedoch kein echtes Mitleid empfinden. Wie leichtsinnig, so viel zu setzen. Und dass Alexander mit Absicht alles verlor, um Robin zu schaden, konnte sie sich beim besten Willen nicht vorstellen.

Robin nickte nur, und sie stieg aus. Als sie gerade den Schlüssel herauskramte, klingelte ihr Handy. Sie zog es hervor. Patrick. Kurz zögerte sie, dann drückte sie ihn weg und schloss die Haustür auf.

DANACH

»Im Grunde genommen hat mich das
meine Existenz gekostet.«
(Andreas Kaltenbach)

8

»Du könntest langsam mal aufhören, mir böse zu sein.« Das waren ungewohnte Töne von Alexander, und Leonora ließ sich tatsächlich dazu herab, von ihrem Buch aufzublicken und ihn kurz anzusehen, ehe sie sich wieder der Lektüre widmete. »Soll ich zu ihm gehen und ihm sagen, was ihm blüht, wenn er dich wieder belästigt?«

»Ja, genau das ist die Lösung des Ganzen. Nicht etwa, ihm sein Geld zurückzugeben, sondern brusttrommelnd vor ihm das Alphatier zu geben.«

»Ich habe sein Geld nicht mehr.«

»Sagtest du, ja.« Sie starrte weiter in ihr Buch.

»Man sieht, dass du nicht liest.«

Ein wenig genervt schlug sie das Buch zu. »Was willst du jetzt eigentlich von mir? Ist gut, ich bin nicht mehr böse, weil mir Robin aufgelauert hat, da er an dich nicht rankommt. Und dass du mit Alina anbändelst, ist mir auch egal.«

»Wir waren nur spazieren.«

Sie lachte. »Aber sicher.«

»Du glaubst mir nicht?«

»Bisher wolltest du von all diesen Leuten etwas. Ich weiß nicht, warum, aber so ist es. Und von Alina willst du vielleicht ganz einfach das, was ihr Männer meistens wollt, wenn ihr eine hübsche Frau seht.«

»So simpel bin ich nicht gestrickt.«

»Was soll das dann? Ich meine, jeder sieht, dass sie verrückt nach dir ist, und wenn du mir allen Ernstes sagen möchtest, du hättest es nicht bemerkt, dann kann es mit deiner Menschenkenntnis nicht weit her sein.«

Er schwieg, und sie erhob sich, um eine Tasse Kaffee zu kochen.

»Machst du mir einen Tee?«

»Mach's selbst«, murmelte sie, setzte aber dennoch Wasser auf. »Was ist mit Patrick?«

»Der ist noch nicht dran.«

»Wartest du erst, bis er aufgeschreckt wird, weil du vorher irgendeinen Mist mit den Menschen um ihn herum abziehst?«

»Nein.«

Sie legte ein Kaffeepad in die Maschine und lauschte dem Surren, mit dem das Wasser durchlief. »Was ist jetzt eigentlich mit diesem Luca?«

»Dem passiert nichts, keine Sorge. Ich brauche ihn lediglich als Mittel zum Zweck.«

»Und gerade sein Wohlergehen interessiert mich von allen am wenigsten.« Sie nahm die Kaffeetasse, goss ein wenig Milch hinein und setzte sich mit untergeschlagenen Beinen auf das Sofa, gegenüber von Alexander. Das Teewasser kochte.

»Was hast du eigentlich für ihn geplant?«, fragte sie.

»Für Patrick?«

Sie nickte.

»Ich warte den richtigen Moment ab, und dann lasse ich ihn vor den Augen der Öffentlichkeit wissen, was ich über ihn weiß.« Er drehte an der Eieruhr und blieb daneben stehen, rücklings an den Küchentresen gelehnt, schweigend, in sich gekehrt. Leonora lagen weitere Fragen und Vorwürfe auf der Zunge, aber auf einmal brachte sie es nicht mehr über sich, sie auszusprechen. Als ein Piepsen ertönte, wandte er sich ab, schaltete die Eieruhr aus und goss den Tee ab. Sie hatte es immer schon gemocht, ihm bei der Teezubereitung zuzusehen, und als er nun aufsah und mit der Tasse zum Sofa zurückkam, trafen sich ihre Blicke.

»Mein leiblicher Vater«, sagte er übergangslos, »ist gestorben, schon vor einigen Jahren. Und ich werde mich dafür an jedem rächen, der eine Mitschuld trägt.«

Leonora stieß langsam den angehaltenen Atem aus. »Robin und Patrick?«

»Der Anwalt, und in gewisser Weise auch Luca, wobei den nur die Schuld trifft, nicht hingesehen zu haben. Daher lasse ich ihn auch in Ruhe. Soll er selbst mit seinem Gewissen ins Reine kommen. Durch sein ständiges Beobachten und Aushorchen hat er ohnehin keine Freunde, es gibt also nichts, was ich ihm noch nehmen könnte, außer seiner gescheiterten Existenz.«

Sie stellte ihre Tasse auf den Tisch, stand auf und kam um den Tisch herum auf ihn zu, setzte sich auf die Lehne seines Sessels. Alexander wandte den Kopf und sah sie an. »Haben sie deinen Vater auf dieselbe Weise auf dem Gewissen wie meinen?«

»Nein.«

Sie hob die Hand, strich ihm das dunkle Haar aus der Stirn. »Und was ist mit Alina? Welche Rolle spielt sie bei dem Ganzen?«

»Sie bleibt außen vor.«

»Aber etwas verbindet dich mit ihr, nicht wahr?«

Er antwortete nicht, und Leonora versuchte, in seinen grauen Augen zu lesen. Ich bin verliebt, dachte sie erschüttert, ganz und gar verliebt, mit all den Ängsten und der Verletzlichkeit, die dazugehörten. Ganz leicht beugte sie sich vor, brachte ihr Gesicht näher an seines.

»Du bist mir nichts schuldig«, sagte er kaum hörbar.

»Ich weiß«, antwortete sie.

* * *

Sie stand hier wie eine durchgeknallte Stalkerin. Da sie sich vorgenommen hatte, dieses Mal nicht zu klingeln, wartete sie darauf, dass er das Haus verließ – möglicherweise ebenfalls in der Hoffnung, sie zu treffen. Und nun stand sie da, sah zu den dunklen Fenstern seiner Wohnung hoch und dann zu den erleuchteten von Leonoras Wohnung ein Stockwerk höher. Kurz waren zwei Gestalten zu erkennen, und die hochgewachsene war vermutlich Alexander.

Alina lehnte sich mit dem Rücken an den Baum und beschloss weiterzugehen, da nicht zu erwarten war, dass er noch kam. Dennoch blieb sie stehen, knabberte an ihrer Unterlippe und sah zum Fenster hoch, versuchte, sich einen Anschein von Beiläufigkeit zu geben. Hoffentlich kam Robin nicht auf die Idee, hier vorbeizufahren. Sie würde ihm ihr erneutes Auftauchen hier nur schwer erklären können, sie konnte es ja nicht einmal sich selbst gegenüber. Was trieb sie hierher? Sie war seit der Schulzeit mit Patrick zusammen, und sie war ihm noch nie untreu geworden. Jetzt jedoch erwischte sie sich ständig bei dem Gedanken an Alexander, an die seltsame Vertrautheit zwischen ihnen.

Sie sah Leonora herumlaufen, dann war eine Zeit lang nichts zu erkennen, wieder Leonora, die sich vermutlich aus sitzender Position erhob und danach sofort wieder aus Alinas Sichtfeld verschwand. Dann war lange Zeit nichts mehr zu sehen, und schließlich wurde das Licht gelöscht. In einem anderen Zimmer waren die Vorhänge zugezogen, aber man konnte den Lichtschimmer dahinter erkennen. War das ihr Schlafzimmer? Und war sie allein dort? Ging Alexander hinunter in seine Wohnung? Und wenn ja, warum machte er kein Licht? Oder würde er nun doch das Haus verlassen?

Das war doch krank, dachte Alina und sah dann doch noch einmal hoch zu dem Raum mit den verschlossenen Vorhängen. Dann wandte sie sich abrupt ab und ging, spürte, wie ihre Wangen brannten. So etwas Gestörtes hatte sie noch nie gemacht, offenbar brachte Alexander einige wenig vorteilhafte Züge in ihr zum Vorschein. Sie würde nicht wieder hierherkommen, damit war jetzt Schluss. Und doch konnte sie nicht verhindern, dass sich allein bei dem Gedanken, wie Leonora vielleicht gerade in Alexanders Armen lag, die Eifersucht wie eine fette Made in sie hineinfraß.

Die Hände in die Taschen geschoben, den Kopf gesenkt, ging sie langsam die Straße entlang, während ein kalter Wind brackiges Laub durch die Straßen trieb. Sie zog die Schultern hoch gegen die Kälte, aber es nützte nichts. Als sie zu Hause ankam, war sie durchgefroren, und sie hoffte, dass sie sich bei dem langen Herumstehen keine Erkältung eingefangen hatte. Als sie gerade den Schlüssel ins Schloss fummelte, hörte sie Patricks Stimme und fuhr herum, glaubte, das schlechte Gewissen müsse ihr ins Gesicht geschrieben sein.

»Hey«, sagte sie bemüht ruhig. »Stehst du hier schon lange?«

»Nein, eben erst gekommen.« Er stand im Lichtkegel einer Laterne und kam langsam auf sie zu. »Warst du spazieren?«

»Ja.« Mit klammen Fingern schloss sie die Tür auf und trat mit Patrick zusammen in den geräumigen Altbauhausflur. Ihre Schritte hallten auf dem Mosaikboden, als sie zur Treppe gingen. »Ist was Besonderes, oder möchtest du mich einfach nur besuchen?«

»Du hast mir gefehlt.« Seine Hand lag ganz leicht an ihrem Rücken, als sie an seiner Seite die Treppe hochging, und das schlechte Gewissen ballte sich wie ein Klumpen in ihrer Kehle. Was genau hatte sie sich von dem Abend erhofft? Dass Alexander mit ihr spazieren ging? Dass er sie küsste? Sie hineinbat? Sie schluckte, versuchte, ihre Stimme wieder zu fassen zu kriegen.

»Du mir auch.« Hoffentlich hörte er den Missklang nicht, das leichte Kippen der Worte. Sie öffnete die Wohnungstür, und in der Wärme begannen ihre Wangen zu kribbeln. Rasch zog sie den warmen Mantel aus, streifte sich die Schuhe von den Füßen und ging in die Küche. »Möchtest du etwas trinken?«

»Nur ein Wasser.«

Etwas anderes hatte sie ohnehin nicht im Haus, ihre Gastgeberqualitäten waren immer schon spärlich gewesen. Sie hantierte am Kühlschrank, füllte zwei Gläser und ging damit ins Wohnzimmer, wo Patrick vor ihrem Bücherschrank stand. Er drehte sich zu ihr um, nahm ihr eines der Gläser aus der Hand und stellte es auf dem Tisch ab, ohne davon zu trinken.

»Ich habe mit Hannah gesprochen«, sagte er. »Irgendjemand hat die Schulden von Maximilians Vater bezahlt.«

»Aha.« Alina tat der Kopf weh, und gerade interessierte sie nichts weniger als Hannah und Maximilian.

»Und Robin wurde um viel Geld erleichtert. Irgendwie eine Ironie, findest du nicht?«

»Hmhm.« Ob sie irgendwo noch Schmerztabletten hatte?

»Was ist los mit dir?« Offenbar ging ihm gerade auf, dass sie nicht bei der Sache war.

»Nichts, nur ein wenig Kopfweh.«

»Soll ich dir die Schultern massieren?«

Obwohl sie wusste, dass es ganz sicher kein Verspannungsschmerz war, nickte sie, ließ sich auf einem Sessel nieder und neigte den Kopf. Patrick schob ihr Haar zur Seite, dann umfassten seine Hände ihre Schultern, und Alina schloss die Augen. Zwar ließen die Kopfschmerzen nicht nach, aber es war entspannend. Und vertraut. Sie musste aufhören, über Alexander nachzudenken, darüber, was er gerade tat und mit wem. Seufzend hob sie das Wasserglas an ihre heißen Wangen, den Tränen nahe, während Patrick ihre Schultern massierte.

* * *

»Was willst du?«, fragte Hannah ungnädig, als Kathi ihr Zimmer betrat. Sie war gerade dabei, einen Brief an ihren Großvater zu schreiben, der im Pflegeheim lebte. Nach einem Schlaganfall war er gelähmt und konnte nur noch über die Augen kommunizieren. Wenn sie bei ihm war, hielt sie eine Tafel hoch, fuhr mit den Fingern über die Buchstaben und hielt inne, wenn er blinzelte. Auf diese Weise bildete er Sätze und teilte sich ihr mit. Ab und zu schrieb sie ihm Briefe, die ihm dann jemand vorlas.

»Wir sind jetzt weg. Bringst du Liam bitte pünktlich um acht ins Bett?«

Hannah sah sie verständnislos an. »Weg?«

»Wir gehen aus, hast du das vergessen?«

Hatte sie in der Tat. »Ähm, wohl eher verdrängt.« Hannah winkte mit der Hand ab. »Geht nur.«

»Denkst du an Liam? Um Punkt acht.«

»Ja, ja.«

»Und sei nicht wieder so garstig zu ihm.«

»Bin ich nie.«

Hannah wandte sich demonstrativ wieder ihrem Brief zu. Sie schrieb mit Füller, da ihr Großvater ein altmodischer Mann war und sie wusste, dass sie ihm damit eine Freude machte. Da sie bemerkte, dass Kathi immer noch in der Tür stand, blickte sie auf. »Ist noch was?«

Die Frau ihres Vaters sah sie an, als wolle sie etwas sagen, und schüttelte dann den Kopf. »Nein, alles bestens.«

Nachdem sie gegangen war, schrieb Hannah ihren Brief zu Ende und stand auf, streckte sich und ging zur Tür. Sie hörte den Fernseher bereits, als sie oben auf der Galerie stand. Seufzend ging sie die Treppe hinunter ins Wohnzimmer, wo sich ihr sechsjähriger Bruder vor dem Fernseher fläzte. Früher hatte sich Hannah immer Geschwister gewünscht, hatte dabei aber nie ein derart verzogenes Kind im Sinn gehabt wie ihren Bruder. Ihr Vater war zu selten da, um Einfluss auf ihn zu nehmen, und von der Mutter lernte er eigentlich nur, dass man der älteren Schwester wenig bis gar keinen Respekt entgegenzubringen hatte.

»Es ist Schlafenszeit«, sagte sie und bekam nicht einmal eine Reaktion als Antwort. Sie nahm die Fernbedienung und schaltete kurzerhand den Fernseher aus. In diesem Moment war es, als würde in ihrem Bruder ein Schalter umgelegt werden. Er sprang auf und ging auf sie los, um die Fernbedienung zurückzubekommen.

»Mach das wieder an«, schrie er.

Hannah wehrte ihn ab, aber er ging immer wieder auf sie los und hängte sich an den Arm, in dem sie die Fernbedienung hielt. »Sag mal, spinnst du jetzt total?« Sie schüttelte ihn ab, er jedoch ließ nicht locker, bis sie schließlich die Fernbedienung so hoch oben ins Regal packte, dass er nicht darankam. Er trat sie und schrie sie an, endlich den Fernseher wieder einzuschalten.

»Wehe, du kletterst da hoch«, mahnte sie. »Du weißt, dass du dann mit Papa richtig Ärger bekommst.«

»Das erlaubt Mama gar nicht.«

Sie holte ihr Handy hervor. »Ich filme dich, da kann sogar deine Mutter nichts mehr sagen.«

Er sprang hoch, riss ihr das Handy aus der Hand und warf es mit aller Kraft gegen die Wand. Hannah stürzte darauf zu, hob es auf, und im nächsten Moment kletterte Liam am Regal hoch und eroberte die Fernbedienung. Während Hannah sich den Schaden besah, lief der Zeichentrickfilm bereits weiter, und Liam griff nach der Fernbedienung für den Blu-ray-Player, um zu der Stelle zurückzuspringen, an der Hannah den Fernseher ausgeschaltet hatte. Mit seinen sechs Jahren wusste er dergleichen ohne langes Herumlavieren zu bedienen, und der selbstzufriedene Ausdruck in seinem Gesicht, während er sich wieder aufs Sofa setzte, kostete Hannah beinahe alle Beherrschung. Viel schlimmer war jedoch, dass das Display ihres Smartphones in einer Ecke aussah wie gesplittert und sich ein Riss bis zur Mitte zog.

»Du hast mein Handy kaputt gemacht«, sagte sie.

»Das habe ich nicht extra gemacht.«

»Du hast es an die Wand geworfen.«

Liam schwieg und starrte weiter auf den Fernseher. Hannah spürte eine so unbändige Wut in sich aufsteigen, dass es besser für sie beide war, wenn sie den Raum verließ. Als sie am Arbeitszimmer ihres Vaters vorbeikam, musste sie daran denken, was Maximilian ihr mal erzählt hatte. Diese Geschichte mit dem Jungen, den ihr Vater seinerzeit ins Gefängnis gebracht hatte. Ihr Vater sagte, er erinnere sich nicht daran, aber Hannah war nach wie vor davon überzeugt, dass darin seine Abneigung gegenüber Maximilian begründet lag. Sonst gab es einfach keinen schlüssigen Grund dafür. Immerhin lebten sie nicht mehr im neunzehnten Jahrhundert, wo man Männer abwies, weil sie nicht standesgemäß waren.

Ihr Vater war, was seine Arbeit anging, sehr strukturiert, aber da sie nicht wusste, wann dieser Vorfall gewesen war, hatte sie keine Ahnung, wo sie ansetzten sollte. Sie zog einen Ordner hervor, blätterte darin herum, aber das gab natürlich nichts her. Er würde Akten zu Verhandlungen, die er geführt hatte, wohl nicht einfach so herumstehen lassen, wo jeder hineinsehen konnte. Sie schaltete seinen Laptop an und setzte sich in den bequemen Schreibtischstuhl, während das Gerät surrend zum Leben erwachte. Das brachte allerdings auch nicht viel, denn seine Arbeit war passwortgeschützt. Im Grunde genommen hätte Hannah sich das denken können.

Wenigstens funktionierte das Handy noch, und sie rief Maximilian an.

»Hey, hast du schon geschlafen?«, fragte sie, als er ans Telefon ging.

»Nein, ich sitze an einem Artikel.«

»Sag mal, wann war der Vorfall mit diesem Jungen, den dein Vater trainiert hat? Du weißt schon, den mein Vater ins Gefängnis geschickt hat.«

»Jugendarrest.«

Hannah verdrehte die Augen. »Ja, dann halt so.«

»Weiß ich nicht. Muss vor sechs oder sieben Jahren gewesen sein.«

»Weißt du, wie er hieß?«

»Nicolas mit Vornamen, der Nachname fällt mir gerade nicht ein.«

Hannah versuchte es über die Suchfunktion, aber das ergab auch nichts.

»Was machst du da eigentlich gerade?«

»Ich suche im Laptop meines Vaters danach.«

»Warum auf einmal?«

»Mir ist danach, ihn für die Zeugung meines Bruders zu bestrafen.«

Maximilian lachte leise. »Babysitterpflichten?«

»Frag nicht. Diese verzogene Mistkrähe hat mein Handy zerdeppert und mich getreten. Außerdem hängt er vor dem Fernseher herum und denkt, er hätte mich besiegt.«

»Klingt nach einer harten Schlacht.«

Hannah drehte sich im Schreibtischstuhl langsam um die eigene Achse. »Ich gehe da gleich hin und ziehe die Kabel raus. Er soll sich nur erst in Sicherheit wiegen.« Inzwischen war ihre Wut ein wenig verraucht. Das mit dem Handy würde ein Nachspiel haben, dessen konnte Liam sich gewiss sein. Im Gegensatz zu Kathi ließ ihr Vater ihm nicht alles durchgehen.

»Sehen wir uns morgen?«, fragte sie.

»Ja. Übrigens hat mein Vater herausbekommen, wer seine Schulden bezahlt hat.«

»Und wer war es?« Hannah fuhr den Laptop herunter und klappte ihn zu.

»Ein Alexander Dobberstein.«

Sie war gerade im Begriff gewesen, sich mit dem Fuß erneut abzustoßen, um den Sitz wieder langsam um sich selbst drehen zu lassen, als sie innehielt. »Alexander?«

»Klingt, als würdest du ihn kennen.«

»Das ist so ein neuer Freund von Patrick, du hast ihn auch mal gesehen, auf dieser Party, wo mein Vater aufgetaucht ist.«

»Echt? Ist ja komisch. Meinst du, der hat deinen Vater damals angerufen?«

»Warum sollte er?«

»Warum sollte er die Schulden meines Vaters bezahlen?«

»Vielleicht, weil er ein soziales Gewissen hat.«

»Eins, das mehrere Tausend Euro wert ist?«

»Der hat auch die Polizei gerufen, als die Schläger da waren.«

Schweigen.

»Ich besuche Patrick morgen«, sagte sie. »Vielleicht kriege ich raus, wer er ist.«

NICO

Sechs Jahre zuvor

Nico, Einserschüler, Spitzensportler seines Jahrgangs, das hübscheste Mädchen der Stadt als Freundin – auf der Überholspur war er frontal gegen die Wand gekracht. Er war nicht nur stehen geblieben, nein, er wurde auch noch zurückgeschleudert, war nun ganz hinten bei den gesellschaftlichen Verlierern angelangt. Jugendhaft, keine Freunde mehr, das Schuljahr gerade so mit den für die Versetzung notwendigen Leistungen absolviert. Er hatte keine Ahnung, wie es der Staatsanwalt geschafft hatte, aus diesen völlig unhaltbaren Vorwürfen eine Anklage mit Verurteilung zusammenzuzimmern. Beweise waren aufgetaucht, von denen er nicht wusste, wo sie überhaupt herkamen.

Er besaß mehr von den aufputschenden Drogen als für den Eigenbedarf erklärbar. Jetzt war er nicht nur aufgeputscht, sondern sogar ein Drogendealer? Das war doch absurd! Irgendwie lief alles aus dem Ruder, und weil Nico sich so unkooperativ verhielt, bockig alles abstritt und sich auch im Jugendarrest nicht gerade vorbildlich verhielt, da er dies angesichts der Ungerechtigkeit einfach nicht fertigbrachte, hatte man ihm keinen einzigen Monat erlassen. Ein halbes Jahr hatte er im Arrest verbracht, in der Zeit war sein Vater an einem Schlaganfall gestorben. Danach kam Nico in die Obhut des Jugendamtes, bis sich ein Verwandter meldete, ein Bruder seiner Mutter aus den USA, mit dem er bisher wenig bis gar keinen Kontakt gehabt hatte.

Hätten ihm seine früheren Freunde zur Seite gestanden, wäre alles vielleicht nicht gar so schlimm gewesen. Ja, er hatte das Stipendium verloren, und die Aussichten, je wieder für eines in Erwägung gezogen zu werden, waren gleich null. Aber er wäre nicht allein gewesen. Robin war an seiner Stelle nachgerückt und hatte bei ihrer letzten Begegnung niedergedrückt und schuldbewusst gewirkt. Dabei konnte er ja nun nichts dafür, dass die Dinge so gelaufen waren. Alina hingegen hatte ihm erklärt, dass ihre Eltern nicht wollten, dass sie sich mit ihm traf. Sie wirkte dabei auch nicht so, als habe sie dagegen aufbegehrt, und schien vielmehr erleichtert darüber zu sein, dass ihr diese Richtung praktisch »von oben« vorgegeben worden war. Ein Neuanfang in den USA war vielleicht nicht das Schlechteste. Besser, als in eine Pflegefamilie zu kommen und weiter auf diese Schule zu gehen, wo er ohnehin ein Ausgestoßener war, war es allemal.

DANACH

»Was er im Nachhinein getan hat, war ja nun auch nicht richtig. Egal, was vorher lief.«
(Robin Preuß)

9 Leonora saß auf dem Sessel in ihrem Wohnzimmer, hielt einen Becher Kaffee umfasst und starrte durch das Fenster hinaus in die Dunkelheit. Ein böiger Wind ließ Regen gegen die Scheibe prasseln. Sie trug ein langärmliges Longshirt über Leggings und fror ein wenig, mochte aber nicht aufstehen, um sich etwas anderes anzuziehen. Ein Blick auf die Uhr sagte ihr, dass es gleich sechs war. Eigentlich war sie früh aufgestanden, um noch ein wenig zu lernen, ehe sie losmusste, aber sie konnte sich nicht aufraffen.

In den letzten Tagen hatte sie eine fast schon bleierne Erschöpfung erfasst, und sie wusste nicht recht, wie sie sich davon befreien sollte. Ihr damaliges Leben war wesentlich unbeständiger gewesen, mit weniger Sicherheiten, weniger Schlaf, und doch war ihr, als habe sie eine solche Müdigkeit da nicht gekannt. Es fühlte sich an wie Überdruss, als schrumpfe ihr Dasein auf diese kleinen Momente des Hier und Jetzt, ohne Vergangenheit und ohne Zukunft. Und es kostete sie viel Mühe, sich davon frei zu machen. Ein seltsam schwereloser Zustand, der orientierungslos machte und gewiss auch ziellos.

Mit einiger Mühe schüttelte Leonora diese trübsinnigen Gedanken ab und nippte an ihrem Kaffee. Alexander war offenbar schon aufgestanden, ihn trieb vermutlich eine ähnliche Schlaflosigkeit wie sie. Sie könnte zu ihm gehen, diesen Zustand des Herumtreibens einen Augenblick lang beenden, indem sie jede Zielstrebigkeit für den Moment auf ihn richtete. Aber sobald er fort war, würde sie zurück in dieses Nichts fallen.

Und wenn sie einfach wegging? Wenn sie all das beendete, hier und jetzt? Wenn sie ihm sagte, sie könne das nicht mehr? Er hätte Verständnis, das hatte er immer wieder gesagt. Aber das wiederum konnte sie nicht, sie war es sich selbst schuldig, weiterzumachen. Sich und ihrem Vater. Ach, Papa, dachte sie, wenn du mich jetzt hier sehen könntest …

Das Läuten an der Tür ließ jedes aufkeimende Melodram in tausend Stücke zerbrechen, und Leonora sah auf die Uhr. Noch nicht einmal halb sieben. Sie stellte den Becher ab und ging zur Tür, nahm den Hörer der Sprechanlage ab. Es war niemand zu hören. Vermutlich hatte sich jemand in der Tür geirrt oder spielte Klingelmäuschen. Aber die alten Ängste saßen zu tief, und so erfasste sie jenes altvertraute Zittern, und sie musste sich einen Moment lang mit dem Rücken an die Wand lehnen, um durchzuatmen. Unmöglich, jetzt allein zu sein.

Als sie mit dem Schlüssel die Tür zu Alexanders Wohnung öffnete, stand dieser bereits im Flur, hatte sie offenbar gehört und war auf dem Weg zur Tür. Und er war wohl ebenfalls schon länger wach, denn er trug Jeans und ein T-Shirt. »Was ist passiert?«

»Nichts, ich brauche einfach Gesellschaft.«

Alexander zog die Stirn kraus, dann ging er an ihr vorbei zur Tür, als frage er sich, ob etwas dahinter lauerte, das ihr Angst machte. Dann berührte er ihren Ellbogen und ging mit ihr ins Wohnzimmer. Seine Wohnung war genauso geschnitten wie ihre, mit einer zum Wohnraum hin offenen Küche. Leonora ging zum Sofa und ließ sich darauf nieder, zog die Beine an und schlang die Arme um den Oberkörper. Vielleicht nahm es ja nie ein Ende …

»Ist wirklich alles in Ordnung?«

»Ja«, murmelte sie und strich sich das Haar aus dem Gesicht. »Mir gehen momentan einfach die Nerven durch.«

Alexander ging in die Küche. »Magst du Kaffee?«

Sie nickte nur und hörte, wie Wasser lief und er an dem Kaffeeautomat herumhantierte. Es hatte etwas Beruhigendes, ihm zuzuhören, wie er die Kaffeebohnen in die Maschine schüttete. Leise setzte das Geräusch der Kaffeemühle ein, ehe der schwarze Kaffee mit einem surrenden Geräusch in die Tasse lief. Dann setzte Alexander sich ihr gegenüber auf einen Sessel und sah sie aufmerksam an. »Du bist dir nach wie vor sicher, dass du das packst?«

»Klar.« Sie klang nicht ganz so überzeugt, wie sie es gerne getan hätte. »Was ist eigentlich jetzt mit Robin?«

»Mit dem brauchst du dich nicht mehr zu treffen, wenn du das nicht möchtest. Ich bin fertig mit ihm.«

»Einfach so?«

»Ja, einfach so.«

»Und wenn er sich in seiner Verzweiflung etwas antut?«

»Das wird er nicht.«

Leonora nickte nur, wenig überzeugt. Sie trank einen Schluck Kaffee und stellte fest, dass er wirklich gut war, stark und schwarz. Allerdings half er nicht gegen den hämmernden Kopfschmerz, der sich hinter ihrer Stirn aufbaute. Sie musterte Alexander, der sein Smartphone hervorgeholt hatte und darauf herumtippte. Der Drang, zu ihm zu gehen, ihn zu umarmen, ihm das Haar aus der Stirn zu streichen, war fast übermächtig. Sie wusste, wenn sie das täte, würde seine Aufmerksamkeit ganz und gar ihr gehören, er würde ihr den Arm um die Mitte legen, sie an sich ziehen, und das Bewusstsein, dass sie die einzige Frau war, der gegenüber er sich so zugänglich zeigte, war auf gewisse Art berauschend. Als er aufblickte und lächelte, stob ein Kribbeln durch ihren Bauch, ein Gefühl, das sie das letzte Mal in der Art verspürt hatte, als sie sich als Teenager in einen Mitschüler verliebt hatte. Zögernd erwiderte sie das Lächeln, aber da sie um die Verletzlichkeit wusste, die dergleichen mit sich brachte, verzichtete sie darauf, zu ihm zu gehen. Erst einmal musste sie wissen, wer er nun eigentlich wirklich war.

* * *

Für das zerstörte Handy setzte es richtig Ärger, was Hannah mit einiger Befriedigung zur Kenntnis nahm. Die versprochene Ritterburg von Playmobil wurde gestrichen, wogegen Kathi heftig widersprach.

»Er hatte sicher nicht vor, das Gerät kaputt zu machen«, verteidigte sie ihren Sprössling.

»In welcher Absicht hat er das Handy denn sonst gegen die Wand geworfen?«, fragte Hannahs Vater.

»Vermutlich hat Hannah ihn provoziert.«

»Ja, hat sie auch«, rief Liam. Ein Blick seines Vaters brachte ihn zum Schweigen.

»Wenn er nicht so weit gedacht hat, dann wird er es eben lernen. Ich denke, die Konsequenzen waren ihm egal, weil er den Wert von Dingen nicht zu schätzen weiß. Und das wird ihm hoffentlich mit dem Verzicht auf die Burg bewusst.«

Liam brach in Tränen aus, und Kathi kochte vor Wut. »Das ist pädagogisch nicht gerade wertvoll«, schnaubte sie.

»Darüber sind wir wohl verschiedener Ansicht. Es wird Zeit, dass er lernt, mit diesen Dingen nicht immer durchzukommen.«

Kathi warf Hannah einen bösen Blick zu. »Du solltest ihn einfach pünktlich ins Bett schicken, aber offenbar war selbst das noch zu viel verlangt.«

»Das Ergebnis meiner Bemühungen diskutieren wir hier doch gerade, nicht wahr?«, antwortete Hannah von oben herab und gab sich Mühe, sich den Funken Genugtuung nicht anmerken zu lassen. Ihr Vater hasste Schadenfreude.

»Darüber hinaus ist der Fernseher vorläufig gestrichen«, fuhr Moritz Balkow fort. »Szenen wie gestern Abend möchte ich hier nie wieder sehen.«

»Das ist gemein«, schrie Liam.

»Gemein war es höchstens, mein Handy zu zertrümmern.«

»Die Sache ist hiermit erledigt«, schloss ihr Vater und widmete sich der Tageszeitung, während Kathi mit starrer Miene ihren Kaffee trank. Liam maulte und wurde von ihrem Vater, ohne dass dieser den Blick hob, in sein Zimmer geschickt. Da Hannah sich Kathis giftigen Blicken nicht länger aussetzen wollte, verließ sie die Küche nun ebenfalls, zog sich Stiefel und Jacke an und war mit einem knappen Abschiedsgruß zur Tür hinaus.

Ihr Versprechen im Hinterkopf, suchte sie zunächst ein Café auf, wo sie sich an einen der letzten freien Tische setzte, einen Kakao bestellte, ihr Handy hervorzog – ein altes Tastentelefon, auf dem sie nur SMS schreiben konnte und mit dem sie sich quasi abgeschnitten von der Außenwelt fühlte – und eine Nachricht an Patrick schrieb. Ihr Vater hatte ihr Smartphone mitgenommen und ihr versprochen, es nach der Arbeit direkt zur Reparatur zu bringen, damit das Display ausgetauscht wurde.

Hast du Zeit?

Die Antwort kam fünf Minuten später: *Bist du auf dem Retro-Trip?*

Sie war nicht mehr so geübt, in Windeseile eine SMS mit den Tasten zu tippen. *Mein Handy ist hinüber, habe so ein Uralt-Ersatzding. Bist du zu Hause?*

Ja, noch. Willst du vorbeikommen?

Der Kellner erschien mit ihrem Kakao, und Hannah zahlte direkt.

In einer halben Stunde?

O. K.

Hannah sah auf die Straße, über die der Wind pfiff. Einen so trostlosen Herbst hatte sie schon lange nicht mehr erlebt, und während ihr Blick einem halb abgerissenen Plakat folgte, das über den Bürgersteig geweht wurde, dachte sie, dass sich doch im Grunde genommen gerade alles zum Besten wendete. Maximilians Vater hatte keine Schulden mehr, Liam würde sich künftig zweimal überlegen, sie zu ärgern, und Kathi hatte bei der Gelegenheit ebenfalls erfahren müssen, dass es selbst für sie gewisse Grenzen gab. Warum also nistete in Hannahs Magen nach wie vor so ein seltsames Gefühl, eine Art Vorahnung nahenden Unheils? Sie trank die heiße Schokolade und wollte gerade nach ihrem Handy greifen, um ihre E-Mails abzurufen, als ihr einfiel, dass das mit diesem alten Knochen ja nicht ging.

Nachdem sie den Kakao ausgetrunken hatte, stand sie auf, knöpfte ihren Mantel zu und verließ das Café. Obwohl sie den Schal eng um den Hals geschlungen hatte, fror sie in dem kalten Wind. Sie schob die Hände in die Manteltaschen und beeilte sich, die Strecke zu Patricks Wohnung rasch zurückzulegen. Als sie endlich vor der Villa seiner Eltern stand, war sie durchgefroren. Sie ging um das ausladende Gebäude herum zu dem seitlichen Eingang, der zum Treppenhaus und von dort aus in Patricks Wohnung führte. Unmittelbar in dem Moment, als sie auf den Klingelknopf drückte, wurde die Tür geöffnet, und ihr lag bereits ein Scherzwort über seine Schnelligkeit auf den Lippen, als sie Alina gegenüberstand. Die wirkte allerdings nur wenig begeistert.

»Er ist oben.« Sie nickte zur Treppe hin, und in dem Moment ertönte der Summer.

Hannah nickte ihr nur zu und schob sich an ihr vorbei zur Treppe. »Hey.« Sie umarmte Patrick zur Begrüßung. »Was ist Alina denn über die Leber gelaufen?«

»Keine Ahnung. Wir waren gestern Abend bei ihr, da war sie auch schon schlecht drauf. Ich dachte, wenn wir zusammen ausgehen, wird es besser, wurde es aber nicht.«

»Wenn sie trotzdem bei dir übernachtet hat, kann es ja nicht gar so schlimm gewesen sein.«

»Sprach die Unschuld.«

Hannah streckte ihm die Zunge raus und ging zu seinem CD-Ständer, suchte ein wenig herum und entschied sich dann dafür, einfach das Radio anzumachen. »Jemand hat die Schulden von Maximilians Vater bezahlt.«

»Ach was?« Patrick lehnte an dem kleinen Esstisch, auf dem noch die Reste des Frühstücks standen.

»Angeblich Alexander Dobberstein.«

Nun runzelte er die Stirn, legte den Kopf leicht schräg. »Angeblich oder ganz sicher?«

»Maximilians Vater hat das wohl gesagt. Mehr weiß ich auch nicht.«

»Der Typ hat Robin um viel Geld gebracht, hat sich mit Absicht verspekuliert. Robin ist allerdings auch schön blöd, jemandem in dieser Hinsicht so zu vertrauen.«

Hannahs Augen weiteten sich. »Nicht dein Ernst.«

»Robin hat mich angerufen und wollte, dass ich irgendwas regle.« Patrick stieß ein Lachen aus. »Als ob ich da was machen könnte. Und dann wollte er sich von mir Geld leihen, um es zu investieren und irgendwie wieder auf einen grünen Zweig zu kommen.«

»Und? Hast du ihm was gegeben?«

»Nein.«

Hannah ging zum Fenster, blickte hinab in den sorgsam gepflegten Garten, in dem alles gestutzt und von einem Gartenarchitekten in Form gebracht worden war. »Warum hat er das denn gemacht?« Sie drehte sich wieder zu Patrick um. »Also Alexander, meine ich. Hatte er etwas davon?«

»Nein, nicht dass ich wüsste. Keine Ahnung, was das sollte.«

»Weißt du, was das eigentlich für ein Typ ist?«

»Alexander?« Patrick ließ sich auf einen Sessel fallen und streckte die Beine aus. »Keine Ahnung. Er ist in diesem Semester plötzlich aufgetaucht und war dann irgendwie überall angesagt, wurde zu Partys eingeladen und so weiter. Angeblich ist er sehr reich, aber über seine Familie weiß ich nichts. Ihn finde ich eigentlich ganz okay, aber seine Freundin ist irgendwie seltsam.«

»Mit der habe ich bisher noch kaum ein Wort gewechselt.« Hannah verschränkte die Arme vor der Brust und lehnte mit dem Rücken am Fenstersims. »Alina versteht sich ganz gut mit Alexander, oder?«

»Ist mir auch schon aufgefallen.« Patricks Gesicht war nicht zu entnehmen, was er davon hielt.

»Ich wüsste gerne, was ihn dazu veranlasst, Maximilians Vater zu helfen. Ich meine, er hat doch nichts davon.«

»Davon, Robin zu ruinieren, hatte er auch nichts. Aber seltsam ist das schon. Dein Maximilian ist doch Journalist, kann der nicht mal ein wenig recherchieren? Vielleicht bekommt er etwas heraus.«

»Angehender Journalist.«

»Ich höre mich noch mal um«, versprach Patrick. »Vielleicht erfahre ich ja etwas über ihn.«

* * *

Der Türgong ließ Leonora zusammenzucken, und fast hätte sie ihren Kaffee – die dritte Tasse an diesem Morgen – verschüttet.

Alexander erhob sich.

»Wer ist es?«

»Luca.«

Leonora starrte ihn an. Auf diesen seltsamen Typen hatte sie nun wirklich überhaupt keine Lust.

»Ich weiß, dass du ihn nicht magst«, sagte Alexander, der ihren Blick richtig gedeutet hatte. »Aber er ist wichtig.«

»Na dann …« Leonora hob nur die Schultern. Jetzt war es ohnehin egal, denn sie hörte bereits Schritte auf der Treppe und ein etwas abgehetztes »Hallo«.

»Hallo. Komm rein.«

Luca erschien im Raum, die Wangen gerötet vom kalten Wind. »Oh, ich hoffe, ich störe nicht.«

»Da ich dich um diese Zeit hierhergebeten habe«, antwortete Alexander, »kannst du davon ausgehen, dass du das nicht tust. Willst du was trinken?«

»Nein, danke.« Luca zog seine Jacke aus und warf sie achtlos über einen Sessel, dann setzte er sich in den daneben und musterte Leonora. Er hatte eine Art, einen anzusehen, als entginge ihm nichts, als könne er sogar erahnen, was man dachte. Unangenehmer Kerl.

Alexander setzte sich neben Leonora auf das Sofa und streckte die Hand aus. »Dann lass mal sehen.«

Nach kurzem Zögern holte Luca sein Handy hervor, entsperrte es, tippte ein wenig herum und reichte es Alexander. »Ich habe eine Sicherungskopie gemacht«, sagte er.

»Hast du Angst, dass ich es lösche?«

»Ich weiß ja nicht, was du für ein Spiel spielst.«

»Das dürfte für dich auch nicht von Interesse sein.« Alexander hob nicht einmal den Blick, während er das Video ablaufen ließ. Leonora sah ihm über die Schulter, und ihr stockte der Atem.

»Ist das nicht …«

»Ja, ist es.«

»Die Geschichte mit dem Kind ist also wahr?«

»Natürlich ist sie das. Oder glaubst du, so etwas Morbides denke ich mir aus?«

Leonora hob die Hand an den Mund, während das Video bis zum Ende ablief. »Und das Kind …«

»Ist gerettet worden, das habe ich dir doch gesagt.« Er nickte Luca zu. »Sein Hinterherspionieren hat also doch in gewisser Weise sein Gutes.«

Leonora sah ihn an. »Du hast das Kind wieder ausgegraben?«

»Denkst du, ich filme so was und lasse das Baby dann einfach liegen? Außerdem war es ja gar nicht eingebuddelt, er hat das Loch offen gelassen. Ich dachte erst sowieso, es sei schon tot, aber dann hat es gewimmert. Der Kerl hat es beruhigt und weitergegraben. Das ist doch krank.«

»Zur Polizei bist du damit trotzdem nicht gegangen«, sagte Alexander.

»Ich habe immer auf den richtigen Zeitpunkt gewartet, um ihn damit zu konfrontieren. Das muss ihm doch was wert sein.«

»Da du das bisher nicht getan hast, ist dir vermutlich selbst bewusst, wie bescheuert diese Idee ist.« Alexander tippte auf dem Handy herum, und kurz darauf meldete seines eine eingehende Nachricht.

»Hast du es dir geschickt?«, fragte Luca.

»Ja.«

»So war das eigentlich nicht abgemacht.«

»Was nützt es mir, wenn es auf deinem Handy ist?«

Luca schien widersprechen zu wollen, schwieg dann jedoch. »Und was machst du jetzt damit?«, fragte er stattdessen.

»Für ein wenig Gerechtigkeit sorgen«, sagte Alexander und lächelte.

Als Leonora nachmittags das Haus verließ, erschien ihr das alles irgendwie surreal: Luca, dieses Video … Und nun ergaben die Besuche bei der Frau und ihrer Tochter einen Sinn, wenngleich Alexander bei der Erklärung zurückhaltend war – so wie immer eigentlich.

Sie war erst wenige Schritte gegangen, als es anfing zu regnen. War ja klar. Sie zog sich die Kapuze über das Haar und schob die Hände in die Taschen, dann ging sie mit gesenktem Kopf weiter, während ihre Laune mit jedem Schritt tiefer sank. Erst als sie beinahe mit ihm zusammengestoßen wäre, bemerkte sie Patrick und blickte irritiert auf. Er stand vor ihr, taxierte sie, die Augen leicht verengt.

»Na, so ein Zufall, ich war gerade auf dem Weg zu dir.«

Sie neigte den Kopf, sah ihn fragend an.

»Dein seltsames Benehmen letztens – ich habe darüber nachgedacht.«

»Ah ja?«

»Du kommst aus Berlin, nicht wahr?«

Sie schwieg.

»Was willst du von mir? Geld?«

Das war so absurd, dass sie beinahe gelacht hätte. »Wenn ich das wollte, könnte ich bei Alexander aus dem Vollen schöpfen.«

»Was spielt ihr beide hier für ein Spiel? Und was sollte diese Anspielung auf meiner Party?«

»Denk doch ein wenig nach, vielleicht kommst du darauf.«

»Du solltest lieber aufpassen. Wenn du versuchst, mir Schwierigkeiten zu machen, könnte das für dich ziemlich übel enden.«

Das war ihr lediglich ein Lächeln wert. Er sah sie eine Weile schweigend an, während ihm das Haar nass in der Stirn klebte und das Regenwasser in Rinnsalen über sein Gesicht lief. Einen Moment lang wartete Leonora noch, dann ging sie an ihm vorbei und setzte ihren Weg fort. Angespannt lauschte sie auf Schritte, wollte wissen, ob er ihr folgte, aber da war nichts, und so atmete sie schließlich tief durch und ging weiter.

Ob er sie in der Tat nicht erkannte? Sie wischte sich mit dem Ärmel den Regen aus dem Gesicht. Wann immer sie an dem, was Alexander tat, zweifelte, reichte jene Erinnerung, um ihr bewusst werden zu lassen, dass es ihr die ganze Sache allein wegen Patrick wert war.

Als sie an dem Haus ankam, in dem sich die Wohnung von Elisabeth Kaufmann und ihrer kleinen Tochter befand, war sie nass und durchgefroren. Warum übernahm Alexander diesen Gang eigentlich nicht selbst? Aber natürlich wusste sie die Antwort. Die Frau war ohnehin schon misstrauisch, und wenn dann auch noch ein fremder Mann vor ihr saß, der ihr Geld gab, dann hätte sie womöglich gar Angst. Leonora drückte auf den Klingelknopf, und kurz darauf summte der Türöffner. Sie ging hoch und schob sich im Laufen die Kapuze vom Kopf.

Stumm bedeutete Elisabeth Kaufmann ihr, einzutreten. Leonora öffnete den Mantel und ging in das kleine Wohnzimmer, wo Lara auf dem Teppich saß und ein Haus aus Legosteinen baute. Lara blickte auf, sah Leonora prüfend an und sagte: »Du hast schöne Haare.«

»Danke. Du aber auch.«

Das Mädchen griff nach den blonden Locken, als müsse es sich vom Wahrheitsgehalt dieser Aussage überzeugen, dann wandte es sich wieder den Legosteinen zu.

»Lara, gehst du bitte in dein Zimmer?«, sagte die Mutter des Kindes nun.

Erstaunlich fügsam kam die Kleine der Aufforderung nach, hob das Legohaus hoch und trug es aus dem Raum.

»Ich habe kein gutes Gefühl dabei«, sagte die Frau.

»Aber Sie brauchen das Geld doch.«

Sie stieß ein bitteres Lachen aus. »Ja, in der Tat, wenn ich Lara nicht verlieren will. Aber ich weiß nicht, worauf ich mich hier einlasse.« Sie bot Leonora nichts zu trinken an, schien darauf erpicht, dass sie bald wieder ging. »Ihr Vater müsste zahlen und tut es nicht, und heute konnte ich schon wieder nicht arbeiten, weil Lara letzte Nacht ein wenig gefiebert hat und ich sie heute nicht in die Kita schicken konnte. Wegen einer möglichen Ansteckungsgefahr«, fügte sie hinzu, als wolle sie sichergehen, dass Leonora es verstand.

Die nickte nur, holte fünfhundert Euro hervor und legte sie auf den Tisch. »Und wenn Sie nun Geld von dem leiblichen Vater bekämen?«

Der Blick der Frau flackerte. »Will er die Adoption rückgängig machen?«

»Nein, das glaube ich nicht.«

»Aber er ist nicht verpflichtet, zu zahlen. Als ich Lara bekommen habe, war seine Identität nicht einmal bekannt. Die

Kleine war ein unerwünschtes Kind, Sie haben von dem Fall damals sicher in der Zeitung gelesen. Das Baby, das lebendig begraben wurde … Mein Mann hat die Adoption der Kleinen damals sehr öffentlichkeitswirksam präsentiert. Sein Ansehen war ihm schon immer sehr wichtig, sein soziales Gewissen.«

»Warum gehen Sie nicht ebenfalls an die Medien und zeigen, wie es um Sie steht? Würde ihn das nicht dazu animieren, zu zahlen?«

»Soll Lara später mal in den Archiven lesen, dass ich sie mit so einer Geschichte in die Zeitung gebracht habe, weil ihr Vater kein Geld für sie zahlt? Sollen die ganzen Mütter in der Kita es lesen? Ihre späteren Schulkameraden? Außerdem kann ich so etwas nicht, ich kann mich nicht öffentlich hinstellen und mein Privatleben breittreten.«

Das verstand Leonora. »Nun, Sie wissen ja, dass da jemand ist, der sich kümmert.« Sie erhob sich, und Elisabeth Kaufmann hielt sie nicht auf. Als sie die Wohnung verließ und hinaus auf die Straße trat, hatte es aufgehört zu regnen, und ein Sonnenstrahl tastete sich über die Straße, tauchte den nassen Asphalt in gleißendes Licht. Einen Moment lang flackerte eine Erinnerung auf, wie sie vor dem Wohnhaus ihrer Kindheit stand, geblendet von der Sonne auf der nassen Straße, und wie ihr Vater neben sie trat, ihre Hand nahm und mit ihr Kastanien suchen ging. Sie blinzelte, und das Bild zerstob.

* * *

»Ich kann es doch nicht ändern, verdammt noch mal«, sagte Alina, als Robin sie zum wiederholten Mal anrief.

»Kannst du Patrick nicht fragen, ob er mir nicht doch Geld leiht?«

»Nein, kann ich nicht. Und jetzt lass es endlich gut sein. Du bist doch auch ein wenig selbst schuld! Wie kann man so arglos sein?«

Er beendete das Gespräch wortlos, und Alina steckte ihr Smartphone ein. Sie verließ das Haus, als es gerade aufhörte zu regnen, und wie von selbst führten ihre Schritte sie in die Richtung von Alexanders Wohnung. Dass es sie wieder zu ihm zog, obwohl ein schöner Abend und eine schöne Nacht mit Patrick hinter ihr lagen, war irritierend, und sie fragte sich, was das über sie aussagte. Dennoch ging sie weiter, ging bis zu dem Altbau, in dem seine Wohnung lag, und drückte auf den Klingelknopf. Verstohlen sah sie sich um, während sie wartete, was der Sache einen noch anrüchigeren Anstrich gab.

»Ja?« Alexanders Stimme, knapp, ein wenig kühl.

Alinas Herz begann zu rasen. »Ich bin es.« Sie stockte einen Moment. »Alina«, fügte sie hinzu, im selben Moment, in dem der Türöffner betätigt wurde. Sie drückte die Tür auf und ging die Treppe hoch.

Alexander wartete an seiner Wohnungstür, und an seinem Gesicht ließ sich nicht ablesen, ob sie gerade ungünstig kam oder nicht. Sie ersparte sich Floskeln wie »Ich war gerade in der Nähe«, sondern stand einfach nur vor ihm. Er trat einen Schritt zurück und ließ sie wortlos ein.

»Ich habe gerade Tee gekocht«, sagte er. »Möchtest du welchen?«

Sie nickte nur, und er öffnete einen Schrank in der Küche und entnahm ihm eine Tasse. Währenddessen ging Alina langsam durch sein Wohnzimmer. Durch einen offenen Türbogen war ein kleiner Raum abgetrennt, ein Arbeitszimmer, wie es aussah. Allerdings schien Alexander das Lernen ins Wohnzimmer verlegt zu haben, denn auf dem kleinen Tisch lag ein aufgeschlagenes Buch, daneben ein Block, in den einige Notizen gekritzelt waren, und ein Laptop stand aufgeklappt auf dem Sofa.

»Hattest du gelernt?«

»Ja. Aber ich wollte ohnehin eine Pause machen.« Er reichte ihr die Teetasse, und sie ging zur Theke, die die Küche vom Wohnzimmer trennte, und setzte sich auf einen der hohen Hocker. Alexander stellte sich auf die andere Seite ihr gegenüber.

»Wie kommst du voran?«, fragte sie.

»Ganz gut.«

»Patrick habe ich am Anfang kaum gesehen, weil er ständig gelernt hat. Offenbar hat Leonora da mehr Glück.«

Er schenkte ihr ein kleines, hintergründiges Lächeln, als erahnte er die Frage, die eigentlich hinter der Andeutung steckte. »Bisher kamen keine Klagen.«

Alinas Herz pochte so heftig, dass es ihr in der Kehle schmerzte. Sie schluckte und strich mit den Fingern an der Tasse entlang, suchte nach Worten. Was tat sie hier überhaupt? Als sie den Blick wieder hob, bemerkte sie, dass Alexander sie nach wie vor ansah, als versuche er, zu ergründen, woran sie dachte. Und dann beschloss sie, alles auf eine Karte zu setzen, rutschte vom Hocker, ging um die Theke herum und blieb vor ihm stehen. Langsam hob sie die Hand, legte sie an seine Wange, strich mit dem Daumen sacht darüber, bemerkte, dass ihre Hand leicht zitterte. Er hielt inne, dann legte er seine Hand über ihre, und sie wollte bereits das Gesicht heben, wollte ihn küssen, als er ihre Finger umfasste und sacht von seinem Gesicht löste.

»Leicht fällt mir das nicht«, sagte er. »Und es gab mal eine Zeit, da habe ich von so einem Moment geträumt.«

Sie sah ihm in die Augen, die anders erschienen als sonst, das Blau weniger frostig, leicht ins Grüne changierend. Nach wie vor klopfte ihr Herz, während sie die kleinen honigbraunen Sprengsel in der Iris bemerkte, ihr Blick über sein Gesicht glitt, seinen Mund, während sie etwas suchte, das für einen Moment vor ihr aufblitzte und doch nicht lange genug hielt, um greifbar zu sein. Sie wich zurück, hob die Hand an den Mund. Dann wandte sie sich abrupt ab und verließ mit raschen Schritten die Wohnung.

DANACH

»Ich werde nichts weiter sagen.«
(Moritz Balkow)

10 »Wie hast du ihn überhaupt dazu gebracht, dir das Video zu zeigen?«, fragte Leonora, während sie morgens mit Alexander auf dem Sofa saß und sich die grauenhafte Szene noch einmal ansah, die nur deshalb erträglich wurde, weil sie wusste, dass es dem Kind nun gut ging.

»Das ist bei Menschen wie Luca nicht weiter schwer. Ich habe ihm Geld geboten. Ihm war es immer wichtig, Geld zu haben und mit den richtigen Leuten befreundet zu sein. Bei Letzterem kann ich ihm nicht helfen, aber ich kann für die Dinge, die ich wissen will, bezahlen.«

Leonora gab ihm das Handy zurück und kuschelte sich gemütlich in die Kissen, die auf dem Sofa lagen. »Und was machst du jetzt damit? Gibst du es der Polizei?«

»Das ist die Frage, nicht wahr? Wenn ich das mache, wird man fragen, woher ich es habe.«

»Und dann wird man Luca fragen, warum er es all die Jahre geheim gehalten hat. Kann er dafür dann als Mitwisser belangt werden?«

»Ja. Das wäre mir grundsätzlich egal, aber ich habe ihm versprechen müssen, das nicht zu tun, und ein gegebenes Versprechen breche ich selbst Luca gegenüber nicht.«

»Und was wirst du nun tun?«

»Ich dachte daran, es der Presse zuzuspielen, allerdings erst, nachdem ich es ihm gezeigt habe.«

Sie löste das Zopfband aus ihrem Haar und fuhr mit den Händen hindurch, bemerkte den Blick, mit dem Alexander sie bedachte. Es war ohnehin alles schon so furchtbar verwirrend und verfahren, auch ohne die Gefühle, die sie für ihn hegte, diese seltsame, verzehrende Verliebtheit. Und sie wusste, alles würde nur noch komplizierter werden, wenn sie sich darauf einließ. Sie flocht ihr Haar zu einem lockeren Zopf, warf ihn mit einer knappen Bewegung ihres Kopfes nach hinten und taxierte Alexander.

»Warum erzählst du mir nicht endlich, was dahintersteckt?«

»Du erfährst es schon noch.«

Sie verdrehte genervt die Augen. »Hör zu, Patrick hat mich auf der Straße schon angequatscht, wollte wissen, was du hier eigentlich treibst.«

»Ist er zudringlich geworden?«

»Nein.«

Alexander nickte und stand auf, um in die Küche zu gehen, wo er den Wasserkocher einschaltete. »Denkst du, er hat dich doch erkannt?«

»Nein, das glaube ich nicht, dann hätte er anders reagiert. Es ist doch auch schon einige Jahre her.« Er war damals erst achtzehn gewesen, nur fünf Jahre älter als sie. Seit sie hier war, fragte sie sich, ob seine Eltern etwas ahnten, ob sie wussten, was sich hinter seiner angepassten und sozial engagierten Fassade verbarg. Ob sie wussten, was für Abgründe in ihm lauerten.

»Er ist sehr zielstrebig, wenn er etwas haben will, nicht wahr?«

»Ja, kann man sagen.«

»Und was verbindet dich mit ihm?«

Sie stand auf und ging zu ihm, blieb vor ihm stehen, um ihm in die Augen zu sehen. »Was verbindet *euch?*«

Er wich ihrem Blick aus, goss den Tee auf.

Sie jedoch zwang ihn dazu, sie wieder anzusehen. »Was verbirgst du vor mir?«

Er schwieg, ließ seinen Blick in ihrem ruhen. »Solltest du nicht als einziger Mensch in mich hineinsehen können?«, fragte er kaum hörbar, dann zog er sie an sich und küsste sie.

* * *

Alina wischte sich die Tränen aus den Augenwinkeln, während sie alte Bilder auf ihrem Computer durchsah. Das alles war ganz und gar unmöglich, da passte nichts zusammen. Sie klickte das Album zu und ließ ihren Kopf auf den Tisch sinken. Sie hatte gestern eine komplette Idiotin aus sich gemacht, hatte sich an Alexander rangeschmissen, obwohl sie mit Patrick zusammen war. Vermutlich geschah es ihr ganz recht, dass sie abgeblitzt war.

Es hatte noch nie jemand anderen für sie gegeben, ebenso wie Patrick ihr – davon war sie überzeugt – stets treu geblieben war. Irgendwie war sie davon ausgegangen, dass das für immer so bleiben würde. Und nun warf dieser Alexander sie so komplett aus der Bahn. Sie rieb sich die Augen und betrachtete die Bilder. Konnte ein Mensch sich so ganz und gar verändern und dann doch wieder nicht? Oder bildete sie sich da einfach etwas ein? Sie schloss die Augen, rief Bilder alter Erinnerungen auf.

Als ihr Handy klingelte, öffnete sie die Augen wieder, sah auf das Display. Eine Freundin, mit der sie zusammen studierte. Da ihr nicht nach Plaudern war, drückte sie das Gespräch weg und schaltete den Ton aus, dann sah sie auf die Uhr. Am späten Nachmittag hatte sie noch ein Seminar, die restliche Zeit hatte sie eigentlich zum Lernen verwenden wollen, aber es war völlig unmöglich, sich zu konzentrieren.

Abends hatte sie Patrick besucht, in der Hoffnung, damit das Erlebnis bei Alexander verdrängen zu können, aber Patrick war selbst seltsam drauf gewesen, hatte genervt gewirkt, beinahe schon aggressiv. Eigentlich hatte sie die Nacht über bei ihm bleiben wollen, war dann aber schließlich gegangen und hatte dafür eine schlaflose Nacht verbracht, während derer sie sich von einer Seite auf die andere gewälzt hatte. Entsprechend gerädert fühlte sie sich nun.

Sie stand auf, nahm ihren Mantel, zog sich die Stiefel an und ging hinaus, um einen klaren Kopf zu bekommen. Es war immer noch trüb und sehr kalt, aber wenigstens regnete es nicht. Jetzt wurde ihr das erste Mal so richtig bewusst, wie wenig Sozialkontakte sie hier noch hatte. Ihre engsten Freundinnen studierten in anderen Städten, und die Leute, die sie von der Uni her kannte, waren eher gute Bekannte als Freunde, Leute, mit denen man auf Partys ging oder mal einen Kaffee trank und über die Uni und nervige Professoren sprach, aber niemand, der dazu geeignet war, sich die Probleme anzuhören, die man wirklich hatte. In der Regel hatte Patrick diese Rolle eingenommen, aber zu dem zog es sie gerade nicht.

Da Robin der einzige von ihren alten Freunden war, der noch hier lebte, schlug sie den Weg in seine Richtung ein, ohne so richtig zu wissen, ob das eigentlich das Richtige war, denn ihn trieben genug eigene Sorgen um. Aber sei's drum, mit irgendjemandem musste sie sprechen, und da war er eben der am ehesten Geeignete, allein schon um der Vergangenheit willen.

Dennoch blieb sie einige Minuten unschlüssig vor der Haustür stehen, ehe sie sich dazu durchringen konnte, den Klingelknopf zu drücken. Und dann dauerte es wiederum eine Weile, bis sie Robins Stimme hörte. Sie hatte sich eben überlegt, wieder zu gehen, als er sich über die Gegensprechanlage meldete. Kurz darauf summte es, und sie drückte die Tür auf.

Robin wohnte in einem schicken Neubau, und Alina fragte sich, ob er die Nebenkosten dafür wohl noch bestreiten konnte. Aber vermutlich kam ihn das immer noch billiger, als irgendwo zur Miete zu wohnen. Sie ging die Treppe hoch in den zweiten Stock, wo Robin am Türrahmen lehnte und wartete. Sein Haar war feucht, offenbar hatte sie ihn gerade unter der Dusche fortgeholt.

»Was gibt's?«, fragte er.

»Können wir reden?«

Er sah sie einen Moment lang schweigend an, dann trat er zurück und ließ sie eintreten. Sie ging ins Wohnzimmer und dort zu der Wand, an der die Fotos aus Robins Sportlerlaufbahn hingen. Dass er das Laufen nach der Schule nur noch als Hobby betrieb, sagte einiges darüber aus, wie bedeutungslos es letztlich für ihn geworden war, und Alina fragte sich zum ersten Mal, warum eigentlich.

Ihr Blick blieb an dem Foto hängen, das ihn und Nico zeigte, Nico mit dieser Nerd-Brille, die ihn auch als Sportler aussehen ließ wie Harry Potter. Sie taxierte ihn so, wie sie ihn auf den anderen Bildern betrachtet hatte. Dann drehte sie sich zu Robin um.

»Bist du hier, um mir zu sagen, dass du doch mit Patrick sprechen willst?«

»Nein«, antwortet sie. »Ich bin hier, um mit dir über Nico zu sprechen.«

Seine Augen weiteten sich, und er schwieg.

»Ich habe mir oft Vorwürfe gemacht«, sagte sie, »dass ich den Kontakt so rigoros abgebrochen habe. Eigentlich wollte ich das nicht, aber meine Eltern haben darauf bestanden. Ich meine, er war ja auch nach der ganzen Sache nicht gerade eine Vorzeigebekanntschaft, nicht wahr? Aber was war mit dir? Ich war verliebt in ihn, ja, und war es lange Zeit danach immer noch. Aber du warst sein bester Freund. Eine Jugendliebe vergeht, aber einen echten Freund findet man nicht so ohne Weiteres.«

Robin antwortete nicht sofort, sondern trat neben sie, betrachtete die Bilder. »Meine Eltern waren von der Freundschaft ebenfalls nicht sehr angetan. Und ich war erst fünfzehn.«

»Wann ist er eigentlich aus der Jugendhaft entlassen worden? Vor fünf Jahren?«

»Er war zu einem Jahr verurteilt. Ich glaube, er ist aber tatsächlich nur ein halbes Jahr drin geblieben, der Rest wurde zur Bewährung ausgesetzt. Er war ja damals noch sehr jung, kein Wiederholungstäter und so weiter.«

»Das hast du also verfolgt?«

»Ich weiß es von Patrick, und der wiederum von Moritz Balkow.«

Alina nickte langsam. Ihn während der Haft zu besuchen war nicht infrage gekommen, das hatten ihre Eltern nicht erlaubt, und danach hatte sich der Kontakt irgendwie verloren. Die Verliebtheit hatte noch eine Zeit lang angehalten, angefacht durch das Verzweifelte, das ihr nun anhing, und das leicht Verruchte. Dann allerdings hatte Patrick immer mehr Raum in ihrem Leben eingenommen, und sie hatte Nico – wenngleich mit schlechtem Gewissen – zunehmend verdrängt.

Was sie noch mitbekommen hatte, war, dass sein Vater gestorben war. Nach dem Absturz seines Sohnes hatte er wieder angefangen zu trinken und aufgehört zu essen. Man hatte ihn tot in seiner Wohnung gefunden oder, besser gesagt, Luca hatte ihn gefunden. Luca, der immer beobachtete, hatte bemerkt, dass Nicos Vater die Wohnung nicht mehr verließ, was nicht einmal den Nachbarn aufgefallen war. Irgendwann hatte er geläutet – vermutlich eher aus Neugier als aus Besorgnis –, und als niemand öffnete, hatte er Hilfe gerufen. Dass niemandem der Geruch aufgefallen war, verstand im Nachhinein keiner, denn der Mann hatte schon tagelang tot in seiner Wohnung gelegen, und das Haus, in dem Nico gewohnt hatte, war nun kein soziales Niemandsland gewesen.

»Du bist nachgerückt, weil Nico das Stipendium nicht bekommen hat, nicht wahr?«

»Das weißt du doch.«

Alina nickte kaum merklich, während sie das Foto weiterhin betrachtete. »Hat sich günstig gefügt für dich, ja?«

»Warum sagst du das?«

Sie antwortete nicht. »Wer hat damals eigentlich das Verfahren gegen ihn geführt?«

»Hannahs Vater, Moritz Balkow.«

* * *

»Kommst du nachher noch mit, was trinken?«, fragte eine Mitschülerin Hannah, aber die schüttelte den Kopf.

»Ich bin mit Maximilian verabredet.«

»War klar.« Das Mädchen grinste. »Aber verstehe ich schon, den Typen würde ich auch nicht versetzen.«

Hannah wusste, dass etliche Mitschülerinnen sie wegen Maximilian beneideten, der im Vergleich zu den Jungen in ihrem Jahrgang so erwachsen und erfahren wirkte. Außerdem war er Journalist, das gab dem Ganzen etwas Abenteuerliches, so, als wäre er ständig Geheimnissen auf der Spur und würde nicht bloß die Unterhaltungsressorts mit nichtssagenden Texten füllen, was ihn extrem frustrierte.

»Ein anderes Mal komme ich aber gerne mit«, sagte sie, weil sie wusste, dass sie ihre Freundinnen in letzter Zeit zu selten sah. Aber die ganzen Probleme, die Maximilians Vater gehabt hatte – in dieser Situation wollte sie ihren Freund nicht allein lassen.

Sie schob ihr Fahrrad aus dem Ständer und fuhr zu dem Sportgeschäft von Maximilians Vater. Da sie kräftig in die Pedale trat und mit den Gedanken weit weg war, bemerkte sie den Wagen, der ihr die Vorfahrt nahm, zu spät, als dass sie noch hätte bremsen können.

* * *

Leonora hatte das Gefühl, Alexanders Kuss immer noch zu spüren, selbst als sie sich am frühen Abend auf den Weg zur Schule machte. Sie hatte sich nicht in ihn verlieben wollen, hatte gedacht, sie könnten es bei einer Freundschaft belassen. Alexander war normalerweise so zurückhaltend, dass seine plötzliche Nähe – die Offenheit in seinem Blick, der Kuss und die Art, wie er sie eng umschlungen hielt – irritierend und sinnlich zugleich gewesen war. Sie berührte ihre Lippen mit den Fingerspitzen und fragte sich, wie es nun mit ihnen weitergehen würde. Waren sie ein Paar? Oder war das alles nur ein kurzer Ausbruch von Gefühlen gewesen?

Die Straßenlaternen erhellten das diesige Dunkel mit einem kränklich weißen Schimmer, und die Nebelfeuchte ließ den Asphalt glänzen. Scheinwerfer von Autos erweckten den Eindruck auf den Straßen tanzender Schatten. Nur wenige Leute waren unterwegs, was Leonora vollkommen verstehen konnte. Sie selbst wäre freiwillig auch nicht draußen, sondern läge mit einer Decke und einem Buch auf dem Sofa. Unwillkürlich musste sie lächeln. Diese häusliche Gemütlichkeit kannte sie nicht, und sie wurde nicht müde, sie zu genießen. Das wiederum brachte sie zu Alexander, und der Gedanke, den Abend mit ihm auf dem Sofa zu verbringen, war sogar noch reizvoller. Aber auch gefährlicher.

Ihre Schritte klackerten auf dem Bürgersteig, während ihr die Kälte durch die Fußsohlen in die Beine kroch. Sie hätte die gefütterten Stiefel anziehen sollen, aber diese hier waren schicker, und da hatte die Eitelkeit gesiegt. Noch, so hatte sie gedacht, noch war es ja nicht so kalt. Sie wurde eines Besseren belehrt, aber sei's drum. Wenn sie jetzt zurückging, käme sie garantiert zu spät zur Abendschule.

Frierend ging sie weiter, stieg die Treppe hinunter zur U-Bahn, wo ihr nach Gummi und Metall riechende Luft entgegenschlug. Immerhin war es hier wärmer als draußen. Leonora ließ sich auf einer der in die Wand eingelassenen Bänke nieder und wartete, während Bilder längst vergangener Zeiten an ihr vorbeizogen. Die brauchte es unbedingt, damit sie an ihren Plänen festhielt und nicht alles hinwarf, weil Ruhe und Beständigkeit zu sehr lockten und sie endlich ein normales Leben wollte.

NICO

Zwei Jahre zuvor

Er blieb Nico, gleich, wer er nun für andere war. In den USA war er jemand anders geworden, und dieses neue Ich war mit ihm nach Deutschland zurückgekehrt. Nun galt es, der Vergangenheit nachzuspüren und herauszufinden, was ihn in diese Situation gebracht hatte. Luca, dachte er. Luca war immer schon die erste Adresse gewesen, um herauszubekommen, was man nicht herausbekommen sollte. Dieses Wiesel hatte seine Ohren überall, wand sich in quecksilbriger Geschmeidigkeit durch die Menschen und hörte alles mit.

Als Nico seine Heimatstadt zum ersten Mal seit Langem wiedersah, stellten sich widersprüchliche Gefühle ein. Zum einen war da das warme Gefühl von Nostalgie, zum anderen ein mit Zorn gepaartes Unwohlsein. Er ging durch die Straßen, die ihn aufnahmen, als sei er nie fort gewesen. Langsam ließ er sich durch die Tage treiben, erkundete all die alte Vertrautheit neu, ohne dass sich das Gefühl des Heimkommens einstellte. Seine Blicke hielten sich an Bekanntem fest, glitten über Neues, das dem Alten eine andere Struktur gab, das Aussehen gerade ausreichend veränderte, damit man es als neu wahrnahm.

Fenster zeigten ihm sein durchscheinendes Spiegelbild,

bestätigten ihm fortwährend, dass auch er das Alte mit dem Neuem übertüncht hatte. Er war nicht mehr der Nerd auf dem Sportplatz, der brave Nico Rabe mit der Streberbrille, er war Alexander Dobberstein, angehender Jurist, die Brille unsichtbar als Kontaktlinsen in den Augen, die Harry-Potter-Ausstrahlung einem mondän wirkenden Äußeren gewichen, gestylt und lässig elegant. Das unfertige Gesicht der Pubertät, in dem nichts zusammenpasste, war nun erwachsen, ausgereift, hatte seine Proportionen gefunden. Wer genau hinsah, würde Nico hinter Alexander entdecken. Aber wer sah schon genau hin?

DANACH

»Vermutlich war ich ihm tatsächlich keine gute Freundin, auch wenn ich gerne das Gegenteil sagen würde.«

(Alina Falk)

11

»Hast du gehört, was passiert ist?«, fragte Patrick, als Alina ans Telefon ging. »Hannah hatte einen Unfall und liegt im Krankenhaus.«

»Einen Unfall?«

»Sie wurde von einem Auto angefahren, und das Schlimmste daran ist, dass es Kathi war. Die ist total aufgelöst und steht unter Schock.«

»Ihre Stiefmutter hat sie angefahren?« Alina kam sich vor, als sei sie begriffsstutzig und als funktioniere ihre Auffassungsgabe momentan nur auf Sparflamme, so wie alles an ihr derzeit auf Sparflamme lief.

»Nicht extra natürlich. Ich fahre zu Hannah ins Krankenhaus, kommst du mit?«

»Klar. Holst du mich ab?«

»Ich bin in zehn Minuten da.«

Ihre Beziehung zu Patrick lief ebenfalls auf Sparflamme, aber das lag nicht nur an ihr, auch er war momentan seltsam distanziert, als gingen ihm Dinge im Kopf herum, von denen er sie ausschloss. Vielleicht stand ihre Beziehung nach all den Jahren nun auch einfach völlig unvorhergesehen auf dem Prüfstand. Sie zog sich an und verließ die Wohnung, um draußen zu warten. Kurz darauf hielt Patricks Auto vor ihr an, und sie stieg ein. Im Wagen war es angenehm warm, und Alina überkam eine träge Schläfrigkeit. Die unruhigen Nächte forderten wohl langsam ihren Tribut.

»Wie geht es Hannah?«

»Sie lag gestern kurzzeitig auf der Intensivstation, aber inzwischen geht es ihr wohl besser. Kathi ist total fertig mit den Nerven.«

»Verständlich.«

Die Sonne tastete sich zögerlich zwischen den Wolken hervor, und ein böiger Wind fegte Laub über die Straße. Sie fuhren in die Uniklinik, wo Hannah in einem Einzelzimmer untergebracht worden war. Als sie durch die sterilen Korridore gingen, dachte Alina, dass es sich in diesem Moment mit Patrick anfühlte wie immer, das einhellige Schweigen, die Art, wie sich ihre Körper immer mal wieder zufällig berührten. Und doch lag ein stummer Missklang darin, von dem Alina sich fragte, ob nur sie ihn hörte oder auch Patrick. Wieder dachte sie an Alexander, wohl wissend, dass die Intensität, mit der er ihre Gedanken wieder und wieder an sich band, nichts mit einer flüchtigen Verwirrung zu tun hatte. Und doch wollte sie nicht verliebt in ihn sein, wollte, dass es zwischen ihr und Patrick so würde wie früher.

Sie kamen am Zimmer an, und Patrick klopfte an, wartete einen Moment und drückte dann die Türklinke hinunter. Außer

Hannah befand sich nur noch ihr Vater in dem Zimmer, ungewöhnlich blass, als stünde ihm der Schrecken immer noch ins Gesicht geschrieben. Nicht nur der Unfall, sondern auch die Verursacherin musste für ihn schwer zu schlucken sein.

Glücklicherweise hatte wenigstens Patrick daran gedacht, etwas mitzubringen, und so wirkte es, als seien die Pralinen – »Meine Lieblingssorte!« – von ihnen beiden. »Wie geht es dir?«, fragte Patrick und zog zwei Stühle heran.

»Wie gerädert«, antwortete Hannah. »Mir tut wirklich alles weh. Aber immerhin ist Kathi mit dem Versuch, mich um die Ecke zu bringen, gescheitert.«

»Hannah«, mahnte ihr Vater leise.

»Einen Anflug von Genugtuung hat sie bestimmt verspürt«, antwortete Hannah beharrlich.

»Das möchte ich bezweifeln«, sagte Patrick. »Immerhin dürften ihr die Probleme, die sie dadurch bekommt, die Sache kaum wert gewesen sein.«

Hannah zuckte die Schultern und verzog im nächsten Moment vor Schmerz das Gesicht.

»Ist etwas gebrochen?«, fragte Patrick.

»Drei Rippen, ansonsten nur einige heftige Prellungen und eine Gehirnerschütterung, daher stand ich gestern auch die ganze Zeit unter Beobachtung. Aber inzwischen geht es so einigermaßen, und die Schmerzmittel wirken sogar ein wenig.« Sie zog eine Grimasse.

»Weiß Maximilian Bescheid?«, fragte Alina.

»Nein.« Ein frostiger Blick traf Moritz Balkow. »Mein Vater hält das für unnötig, und mein Handy gibt er mir nicht.«

»Weil der Arzt gesagt hat, du sollst mit einer Gehirnerschütterung weder fernsehen noch auf einem Display lesen, nichts, was die Augen zu sehr anstrengt«, rechtfertigte ihr Vater sich.

»Du könntest ihn benachrichtigen«, sagte Hannah.

»Du weißt, was ich von dieser Beziehung halte.«

»Wenn ich ausziehe, kannst du da sowieso nichts mehr machen.«

»Richtig, aber noch ist es nicht so weit.«

Alina fand diesen Streit überaus lästig und wenig zielführend. Hoffte Hannahs Vater womöglich darauf, dass die Sache vorbei wäre, wenn sie erst ihr Abi hatte? Bis heute verstand sie nicht, was er eigentlich gegen Maximilian hatte.

»Das Letzte, was ich möchte, ist, dass ihm irgendwelche Schlägertypen hierher folgen«, fuhr Moritz Balkow fort, als ahne er ihre Gedanken.

»Die werden nicht mehr kommen«, sagte Hannah. »Dieser Typ, Alexander Wieauchimmer, hat die gesamten Schulden bezahlt.«

»Ah ja«, kam es wenig überzeugt von Moritz Balkow.

Alinas Augen weiteten sich erstaunt, und sie sah Patrick an, der wenig verblüfft wirkte, als wisse er dies bereits. Andreas Kaltenbach, dachte sie. Robin und Nico. Sie schloss einen Moment lang die Augen, spürte, wie eine Gänsehaut ihr die Arme hochkroch. Dann öffnete sie die Lider, sah über das Bett zum Fenster, und ihr Blick verlor sich im Herbsthimmel.

* * *

Leonora hüllte sich enger in ihren Mantel. Irgendwie wurde ihr überhaupt nicht mehr warm.

Ihre Hände berührten sich wie zufällig, und Alexanders Finger schlossen sich um die ihren, warm und vertraut. Noch war Leonora nicht klar, wohin sie all das führen würde, aber sie wollte den Moment, solange er anhielt, genießen. Ziellos schlenderten sie an Schaufenstern entlang, ohne in die Geschäfte zu gehen, blieben an einem Stehcafé stehen, um Tee und heiße Schokolade zu bestellen, und verließen schließlich die Fußgängerzone mit den hektisch vorbeieilenden Menschen, um in den Park zu gehen.

Auf einer Parkbank sitzend, einen Laptop aufgeklappt auf den Knien, erkannte Leonora Maximilian Kaltenbach. Alexander verlangsamte zwar den Schritt, sprach ihn aber nicht an. Doch dieser wurde auch so auf sie aufmerksam. Er blickte auf, und seine Augen verengten sich prüfend, dann erkannte er sie, und eine vorsichtige Zurückhaltung schlich sich in seinen Blick.

»Hallo«, sagte er.

Alexander und Leonora blieben stehen und erwiderten den Gruß.

Maximilian klappte den Laptop zu. »Das mit den Schulden meines Vaters warst du, nicht wahr?«

»Ja«, antwortete Alexander nur, ohne eine weitere Erklärung.

»Warum?«

»Weil er es verdient hat.«

»Tatsächlich?«

Alexander schwieg und neigte nur den Kopf.

»Niemand bezahlt einfach so einen solch hohen Betrag für jemanden, mit dem er nicht einmal verwandt ist.«

»Nun, offensichtlich doch.«

»Ich habe ihn gefragt, er kennt dich nicht. Eine alte Freundschaft besteht also auch nicht.«

»Doch, er kennt mich, er weiß es nur nicht.«

Maximilian zog die Brauen zusammen. »Wenn das hier irgendeine krumme Sache ist ... Mein Vater hat genug durchgemacht.«

»Keine Sorge. Ich habe alles bezahlt, er kann die Angelegenheit als erledigt betrachten. Keine Schläger mehr vor seiner Tür, keine horrenden Zinsen mehr.«

Maximilian wirkte wenig überzeugt, nickte jedoch. »Also gut.«

»Da wir uns hier gerade zufällig treffen und ich weiß, dass du dich als Journalist versuchst, kannst du mir vielleicht deine Meinung zu einer Angelegenheit sagen.«

Ein fragender Blick war Maximilians einzige Antwort, und ohne weiter zu fragen, setzte Alexander sich neben ihn auf die Bank, holte sein Handy hervor und zeigte ihm etwas, von dem Leonora ahnte, dass es das Video sein musste. Maximilian sah es sich an, die Augen ungläubig geweitet, wollte danach greifen, aber Alexander gab es nicht aus der Hand.

»Ist das ...«

»Das Baby, das seinerzeit lebendig begraben wurde, ganz recht.«

Maximilian starrte auf das Handy. »Kann ich es noch mal sehen? Der Mann, das ist doch ...«

»Ja, genau das ist er.«

Das Video wurde ein weiteres Mal abgespielt, und Leonora bemerkte, dass Maximilian schluckte. »Warum zeigst du mir das?«, fragte er schließlich.

»Weil du für die Tageszeitung schreibst und das eine gute Geschichte ist. Du bekommst es, aber noch nicht jetzt.« Alexander steckte sein Handy wieder ein und erhob sich.

»Was hast du damit vor?«, fragte Maximilian.

»Warte es ab.«

Vor ihrer Wohnungstür verabschiedete Leonora sich mit einem langen Kuss von Alexander.

»Wie steht es jetzt um uns?«, fragte sie.

»Sag du es mir.«

Da sie es selbst nicht wusste, senkte sie den Blick und kramte ihren Schlüssel hervor.

»Kommst du später noch zu mir?«, fragte Alexander.

Sie zögerte, dann nickte sie. »Ich muss noch ein bisschen was vorbereiten für die Schule, dann komme ich.«

Er lächelte, dann wandte er sich ab und ging die Treppe hinunter. In ihrer Wohnung ließ Leonora die Tasche von der Schulter gleiten, streifte die Stiefel ab und ging, ohne Licht zu machen, zum Fenster, um hinauszusehen. Sie mochte die abendliche Ruhe, mochte es, dass sie zwar städtisch wohnten, aber doch so gelegen, dass es vor dem Haus abends nicht mehr so trubelig war.

Leonora war noch so jung gewesen, als ihr Vater gestorben war, hatte niemanden mehr gehabt und war in die Abhängigkeit von den falschen Leuten geraten. Sie war in eine Pflegefamilie gesteckt worden, hatte mit sechzehn ihren Realschulabschluss gemacht, aber nie mehr richtig Fuß fassen können in einem normalen Leben. Schon während ihrer Schulzeit hatten sich Menschen ihrer angenommen, die nicht gut für sie waren, die dafür gesorgt hatten, dass sie die falschen Dinge tat und zum Ende hin praktisch auf der Straße lebte. Und dann war dieser Moment gekommen, in dem Alexander vor ihr gestanden hatte, der Moment, in dem alles eine Wende zum Besseren zu nehmen schien. Bis jetzt.

Sie bemerkte eine schlanke Gestalt auf der anderen Straßenseite, eine junge Frau, die dastand und das Haus beobachtete, zauderte und schließlich die Straße überquerte. Noch ehe sie ins Licht der Laterne tauchte, hatte Leonora sie bereits erkannt. Sie folgte ihr mit Blicken, sah sie zum Hauseingang treten. Dann tat sich einige Zeit nichts. Und schließlich hörte Leonora unter sich Schritte. Alexander, der zur Tür ging.

* * *

Nach dem Besuch bei Hannah war Alina mit zu Patrick gegangen, wo sie den Versuch unternommen hatten, so zu tun, als sei alles wie immer, obwohl sich etwas Fremdes zwischen sie geschoben hatte, von dem Alina wusste, dass auch er es bemerken musste. Natürlich war die Vertrautheit noch vorhanden, und es fiel ihnen auch nicht schwer, sie aufleben zu lassen, aber später, nachdem Alina wieder in ihrer Wohnung war und unter der heißen Dusche stand, war sie selbst sich fremd und mit ihr auch das, was sie empfand. Danach hatte sie das Haus verlassen, und nun stand sie hier, vor Alexanders Haus.

»Ja?«, war seine Stimme in der Gegensprechanlage zu hören.

»Ich bin es«, antwortete sie.

Er musste nicht weiter nachfragen, und im nächsten Moment ertönte der Summer. Sie drückte die Tür auf und ging hoch. In Leonoras Wohnung war kein Licht gewesen, und sie hoffte, dass Alexander allein war.

Er stand in der Tür, sah sie fragend an.

»Können wir reden?«

Ein kurzes Nicken war die einzige Antwort, dann ließ er sie ein. Es war, als wiederhole sich die Szene vom letzten Mal, als sie hier gewesen war. Alina ging in sein Wohnzimmer, gefolgt von Alexander, der ihr jedoch keinen Platz anbot und an die Küchentheke gelehnt dastand, die Arme vor der Brust verschränkte und sie beobachtete.

»Ich möchte wissen, wer du bist«, sagte sie schließlich.

Er schwieg, dann umspielte ein kleines Lächeln seine Mundwinkel. »Du weißt, wer ich bin.«

Diese Zweideutigkeit half ihr nicht weiter. »Kennen wir uns von früher?« In seinen Blick trat ein Ausdruck reiner Belustigung, und inzwischen war sie sich sicher, dass diese Fragerei wirken musste, als versuche sie ihn auf irgendeine plumpe Art anzubaggern. »Ich …« Sie zögerte. »Ich habe mit Robin gesprochen. Über ihn, über … Nico.« Sie beobachtete ihn, und ihr war, als verändere sich sein Blick. »Ich wüsste so gerne, was damals wirklich geschehen ist«, schloss sie leise.

Nun bekam sein Lächeln etwas Böses, fast schon Gehässiges. »Nach all den Jahren?«, fragte er. »Warum gehst du dann nicht zu Patrick? Oder zu Robin?«

Sie starrte ihn an, schluckte, suchte nach den richtigen Worten. »Ich war bei Robin, ich …«

Die Wohnungstür wurde mit einem Schlüssel geöffnet, dann waren Schritte zu hören, und im nächsten Moment stand Leonora im Zimmer. »Störe ich?«

»Keineswegs«, antwortete Alexander. »Alina wollte gerade gehen.«

Abrupt wandte sie sich ab und floh an Leonora vorbei nach draußen. Noch während sie die Treppe hinunterlief, traten ihr die Tränen in die Augen. Wie lange war das her? Sieben Jahre? Sie fuhr sich mit dem Handrücken über die Lider, verwischte die Nässe auf ihren Wangen. Konnte ein Mensch sich überhaupt so sehr verändern? Von der Pubertät bis über zwanzig? Keine Frage, er konnte. Aber wenn man es wusste, stellte man fest, dass die Veränderung gar nicht so groß war, dass es immer noch derselbe Mensch war. Eine ältere, reifere Version. Aber warum nicht einfach zurückkommen? Warum dieses Versteckspiel? Dieses Hintergründige?

Als sie auf die Straße trat, war ihr, als seien die Temperaturen um einige Grad gesunken. Sie eilte die Straße entlang in Richtung ihrer Wohnung, nahm sich vor, Alexander künftig zu meiden. Kurz überlegte sie, zu Patrick zu gehen, die Nacht doch mit ihm zu verbringen, Erinnerungen zu schaffen, die diese hier überlagerten. Aber auch dorthin würde Alexander sie begleiten, das wusste sie. *Warum gehst du dann nicht zu Patrick?* Wenn Patrick die Antworten darauf hätte, hätte er sie ihr doch schon längst gegeben.

DANACH

»Mir war von Anfang an klar, dass an der ganzen Geschichte etwas nicht stimmt.«
(Andreas Kaltenbach)

12

Da sie weder lesen noch fernsehen oder mit ihrem Handy chatten durfte, war der Aufenthalt im Krankenhaus sehr langweilig. Nachmittags kamen Freundinnen zu Besuch, ansonsten blieb Hannah nur die Möglichkeit, Hörbücher zu hören. Dass Rippenbrüche so schmerzhaft waren, hätte sie nicht gedacht – dies und die Prellungen führten dazu, dass sie die meiste Zeit im Liegen verbrachte. Die Polizei war da gewesen und hatte mit ihr den Unfallhergang rekonstruiert, und ihr Vater erschien täglich. Wer nicht erschien, war Kathi.

»Ihr tut das alles furchtbar leid«, sagte Moritz Balkow. »Sie macht sich große Vorwürfe.«

Natürlich wusste Hannah, dass sie es sicher nicht extra getan hatte, dafür war der Ärger, den sie nun hatte, einfach zu groß. Aber dass sie sich ernsthafte Vorwürfe deswegen machte, konnte Hannah sich nicht so richtig vorstellen. Ein Funke von Genugtuung war gewiss da.

Am vierten Tag nach dem Unfall erschien endlich Maximilian. Er betrat das Zimmer, die Stirn sorgenvoll gefurcht. »Ich habe mir solche Sorgen gemacht, als ich nichts von dir gehört hatte und dein Telefon ausgeschaltet war. Erst dachte ich, du seiest einfach im Stress, und heute habe ich mir vormittags schließlich freigenommen und bin zur Schule gefahren. Dort sagten mir dann deine Freundinnen, dass du im Krankenhaus liegst.«

»Es tut mir leid, aber mein Vater hat mein Handy mitgenommen.« Sie schlang die Arme um ihn, als er sie vorsichtig umarmte.

»Wie geht es dir?«

»Abgesehen davon, dass mir alles wehtut, ganz gut.«

Maximilian setzte sich auf den Stuhl neben ihrem Bett und holte eine Schachtel Pralinen hervor. »Ich dachte mir, ich bediene mal das Klischee.«

»Wenn das Klischee Schichtnougat bedeutet, darfst du so klischeehaft sein, wie du willst.« Hannah öffnete die Schachtel, bot ihm etwas an, was er ablehnte, und griff nach einem Stück Pistaziennougat. »Hm, das ist das Beste, was mir seit Tagen passiert.«

Ein Lächeln flog über Maximilians Gesicht, aber Hannah konnte sehen, dass es seine Augen nicht berührte, so, als beschäftige ihn etwas. »Wie lange musst du im Krankenhaus bleiben?«, fragte er, und nun, da sie darauf achtete, bemerkte sie, dass seine Stimme etwas Bemühtes hatte. Vielleicht war es einfach nur Besorgnis.

»Schon noch ein paar Tage, die Ärzte waren da noch nicht so konkret. Aber ich hoffe, dass ich spätestens Anfang nächster

Woche zu Hause bin. Obwohl ich es nicht eilig habe, Kathi zu sehen.«

»Ich habe schon gehört, dass es deine Stiefmutter war. Wie geht sie damit um?«

»Keine Ahnung, sie weicht mir aus.«

»Hat sie dich nicht besucht?«

Hannah schüttelte leicht den Kopf. »Ist ihr wohl tatsächlich sehr unangenehm.«

»Na ja, angesichts dessen, wie ihr zueinander steht, könnte man ihr schon ein gewisses Kalkül unterstellen, wenngleich ja klar ist, dass sie so dumm nicht sein kann.«

Maximilian hatte die Stirn kaum merklich gerunzelt. Hannah steckte sich ein weiteres Stück Nougat in den Mund und genoss, wie es auf der Zunge zerschmolz. »Also, heraus damit. Was bedrückt dich?«

Er zögerte. »Hatte dein Vater mal eine Geliebte?«

»Neben Kathi?«

»Ja.«

Hannah überlegte. »Da war mal was, das heißt, eigentlich war es von Kathis Seite aus wohl mehr ein Verdacht. Sie hat ihm eine ziemlich eklige Szene gemacht, weil sie dachte, er würde sie betrügen, da waren sie noch relativ frisch verheiratet.«

»Und stellte sich das als wahr heraus?«

»Keine Ahnung. Er hat es natürlich geleugnet. Das war das einzige Mal, dass sie so laut gestritten haben, dass ich es bis nach oben gehört habe. Wenn das Thema noch mal zur Sprache gekommen sein sollte, dann wohl in etwas gemäßigteren Tönen.«

Maximilian schwieg, sah an ihr vorbei zum Fenster.

»Was ist denn?«

Sein Blick kehrte zu ihr zurück. »Ach, nichts, nur so eine Skandalgeschichte, die mir jemand erzählt hat.«

»Na ja, selbst wenn er es mal mit einer anderen getrieben hat – wo ist da denn heutzutage der Skandal?«

»Ich recherchiere momentan noch.«

»Lass es mich wissen, wenn etwas dabei herumkommt.«

»Klar.« Er lächelte, aber dass ihn die Sache beschäftigte, war offensichtlich. Ebenso, dass es weit mehr war als nur ein kleiner Skandal durch eine Affäre.

* * *

Leonora hatte Bauchschmerzen, während sie vor dem Krankenhaus darauf warteten, dass Moritz Balkow erschien. Sie stand neben Alexander, dessen vibrierende Unruhe sie zu spüren glaubte – gänzlich untypisch für ihn. Er war sonst immer so gelassen, so ruhig, dass es oftmals geradezu an Kälte grenzte. Nun jedoch war es, als bereiteten sie eine Eskalation vor. Robin war das Vorbeben gewesen, unangenehm, aber zu ignorieren. Jetzt aber würde der Erdrutsch einsetzen, unaufhaltsam, wenn er erst einmal entfesselt war. Da konnte einem durchaus speiübel werden.

»Und wenn es doch nicht das Richtige ist?«, fragte sie.

Alexander wandte den Kopf, sah sie an. »Hast du Angst?«

»Ich weiß es nicht.«

»Du musst nicht dabei sein, das habe ich dir doch gesagt.«

»Allein lassen kann ich dich noch weniger.«

»Denkst du, ich werde nicht damit fertig?«

»Ich denke, du brauchst mich.«

Er antwortete nicht darauf, aber die Art, wie sich seine Hand um die ihre schloss, gab ihr die gewünschte Antwort. Also blieb sie bei ihm stehen und wartete, wenngleich sich die Übelkeit mit spitzen Zähnen in ihren Bauch fraß. Schließlich bog ein schwarzer Mercedes in den Parkplatz ein, und ihm entstieg jener Mann, den Leonora auf der Feier bei Patrick gesehen hatte, dunkles, an den Schläfen ergrauendes Haar, elegant gekleidet, sehr gut aussehend mit jener Aura von Erfolg, die auf viele Frauen überaus anziehend wirken musste. Er näherte sich ihnen, wollte an ihnen vorbei, als Alexander einen Schritt vortrat.

»Herr Balkow?«

Der Angesprochene blieb stehen, musterte sie beide, schien sie einordnen zu wollen. Da sie teuer genug gekleidet waren, um von ihm auf einen Blick als seinesgleichen eingeordnet zu werden, nickte er knapp. »Ja?«

»Ich bin ein Freund von Patrick Loewenheim, ich studiere ebenfalls Jura.«

»Ist es wichtig? Ich bin auf dem Weg zu meiner Tochter.«

»Darf ich Ihnen etwas zeigen?« Alexander holte sein Handy hervor.

»Ich gebe keine juristischen Ratschläge auf der Straße.«

»Oh, den benötige ich nicht. Es geht um Ihre Tochter.«

Moritz Balkow zog die Stirn kraus, wirkte eher verärgert als besorgt. »Hat sie sich wieder mit diesem Kerl rumgetrieben?«

Alexander startete das Video und hielt ihm das Handy hin. Moritz Balkow starrte darauf, und Leonora bemerkte, wie ihm die Farbe aus dem Gesicht wich, wie das leichte Sonnenbraun sich in gelbliche Blässe wandelte. »Woher haben Sie das?«, keuchte er, wollte nach dem Handy greifen, aber Alexander zog es rasch zurück und ließ es in seine Manteltasche gleiten.

»Das ist unwichtig, nicht wahr?«

»Was wollen Sie? Geld?«

In Alexanders Augen erschien ein Ausdruck wahrer Erheiterung. »Geld? Aber nein.« Er lächelte. »Erinnern Sie sich an einen Fall vor einigen Jahren? Sie haben gegen einen Jungen wegen Drogenhandels ermittelt.«

»Da gab es etliche, wie sollte ich mich an einen speziellen erinnern?«

»Derjenige war aber unschuldig und hat nie verstanden, warum Sie ihm das angetan haben.«

Moritz Balkow schwieg, die Lippen zu einem schmalen Strich zusammengepresst.

»Wie auch immer«, fuhr Alexander fort. »Das Kind ist inzwischen fünf Jahre alt, und die Mutter kommt kaum über die Runden. Sie haben die Gelegenheit, sich der Polizei zu stellen, ehe ich das Video an die Presse gebe.«

»Das werden Sie nicht tun.«

»Wer sollte mich davon abhalten?«

Moritz Balkows Lippen bewegten sich stumm, als suche er die richtigen Worte, ohne sie aussprechen zu können. »Ich werde die Sache von damals noch mal ausgraben. Und ich werde das Kind versorgen.«

Alexanders Lächeln vertiefte sich. »Zu spät.«

Obwohl Leonora sich in die Decke kuschelte, wurde ihr nicht warm. Und nachher musste sie auch noch zur Schule, sie durfte nicht daran denken. Mit geschlossenen Augen lag sie auf ihrem Sofa, neben sich auf dem Tisch ein Becher heiße Schokolade, und grübelte. Nachdem sie den Staatsanwalt vor dem Krankenhaus abgefangen hatten, waren sie umgehend heimgegangen, und obwohl sich Leonora unzählige Fragen auf die Lippen drängten, hatte sie geschwiegen. Ihr war, als sei sie noch nicht bereit für die Antworten, als müsse sie erst einmal selbst mit dem Umstand klarkommen, gerade ein weiteres Mal ein Leben zerstört zu haben – dieses Mal endgültiger als bei Robin, dem immerhin kein Gefängnis drohte. Natürlich hatte Moritz Balkow es verdient, er hatte ein Kind lebendig begraben wollen. Aber Leonora brachte diesen Mann nur schwer mit der Gestalt auf dem Video in Verbindung, obwohl er trotz der eher körnigen Aufnahme doch erkennbar gewesen war.

Sie griff nach ihrer Tasse, trank einen Schluck, spürte die Schokolade heiß ihre Kehle hinunterrinnen, ohne dass sie von innen Wärme spendete. Es war, als würde sie einfach von der Kälte geschluckt. Leonora wünschte sich ein Leben, in dem es behagliche Gemütlichkeit gab, ohne dass ständig der Schatten kommender Vergeltung darüber hing. In der man Freundschaften schließen konnte, ohne besorgt zu sein, sie könnten nicht von Dauer sein, wenn die Freundin erst einmal herausbekam, wer man war und was man getan hatte. Und sie wollte lieben, ohne zu befürchten, den Geliebten zu verlieren oder noch dunklere Seiten an ihm zu entdecken.

Als sie die Türglocke hörte, blieb sie sitzen. Der Gong ging erneut, aber wieder ignorierte sie ihn. Dann wurde der Schlüssel in die Tür geschoben, und sie wusste, es war Alexander. Kurz darauf hörte sie seine Stimme im Flur.

»Leonora?«

»Hier, im Wohnzimmer.«

Die Wohnungstür wurde geschlossen, und er betrat den Raum. »Warum machst du nicht auf?«

»Weil ich nicht wusste, wer es ist, und auf Besuch keine Lust hatte.«

»Möchtest du, dass ich wieder gehe?«

Sie schüttelte den Kopf und trank einen weiteren Schluck Kakao. Er nahm sich eine Flasche Wasser aus dem Kühlschrank, und Leonora hörte, wie er sich etwas zu trinken eingoss. Als er mit dem leicht beschlagenen Glas zurückkam, fröstelte sie schon beim bloßen Anblick und kuschelte sich tiefer in ihre Decke.

»Brütest du was aus?«, fragte er, nachdem er sich hingesetzt hatte.

An so etwas Profanes wie eine mögliche Erkältung hatte sie überhaupt nicht gedacht. »Ich weiß es nicht, mir geht es einfach nicht gut.«

»Vielleicht mute ich dir doch zu viel zu.«

»Ich sagte doch, ich schaffe das. Was passiert denn nun?«

»Ich warte ein paar Tage und schaue, was kommt.«

»Was, wenn er sagt, er war es nicht? Die Aufnahme ist scharf genug, um ihn zu erkennen, wenn man ihn kennt, aber er könnte sich damit herausreden, dass eine solche Ähnlichkeit nicht reicht, um ihn wegen versuchten Mordes tatsächlich zu verurteilen.«

»Totschlag«, korrigierte Alexander sie.

»Und seine berufliche Zukunft zu ruinieren«, fuhr Leonora fort, als habe er nichts gesagt.

»Ja, möglicherweise wird er das versuchen. Aber da ist ja noch die Möglichkeit, die Vaterschaft nachzuweisen.«

»Dann ist es halt sein Kind. Aber reicht das?«

»Vielleicht, vielleicht auch nicht, wir werden sehen.«

»Wird die Zeitung das bringen? Ist das nicht Rufmord?«

»Sie schreiben ja nicht dazu, wer es ist. Und ich denke, sie werden sich vorher absichern. Aber das ist dann nicht mehr meine Sache, ich gebe ihnen das Video, und sie werden es der Polizei zeigen müssen. Was danach kommt, geht mich nichts mehr an.«

Sie nickte nur.

»Danach geht es weiter mit Patrick. Darauf wartest du doch schon.«

Wieder nickte sie. »Was ist mit Alina?«, fragte sie nach einer Schweigepause.

»Nichts, was soll mit ihr sein?«

»Ist sie die Einzige in der Clique, der du nichts nachträgst?«

»Ich glaube nicht, dass sie mit dieser alten Geschichte etwas zu tun hatte.«

Leonora trank den letzten Rest Kakao aus und stellte den Becher ab. »Und was ist diese alte Geschichte?«

Alexander sah sie an. Und dann erzählte er endlich.

* * *

Nachdem ihr Vater kurzfristig abgesagt hatte, hatte Hannah sich ein wenig geärgert, denn immerhin war Maximilian extra zeitig gegangen, um ihn nicht anzutreffen. Wenn er nicht kommen wollte, hätte er das ja wohl etwas früher sagen können.

Jetzt lag sie hier wieder allein herum und hörte Hörbücher, wobei ihre Gedanken jedoch die ganze Zeit nicht bei der Sache waren. Maximilian war seltsam gewesen, und sie hätte zu gerne gewusst, warum.

Als es klopfte, wandte sie sich in der Hoffnung auf Abwechslung zur Tür, aber ihr erwartungsvolles Lächeln zerfiel, als Kathi mit Liam den Raum betrat, einen überdimensionalen Blumenstrauß in der Hand.

»Hallo«, sagte sie, und ihr Lächeln wirkte bemüht.

»Hallo«, antwortete Hannah und versuchte nicht einmal, erfreut zu wirken.

Liam kam zu ihr ans Bett gelaufen und legte ihr eine Packung Kinderriegel auf die Brust. »Hab ich gerade noch für dich gekauft. Mama meinte, Pralinen seien besser, aber ich dachte, von diesen hier kriege ich bestimmt was ab.«

Hannah musste lächeln. »Klar. Machst du sie auf?«

Das ließ ihr Bruder sich nicht zweimal sagen, nahm sich tatsächlich allerdings nur eins. »Wie lange musst du hierbleiben?«, fragte er.

»Nicht lange, hoffe ich. Dann kannst du mich demnächst wieder ärgern.«

»Nee, mache ich nicht. Papa sagt, das ist momentan nicht gut für deinen Kopf.«

Hannah grinste. »Na, dann hör mal besser auf Papa.«

»Liam«, mischte sich Kathi ein. »Holst du bitte eine Vase?«

Nachdem alles Maulen nichts nützte, verließ Hannahs Bruder das Zimmer, und Kathi wandte sich an sie. »Du denkst nicht wirklich, ich hätte das extra gemacht, oder?«

»Nein, aber Genugtuung empfindest du gewiss.«

»Rede keinen Unsinn«, fauchte Kathi. »Ich wünsche mir doch nicht, ein Kind zu überfahren, nur weil ich mit ihm nicht klarkomme.«

»Ich bin kein Kind mehr.«

Kathi zeigte nur ein flüchtiges, spöttisches Lächeln, widersprach jedoch nicht.

»Was ist eigentlich mit Papa? Warum konnte er nicht kommen?«

Erstaunt hob sie die Brauen. »Er konnte nicht? Er ist aber von zu Hause weggefahren, um dich zu besuchen.«

»Dann ist ihm wohl wirklich etwas dazwischengekommen. Er hat im Krankenhaus angerufen und mir ausrichten lassen, dass er nicht kommt. Übrigens wäre es toll, wenn ich mein Handy bekommen könnte.«

»Ich habe es nicht dabei, aber ich sage Moritz Bescheid. Wenn der Arzt es erlaubt, bringt er es sicher mit.«

Hannah seufzte und wickelte einen Schokoriegel aus, als Liam zur Tür hineinkam und eine große Vase trug.

»Danke, mein Schatz«, sagte Kathi, erhob sich und ging ins Bad, um die Vase aufzufüllen.

Hannah beobachtete, wie ihre Stiefmutter die Blumen auf den Tisch stellte und ein wenig daran herumdrapierte. Es waren die einzigen Blumen, die sie bisher bekommen hatte, ihre Freundinnen hatten ihr Süßigkeiten und Zeitschriften gebracht. Eigentlich hatte Hannah immer gedacht, Blumen am Krankenbett seien spießig, aber jetzt fand sie, es hatte doch was, das Zimmer wirkte gleich viel freundlicher.

»Was passiert jetzt eigentlich?«, fragte sie.

»Wegen des Unfalls?« Kathi wandte sich zu ihr um. »Das

nimmt seinen Gang. Es gibt ein Ermittlungsverfahren wegen des Verdachts auf fahrlässige Körperverletzung. Dein Vater hat mir einen Anwalt besorgt. Und jetzt sehen wir mal, wohin das alles führt.«

»Aber du gehst nicht ins Gefängnis, ja?«, fragte Liam.

»Darüber haben wir doch gesprochen. Nein, ich gehe nicht ins Gefängnis.« Kathi setzte sich auf den Stuhl, auf dem zuvor Maximilian gesessen hatte. »Wie auch immer, es tut mir sehr leid.« Sie schien einen Moment lang nach den richtigen Worten zu suchen. »Wir werden jetzt hier kein rührseliges Mutter-Tochter-Gespräch führen, und sicher werden wir nie die besten Freunde, aber ich habe mich wirklich erschrocken.«

»Schon gut, Kathi.«

»Ich war in Gedanken und habe dich zu spät gesehen, das heißt, dass du es bist, habe ich erst bemerkt, als ich ausgestiegen bin. Dein Vater hat mir große Vorwürfe gemacht.« Kathi senkte den Blick und knetete die Hände in ihrem Schoß. Eine Melodie ertönte, und Kathi griff nach ihrer Handtasche, kramte darin herum und zog ihr Handy hervor. »Als wüsste er, dass ich gerade von ihm gesprochen habe.« Sie nahm ab, wechselte ein paar Worte mit ihm, runzelte die Stirn und beendete das Gespräch mit »Ist gut, ich komme jetzt«.

Sie wandte sich an Hannah. »Das war dein Vater, er möchte mit mir sprechen.« Sie erhob sich und nahm ihre Tasche. »Ich weiß nicht, ob ich es morgen schaffe, aber ich versuche, nach der Arbeit noch einmal vorbeizukommen.« Jetzt, da sie die erste Begegnung nach dem Unfall überstanden hatte, schien es ihr leichterzufallen, zu einer Art Normalität zu finden.

»Ist gut. Grüß ihn von mir. Bis dann.«

Liam verabschiedete sich ebenfalls und verließ mit seiner Mutter das Zimmer. Nachdem die Tür zugefallen war, legte Hannah sich zurück und schloss die Augen. Irgendwie hing über dem Tag eine seltsame Stimmung.

NICO

Ein Jahr zuvor

Nico sah Luca mit dem Interesse eines Wissenschaftlers an, der einen Regenwurm betrachtete, der sich unter seinem Mikroskop wand. Sein Vater war tot, weil dieser Kerl die ganze Zeit geschwiegen hatte, weil er Wahrheiten nur zu seinem eigenen Vorteil einsetzte. Damals waren es Freunde, die ihm fehlten und die ihm das Verheimlichen der Wahrheit einbrachte. Nico hatte keine Ahnung, was Freundschaften wert waren, die nur auf Gefälligkeiten beruhten – aber gut, seine aus Sympathie geschlossene war ja auch nicht besser gewesen, wie sich im Nachhinein herausgestellt hatte.

»Woher weißt du von den Vorgängen in Berlin?«

»Er war ja regelmäßig da, hatte Freunde dort. Na ja, der Fall kam damals in die Zeitung, und das passte zeitlich ganz gut. Mir war ja schon lange klar, dass da was nicht stimmt mit ihm. So sozial, so angepasst, so fehlerlos. Irgendwie war immer klar, dass da noch etwas anderes lauert, etwas, das er rauslässt, wenn er sich im Schutz der Anonymität glaubt.«

Nico beschloss, selbst noch einmal nachzuforschen, die Geschichte zu recherchieren. Wenn man Anhaltspunkte hatte, konnte das ja nicht weiter schwer sein, mehr zu erfahren.

»Das Mädchen hat überlebt?«, fragte er.

»Ja.«

Nico überschlug im Kopf ihr Alter, dann nickte er. »Ihr Name?«

Luca wirkte, als bereute er bereits, etwas gesagt zu haben. »Weiß ich doch nicht. Ich kannte diese Leute nicht.«

Eine Weile taxierte Nico ihn schweigend, als könnte sich hinter der Antwort noch eine weitere Wahrheit verbergen, dann nickte er. »Ist gut. Ich finde sie auch so.«

DANACH

»Von dieser Geschichte hatte ich überhaupt keine Ahnung. Und jetzt ... mehr möchte ich da eigentlich nicht sagen.«
(Robin Preuß)

13

»Hast du es schon gehört?«, fragte Patrick. »Moritz Balkow hat Anzeige erstattet. Angeblich wird er mit einem gefälschten Video erpresst.«

Alina interessierte sich nur mäßig für Hannahs Vater, aber nun blickte sie auf. »Tatsächlich? Von wem?«

»Offenbar von Alexander. Was stimmt mit diesem Kerl nicht?«

Es fiel Alina schwer, zu verbergen, wie erschrocken sie war. »Woher weißt du davon?«

»Er hat es meinem Vater erzählt, da mein Onkel sich auf solche Fälle spezialisiert hat. Mein Vater hat mir nahegelegt, mich von ihm fernzuhalten. Wenn man sich vorstellt, dass der auch noch Jura studiert. Das kann er nach so einer Klage direkt wieder an den Nagel hängen, wenn er nicht ohnehin erst einmal ins Gefängnis geht.«

»Womit hat er ihn denn erpresst? Um Geld?«

»Das hat er nicht gesagt.«

»Ah ja.«

Sie saßen in der Cafeteria der Uni, da beide erst in einer Stunde zum nächsten Seminar mussten. Da gerade wenig los war, lag der Lärmpegel im Erträglichen, was eine Unterhaltung möglich machte, bei der sie sich nicht anschreien mussten.

»Um was für ein Video geht es?«, fragte Alina.

»Das weiß ich nicht.«

Sie dachte an ihre letzte Begegnung mit Alexander. *Nach all den Jahren? Warum gehst du dann nicht zu Patrick?* Sie holte tief Luft, stieß sie in einem langen Seufzer aus und tat dann einen weiteren Atemzug, ehe sie sich so weit gesammelt hatte, dass sie sprechen konnte. »Was ist damals eigentlich wirklich passiert?«

»Damals?« Patrick wirkte völlig verständnislos. »Wovon sprichst du?«

»Von Nico.«

Sein Gesicht verschloss sich. »Was soll die Frage? Du weißt, was passiert ist.«

»Ich frage mich langsam, ob ich es wirklich weiß.«

»Und warum fragst du das ausgerechnet mich?«

»Weil hier etwas nicht stimmt, und ich möchte wissen, was es ist.«

Patrick rührte schweigend ein weiteres Päckchen Zucker in seinen Kaffee. Er wirkte in den letzten Tagen übernächtigt und trank mehr Kaffee als gewöhnlich. Unter anderen Umständen hätte Alina ihre Hand ausgestreckt, sie auf seine gelegt, aber diesen Impuls verspürte sie nicht, ein weiteres Zeichen dafür, dass sich die Dinge zwischen ihnen verändert hatten. Sie ahnte, dass er ihr etwas verschwieg, und das ärgerte sie, wenngleich sie ihm gegenüber angesichts ihrer Gefühle für Alexander auch nicht gerade ehrlicher war. Aber seine Unehrlichkeit ihr gegenüber schien schon länger zu dauern, und wenn ihr ungeheuerlicher Verdacht sich bewahrheitete, dann hätte sich nun im Grunde genommen nur zusammengefügt, was einmal zusammengehörte. Aber wie passte Patrick dort hinein?

»Nicolas Alexander«, murmelte sie und kleidete ihre Vermutung damit das erste Mal in Worte.

»Wie bitte?«

»Nicolas Alexander«, wiederholte sie etwas lauter. »Er fand seinen Zweitnamen immer spießig.«

»Nico?« Patrick runzelte die Stirn. »Der hieß Rabe mit Nachnamen, aber das muss ich dir nicht erklären, oder? Außerdem sah der ganz anders aus.«

»So viel anders nun auch nicht, wenn man genau hinsieht.«

»Was du getan hast.«

Alina wich seinem Blick aus. »Wenn du das tätest, würdest du es auch bemerken.«

Die Falten in Patricks Stirn vertieften sich, dann schüttelte er vehement den Kopf. »Das ist Blödsinn. Die Rabes waren bettelarm, Nico hat hart gekämpft, um das Stipendium zu bekommen. Und jetzt soll er hier ankommen, steinreich, als wenn er einen Schatz geborgen hätte? Wie der Graf von Monte Christo?«

Alina wusste, dass sie sich selbst in diesem Moment furchtbar töricht fühlen sollte, aber sie war sich so sicher, dass sie richtiglag. Daran änderte auch Patricks spöttisches Lächeln nichts, dem eine leichte Gezwungenheit anzusehen war.

»Und nun, da du ihn für deine erste große Liebe hältst, entflammst du wieder für ihn?«

»Werde nicht geschmacklos.« Alina schaffte es tatsächlich, nicht rot zu werden. Aber die ganze Sache um Alexander, und wie sehr sie sich vor ihm zum Narren gemacht hatte – das alles nagte an ihr. Ebenso die schleichende Gewissheit, dass es mit ihr und Patrick zu Ende gehen würde. Sie trank ihr Wasser aus und erhob sich.»Ich muss noch ein bisschen was tun, ehe das Seminar anfängt.«

»Sehen wir uns heute Abend?«

»Klar, das war doch so abgemacht.«

»Dann bis später.«

Sie verabschiedeten sich mit einem flüchtigen Kuss, und Alina eilte aus der Cafeteria. Am Fahrradständer schloss sie ihr Rad auf, warf einen kurzen Blick auf die Uhr und stellte fest, dass sie es schaffen konnte, wenn sie sich beeilte. Also schwang sie sich aufs Fahrrad und fuhr in Richtung Nordstadt. Der Wind pfiff ihr in Böen feuchtkalt ins Gesicht, und sie senkte den Kopf, um ihnen weniger Fläche zu bieten.

Eine Viertelstunde später stand sie vor dem Sportartikelgeschäft Kaltenbach und schloss ihr Fahrrad ab. Sie ging hinten herum zum privaten Eingang und drückte die Klingel zu Maximilians Wohnung. Als sich nichts tat, drückte sie erneut, um auszuschließen, dass er die Klingel vielleicht nur nicht gehört hatte, dann ging sie um das Haus herum zurück zu ihrem Fahrrad. Natürlich hatte sie es einfach nur auf gut Glück versucht, sie wusste, dass Maximilian auch oft in der Redaktion war, wenngleich er die Artikel, die er einreichte, zu Hause schrieb, das hatte Hannah mal bei einem Besuch erwähnt. Aber dennoch war sie ein wenig enttäuscht, ihn nicht angetroffen zu haben. Sie wollte gerade ihr Fahrrad aufschließen, als sie eine Bewegung im Augenwinkel bemerkte und aufblickte. Maximilian verließ gerade das Geschäft seines Vaters und sah sie irritiert an.

»Möchtest du etwas kaufen?«, fragte er.

»Nein, ich möchte zu dir.«

»Warum?«

»Ich brauche deine Hilfe.«

* * *

»Ihr verschweigt doch etwas«, beklagte sich Hannah.

»Das bildest du dir ein«, antwortete ihr Vater, klang dabei jedoch etwas angestrengt.

Ja, natürlich, dachte Hannah. Aber da sie ihren Vater kannte und wusste, dass er stur sein konnte, ersparte sie sich eine weitere Diskussion und beschloss, abzuwarten. Über kurz oder lang würde sie sicher mehr erfahren. »Wann kann ich endlich nach Hause?«, wechselte sie das Thema.

»Übermorgen, denke ich. Du bleibst heute und morgen noch zur Beobachtung, danach kannst du dich zu Hause weiter erholen.«

Was wohl bedeutete, dass sie die ganze Zeit im Bett liegen musste. Aber immerhin hatte sie zu Hause ihr gemütliches Zimmer, ihre Bücher und ihre Musik. Außerdem würden sicher auch ihre Freundinnen kommen, wenngleich sie auf einen Besuch von Maximilian sicher nicht hoffen durfte.

»Kennst du eigentlich Alexander Dobberstein?«, begann ihr

Vater dann unvermittelt, und Hannah sah ihn überrascht an. Tauchte dieser Kerl denn jetzt plötzlich von jeder Seite auf?

»Nur flüchtig. Aber er hat die Schulden von Maximilians Vater bezahlt.«

Interesse flackerte in den Augen ihres Vaters auf. »Ah, wirklich?«

»Ja, wir waren auch überrascht, und Maximilian fand es ein wenig unheimlich, da sein Vater überhaupt nicht wusste, wer das ist.«

Ihr Vater schwieg und sah zum Fenster, die Stirn leicht gekraust.

»Ist alles in Ordnung?«, fragte sie, und er wandte sich ihr wieder zu.

»Ja, natürlich, Liebes.« Er lächelte, aber sein Blick blieb ernst, und er wirkte in sich gekehrt. Als er sich nach einer halben Stunde verabschiedete, griff Hannah nach ihrem Handy und wählte Maximilian an, ließ lange klingeln und legte schließlich auf. Entweder hörte er sein Telefon nicht, oder er hatte es auf lautlos geschaltet, was er nur in Ausnahmefällen tat. Vermutlich arbeitete er an einem Text. Frustriert legte sie ihr Handy zurück auf den Nachtschrank.

* * *

Maximilian gehörte zu jener Art Zuhörer, die einen allein durch ihr Schweigen dazu ermutigen konnten, immer weiter zu reden. Und so begann Alina nach anfänglichem Zögern, alles zu erzählen, ihr seltsames Gefühl Alexander gegenüber – nicht ihre Verliebtheit, sondern die Ahnung, ihn zu kennen –, die Dinge, die er zu ihr gesagt hatte, sein Verhalten Robin gegenüber, die Drohung gegen Moritz Balkow.

»Erinnerst du dich noch an Nico Rabe?«, schloss sie. »Den Jungen, den dein Vater damals trainiert und gefördert hat?«

»Ich habe ihn nicht persönlich kennengelernt. Damals hatte ich so viel anderes im Kopf, da haben mich die Jugendlichen, die mein Vater trainiert hat, nicht weiter interessiert. Aber ja, später, als alles den Bach runterging, hat er den Namen erwähnt. Er hat trotz allem zu ihm gehalten, wollte das alles irgendwie nicht glauben.«

»Und was, wenn Alexander Nico ist? Wenn er deinem Vater aus Dankbarkeit geholfen hat?«

Maximilian zog ebenso ungläubig die Stirn kraus wie Patrick zuvor, jedoch ohne jenen Ausdruck spöttischen Zweifels. »Das klingt absurd. Warum dieses Versteckspiel?«

»Vielleicht, weil es für ihn auf eine verquere Weise so aussieht, als habe man ihm Unrecht getan.«

»Du meinst, er war auf jeden Fall schuldig?«

»Das galt als unstrittig, auch wenn er es geleugnet hat.«

Maximilian hatte einen Bleistift in die Hand genommen und drehte ihn zwischen den Fingern. »War Nico Rabe denn reich?«

»Nein.«

»Alexander Doberstein muss ziemlich reich sein. Das Geld kommt doch nicht aus dem Nichts.«

Ratlos zuckte Alina die Schultern.

»Und du denkst, er würde hier jetzt eine Art Rachefeldzug durchführen?«

»Na ja, seltsam ist das schon, nicht wahr? Erst bringt er Robin um viel Geld, und dann die Sache mit Hannahs Vater. – Weiß Hannah es eigentlich?«

»Ich habe keine Ahnung. Ich weiß es, weil Alexander bei mir war.«

Alinas Augen weiteten sich kaum merklich. »Warum?«

»Damit ich das Video veröffentliche.«

»Das wirst du doch nicht tun.«

»Ich arbeite nun mal bei der Zeitung, und das könnte endlich eine wirklich große Geschichte sein. Abgesehen davon hat der Kerl ein Baby lebendig begraben wollen. Hat er da Mitleid verdient?«

Es fiel Alina nach wie vor schwer, sich Moritz Balkow als kaltblütigen Mörder vorzustellen. Sie kannte ihn nur als Hannahs Vater, und diese Rolle hatte er bisher immer gut ausgefüllt – abgesehen von seiner Abneigung gegen Maximilian.

»Vielleicht kann er mich deshalb nicht leiden«, sagte dieser nun, als habe er ihre Gedanken gelesen. »Wegen meines Vaters und dem Zusammenhang mit Nico Rabe damals.«

»Aber das würde doch bedeuten, dass er da mitgemacht hat.«

»Es hieß mal, sein Vater sei in einige krumme Dinge verwickelt gewesen.«

»Der Alte, der jetzt im Pflegeheim sitzt?« Diesen distinguierten Herrn konnte sich Alina erst recht nicht als Straftäter vorstellen.

»Ja, aber da ist nie was laut geworden.«

Alina wickelte sich einen Faden, der sich an ihrem Pulloverärmel gelöst hatte, um den Finger und wieder ab. »Das klingt doch alles nach einer sehr wilden Theorie.«

»Ja, stimmt. Aber es *könnte* so sein.«

Alina nickte zögerlich. »Du denkst, der Typ hat mit Robin eine krumme Sache geplant?«

»Jetzt müsste man nur noch den Zusammenhang zwischen ihm und Robin finden. Da gibt es ja überhaupt keine sozialen Berührungspunkte. Kannst du das rauskriegen?«, fragte Maximilian. »Dann forsche ich nach, wer Alexander ist.«

* * *

»Er droht dir mit einer Klage?«, fragte Leonora ungläubig.

»Das war doch zu erwarten, nicht wahr?«

»Wenn die Polizei rauskriegt, dass du das Video hast und es ihr nicht zeigst, bekommst du dann keinen Ärger?«

»Er hat doch gar keinen Beweis dafür, dass ich es habe. Ärger würde höchstens Luca drohen, immerhin ging der Fall damals groß durch die Medien, und er hat so eine Information zurückgehalten, weil er gehofft hat, daraus irgendwann Profit zu schlagen.«

»Und wenn du es an die Presse gibst?«

»Die verraten ihre Quellen nicht. Außerdem kann es ihnen ja auch anonym zugespielt worden sein.«

Leonora war nicht überzeugt. »Was wirst du jetzt tun?«

»Was ich ihm angedroht habe. Er hatte die Chance, die Sache mit Würde zu lösen, und hat es nicht getan.«

»Weißt du eigentlich, wer die Mutter des Babys war?«

»Nein, aber das spielt auch keine Rolle. Es geht ja das Gerücht um, dass da was mit einer Oberstufenschülerin war. Vielleicht war sie minderjährig, und ihm war daran gelegen, dass die Sache nicht laut wurde. Er war bereits in zweiter Ehe verheiratet, hatte ein Kind mit seiner neuen Frau, und dann wird dieses Schulmädchen schwanger.«

Leonora ging zu ihrem Schreibtisch und packte die Schulsachen zusammen. Wie auch immer, sie hatte Schule, und inzwischen freute sie sich sogar auf dieses bisschen Normalität in ihrem Alltag. Einen Moment lang schloss sie die Augen, sah wieder Patrick vor sich, einen einige Jahre jüngeren Patrick, wie er vertrauenerweckend lächelte. Sie öffnete die Augen wieder, und die Erinnerung wich Alexander, der nun im offenen Türbogen stand und sie ansah, als wisse er, was sie umtrieb.

»Der kommt schon noch dran, warte es ab. Einer nach dem anderen.«

Sie neigte den Kopf und schloss ihre Tasche.

»Ich fahre dich.«

»Das brauchst du nicht.«

»Dann lass mich dich wenigstens abholen.«

Erst zögerte sie, dann willigte sie ein. Sie nahm die Tasche mit ins Wohnzimmer. »Wie gehen wir eigentlich bei Patrick vor?«

»Wir können es ähnlich machen wie bei Hannahs Vater und ihm androhen, mit allem an die Presse zu gehen.«

»Machst du das dann nicht ohnehin?«

»Doch, aber er wird denken, dass ich das nicht tue.«

Leonora biss sich auf die Unterlippe.

»Zweifel?«, fragte Alexander.

»Nein, und dann irgendwie doch.«

»Er hat kein Mitleid verdient.«

Sie nickte, dann schulterte sie ihre Tasche. »Ich muss los. Bis später.«

Es war bereits stockdunkel, als sie auf die Straße trat, da die grauen Wolken den letzten Rest Tageslicht noch während der Dämmerung geschluckt hatten. Dafür war es an diesem Abend wenigstens nicht windig, und die feuchte Kälte ließ sich so besser ertragen. Leonora zog sich die Wollmütze tiefer in die Stirn, barg ihr Kinn im Schal und eilte zur Bahn. Sie war schon fast an der Haltestelle angekommen, als jemand sie mit raschen Schritten einholte und ihren Arm umfasste.

Erschrocken fuhr sie herum. »Robin!«, keuchte sie und versuchte, ihren Arm loszureißen, aber er hielt sie mit eisernem Griff fest. »Lass mich los, du tust mir weh.«

»Dann lauf nicht ständig weg, sondern hör mir gefälligst zu.«

»Ich habe keine Zeit, ich muss zur Schule.« Wieder versuchte sie, ihren Arm zu befreien, als sich aus dem Schatten eine weitere Gestalt zu ihr schob. Sie schnappte nach Luft. »Sag mal, stalkst du mich?«

Alex, der Typ, der sie seinerzeit mit seinem dämlichen Freund am Bahnsteig belästigt hatte, sah sie an, als wisse er nicht, wovon sie sprach. »Nee, bin nur zufällig hier.« Er sah ihren Begleiter an. »Hey, du, lass sie los.«

Die Wut in Robins Gesicht wurde von Zynismus überlagert. »Da hast du diesen reichen Kerl und landest bei diesem Gesocks?«

»Wen nennst du hier Gesocks? Willst du eins aufs Maul?«

Wäre die Situation weniger ernst, hätte Leonora vermutlich gelacht. Der Griff um ihren Arm löste sich. »Wir reden ein anderes Mal, und ich überlasse dich nun deinem überaus fähigen Beschützer. Soll er sich was drauf einbilden, mich vertrieben zu haben.«

»Was soll das?«, fragte Leonora nun an Alex gewandt. »Warum verfolgst du mich?«

»Tue ich nicht, ich weiß nur, dass du an drei Tagen die Woche hier abends einsteigst. Da dachte ich, vielleicht könnten wir ja doch mal was trinken gehen.«

Leonora verdrehte die Augen.

»Sei froh, dass ich da war, sonst hätte der Kerl sonst was mit dir gemacht.«

»Schon gut, er hätte mir nichts getan.«

»Du kennst die Kerle wohl nicht.«

Jetzt musste sie lachen, während ein Blick auf die Uhr ihr sagte, dass die U-Bahn gerade weg war. »Ach, so ein Mist, jetzt komme ich zu spät.«

»In dem Fall habe ich immer gleich geschwänzt.«

»Tja, das erklärt den beruflichen Erfolg.«

»Autsch.« Er verzog das Gesicht, dann grinste er. »Also, was ist? Trinken wir was zusammen?«

»Sei mir nicht böse, aber du hast ja gesehen, dass es da bereits jemand anderen gibt.«

»Wir könnten das ja am Anfang rein freundschaftlich halten.«

Sie schüttelte den Kopf. »Tut mir leid, mein Leben ist schon kompliziert genug.« Sie nickte ihm leicht zu, um sich zu verabschieden. »Und lauer mir nicht mehr auf, ja? Das ist unheimlich.«

Er gab keine Antwort, und sie wandte sich ab, um die Treppe zur U-Bahn hinabzugehen. So oft schon hatte sie sich vorgestellt, wie sie Patrick öffentlich bloßstellte, ihn zur Rechenschaft für das zog, was er getan hatte. Aber inzwischen war ihr

Wunsch nach Rache dem nach einer gewissen ruhigen Beständigkeit gewichen. Warum nicht einfach zur Polizei gehen, sagen, was sie wusste, und dann woanders ein weiteres Mal neu anfangen? Aber sie wusste, dass Alexander das nicht tun würde. Ihn trieben seine eigenen Dämonen.

DANACH

»Natürlich war ich erschrocken, als ich erfahren habe, wer er ist.«
(Alina Falk)

14 Das Video wurde zu einer Art viralem Hit, nachdem die Zeitung es online gestellt hatte. Nach fünf Jahren klärte sich dieser Fall, der bei den meisten bereits in Vergessenheit geraten war, nun doch auf. Alina starrte auf ihr Handy, ließ das Video, das ihr eine Freundin geschickt hatte, ein weiteres Mal ablaufen. Das konnte doch nicht wahr sein.

Sie hatte gerade ein Seminar gehabt und stand auf dem Hof vor der Uni, hatte eigentlich vorgehabt, nur einen kurzen Blick auf ihr Handy zu werfen und dann schnell nach Hause zu gehen, ehe sie in vier Stunden zur nächsten Vorlesung musste. Nun stand sie wie erstarrt da und fragte sich, was hier gerade passierte. Sie schloss das Video und wählte Patricks Nummer.

»Hast du es schon gesehen?«, war das Erste, was sie fragte, kaum dass er sich gemeldet hatte.

»Das Video? Ja. Hannah hat gerade schon heulend angerufen. Sie ist gerade erst nach Hause gekommen, da hat es ihr schon eine Freundin geschickt. Ihr Vater ist sofort wieder los.

Hannah sagt, er hätte auf ihre Frage nur geantwortet, es werde sich alles aufklären.«

Alina schloss den Kragenknopf ihres Mantels, da der Wind gar zu kalt war, und setzte sich beim Telefonieren in Bewegung. »Bist du zu Hause?«, fragte sie.

»Ja. Willst du vorbeikommen?«

»Hmhm«, machte sie bestätigend und bog in eine Seitenstraße ein, eine Abkürzung auf dem Weg zu Patrick. »Bis gleich«, sagte sie und drückte das Gespräch weg. Sie hatte das Handy gerade in die Tasche gleiten lassen, als es vibrierte, und so zog sie es direkt wieder hervor.

»Ich glaube, ich habe etwas herausgefunden«, sagte Maximilian. »War gar nicht schwer, wenn man wusste, wonach man suchen musste. Nicolas Rabes Mutter hieß Dobberstein mit Mädchennamen, ihr Bruder hat damals in den USA viel Geld gemacht, und als Nico aus der Jugendhaft entlassen wurde, hat er ihn zu sich genommen.«

»Alexander kommt aus den USA?«

»Er hat wohl eine Weile dort gelebt, um wieder auf die Beine zu kommen. Sein Onkel ist letztes Jahr gestorben und hat ihm alles hinterlassen. Das war für ihn wohl der Startschuss, wieder hierherzukommen.«

Alina schloss einen Moment lang die Augen, spürte Hitze hinter ihren Lidern und, als sie diese wieder öffnete, Feuchtigkeit in den Wimpern. Verdammt noch mal. »Und jetzt kommt er und nimmt Rache, oder was? Das ist ja wie in einem Psychokrimi.«

»Na ja, meinem Vater gegenüber war er großzügig.«

Vermutlich, weil es auf eine verquere Art und Weise so wirkte, als sei er es ihm schuldig. »Also gut. Danke für deinen Anruf.«

»Was wirst du jetzt tun?«, fragte er.

»Weiß ich noch nicht.« Sie beendete das Gespräch und ging zu Patrick, der gerade dabei war, einen Vortrag vorzubereiten, den er vor einer Gruppe von Schülern halten würde. Es ging um soziales Engagement, und da er sich da seit Jahren hervortat und einer der Organisatoren des Informationstages ein Freund von Patricks Vater war, hatte man ihn dazu eingeladen.

»Lust habe ich eigentlich nicht«, sagte Patrick. »Aber ich habe zugesagt, daher muss ich hin. Mir geht gerade so viel anderes im Kopf herum.«

»Was ist mit Hannah?«, fragte Alina.

»Wie zu erwarten ist sie völlig am Ende und will die Geschichte nicht glauben. Hinzu kommt, dass Kathi echt keine Hilfe ist, sondern total hysterisch.«

Sie goss sich Kaffee aus der Kanne ein und trank ihn schwarz, was Patrick mit einem leichten Heben der Brauen zur Kenntnis nahm.

»Ich habe vorhin mit Maximilian gesprochen.«

»Ah ja? Ich wusste gar nicht, dass ihr miteinander zu tun habt.«

»Ich habe ihn aufgesucht, weil ich dachte, er kann herauskriegen, wer Alexander ist.«

»Und? Hat er?«

»Ja, war wohl tatsächlich nicht schwer, wenn man wusste, wonach man suchen soll.« Sie nippte an dem Kaffee, verbrannte sich die Oberlippe und sog sie zwischen die Zähne. »Ich hatte recht«, sagte sie schließlich.

Ein verständnisloser Blick traf sie.

»Erinnerst du dich nicht mehr an unser Gespräch und meine Vermutung bezüglich Nico?«

»Alexander ist nicht Nico.«

»Doch, er ist es. Er hatte einen reichen Onkel, und der hat ihn adoptiert, daher der andere Name. Es war der Mädchenname seiner Mutter.«

»Das klingt wie aus einem schlechten Film. Nico Rabes versoffener Vater und seine Mutter, die auch nie was auf die Beine gestellt hat, sollen einen steinreichen Verwandten haben?«

»Seine Mutter ist früh gestorben, du weißt doch gar nicht, was sie auf die Beine hätte stellen können. Und sein Vater hat erst mit dem Trinken angefangen, als er seine Frau verloren hat, war zwischenzeitlich wieder trocken, Nico zuliebe, und hat dann getrunken, als sein Sohn so abgestürzt ist.«

»Du hast es ja gut verfolgt.«

»Ich kannte Nico gut, schon vergessen?«, antwortete sie.

»Wie könnte ich?« Patrick verschränkte die Arme vor der Brust und sah sie an. »Und? Was fangen wir jetzt mit diesem Wissen an?«

»Beunruhigt dich das nicht?«

»Warum sollte es?« Dafür, dass er sich so gelassen gab, war er allerdings ziemlich blass.

»Na ja, ich meine, immerhin scheint er ja eine Art Rachefeldzug zu planen, wenn man sich ansieht, was er mit Robin und Moritz Balkow gemacht hat.«

»Und warum, denkst du, sollte er mir etwas wollen?«

Sie hob die Schultern. »Warum sollte er wütend auf Robin sein?«

»Weil der sein Stipendium bekommen hat. Und auf Moritz Balkow, weil der ihn ins Gefängnis gebracht hat.«

Alina schwieg und trank den Kaffee aus, während Patrick zu seinem Schreibtisch ging und sich wieder vor dem Laptop niederließ.

»Keine Sorge«, sagte er. »Ich vertraue Alexander kein Geld an, und ich habe auch keine Leiche im Keller, wie man so schön sagt. Ein Kind vergraben. Geht es noch abstoßender?«

Das war so unglaublich, dass Alina sich nach wie vor nicht vorstellen konnte, dass das Video echt war. Oder es war jemand anders, der Moritz Balkow sehr ähnlich sah.

* * *

»Wer war diese Schlampe?« Kathis Stimme war so schrill und laut, dass Hannah sich sicher war, man hörte sie noch ein Haus weiter.

»Beruhige dich, verdammt noch mal«, brüllte ihr Vater.

Hannah stand im Flur, da ihre Eltern allein reden wollten – als sei das in dieser Lautstärke möglich. Selbst Liam war barsch fortgeschickt worden und saß nun auf der Treppe, blass, während er die Welt nicht mehr verstand. Nachdem Hannah den ganzen Vormittag geweint hatte, waren ihre Augen heiß und rot, und sie fühlte sich fiebrig. In ihrem Kopf hämmerte es, und das Geschrei im Wohnzimmer sorgte dafür, dass sie am liebsten auf beide losgegangen wäre. Stattdessen setzte sie sich zu Liam auf die Treppe und lauschte.

»Eine Minderjährige?«

»Sie war siebzehn.«

Hannah stützte die Stirn auf den Handballen und fand das alles so furchtbar erbärmlich – Kathi, die das Fremdgehen offenbar schlimmer fand als die Konsequenz daraus, und ihr Vater, der sich allen Ernstes noch rechtfertigte. Als er nach weiteren zwanzig Minuten wüsten Geschreis aus dem Wohnzimmer stürmte, blieb er im Flur wie angewurzelt stehen, sah Hannah an, und nur sie, während er Liam ignorierte. Der war noch zu klein, um das Ungeheuerliche zu verstehen, aber in Hannahs Blick musste er bemerken, dass etwas in ihr zerbrochen war.

»Komm«, sagte er und deutete auf sein Arbeitszimmer.

Widerwillig erhob sie sich, wollte ihm entgegenschreien, dass sie keine Erklärung wünschte, und wollte doch nichts dringender, als genau die zu bekommen. Sie ging ihm voraus in jenen Raum, den sie bis vor Kurzem noch als so heimelig und gemütlich wahrgenommen hatte und der jetzt nur noch als das Abbild väterlicher Verlogenheit erschien. Das Recht vertreten, moralische Klarheit – ja, sicher doch.

»Hätte ich das Kind töten wollen, hätte ich es erwürgt«, sagte er.

»Du hast es begraben, das macht man nicht, wenn man möchte, dass es weiterlebt.«

»Ich war in einer verzweifelten Lage, hatte Karriereambitionen und ein Kind mit einer Minderjährigen. Ich habe eine Grube ausgehoben, das Kind in eine Decke gewickelt hineingelegt und eine weitere Decke darauf.«

»Unter dem Gebüsch?«

»Damit es geschützt liegt. Ich hätte es zugeschaufelt, wenn ich es gewollt hätte.«

Hannah schüttelte nur den Kopf und wandte sich ab.

»Ich hätte es töten können, wenn ich das gewollt hätte.«

»Vielleicht«, antwortete sie, »fehlte dir der Mut, es eigenhändig zu tun, vielleicht hast du tatsächlich gedacht, dass so immerhin die Möglichkeit bestand, dass man das Kind finden würde. Aber du hast dennoch in Kauf genommen, dass es stirbt, dass es erfriert, so kalt, wie es an dem Tag war. Du konntest nicht damit rechnen, dass jemand dort vorbeigeht.«

Er schwieg, und Hannah spürte, wie ihr Gänsehaut über die Arme kroch. »Gehst du jetzt ins Gefängnis?«, fragte sie.

»Das wird sich zeigen, nicht wahr?«

»Wo ist dieses Kind jetzt?«

»Es wurde adoptiert.«

Hannah nickte. »Weißt du, von wem?«

»Nein, aber ich vermute, Alexander Dobberstein weiß es.«

Hannah ging zur Tür, zog sie auf und trat in den Flur. Auf einmal tat sich die Zukunft wie ein dunkler Schlund vor ihr auf, und sie fragte sich, ob sie das ertrug, dieses Haus, ohne den Vater, nur mit Kathi und Liam.

* * *

»Machst du bitte auf?«, rief Alexander, als der Türgong ertönte, und Leonora erhob sich vom Sessel, um zur Tür zu gehen.

»Ja?«, fragte sie in die Gegensprechanlage und war überrascht, dass es Hannah war. Sie ließ sie ein und wartete an der geöffneten Tür auf sie.

»Ist er da?«, fragte Hannah, deren Augen gerötet waren, als hätte sie lange geweint.

»Ja, komm rein.«

Alexander, der gerade dabei gewesen war, zu kochen, trocknete sich die Hände an einem Küchentuch ab und kam ihnen im Flur entgegen. »Ah, Hannah«, sagte er und lächelte. »Was gibt's?«

Sie ging wortlos an ihm vorbei ins Wohnzimmer.

»Darf ich dir etwas anbieten?«, fragte Alexander, ganz zuvorkommender Gastgeber.

»Nein.« Hannah drehte sich nun zu ihm um, wirkte gehetzt. »Mein Vater sagt, du weißt, wo das Kind ist, das er … also, das …«

»Ja«, antwortete er.

»Sagst du es mir?«

»Nein.«

Nun wirkte sie irritiert. »Warum nicht?«

»Weil die ganze Sache jetzt wieder ausgegraben wird, und sowohl Mutter als auch Kind ein Recht auf Privatsphäre haben.«

»Wenn dir daran gelegen wäre, hättest du die Sache nicht so öffentlich machen sollen.«

»Soweit ich das sehe, steht dein Vater im Licht der Öffentlichkeit, nicht das Kind.«

Hannah schwieg einen Moment lang. »Woher wusstest du überhaupt, wo das Kind ist? Man wird dir in der Adoptionsstelle wohl kaum so eine Information aushändigen.«

»Es gibt Leute, die überall ihre Nase hineinstecken, es ist praktisch ihr Lebensinhalt. Und so einer hat mir das gesteckt.«

Hannah sog die Unterlippe zwischen die Zähne, wirkte ratlos. »Wieso denkst du, du hättest mehr Recht, es zu wissen, als ich? Immerhin bin ich mit dem Kind verwandt.«

»Ich kann die Mutter fragen, ob sie dem zustimmt. Vermutlich wird sie es ablehnen, denn das Kind ist noch klein, und dass plötzlich eine Schwester auftaucht, könnte verwirrend sein. Dass es adoptiert wurde, wird die Mutter ihm sicher erst erklären, wenn es größer ist. Was versprichst du dir überhaupt davon, das Kind zu sehen?«

Hannah zuckte die Schultern. »Vielleicht wird es auf diese Weise irgendwie erträglicher …«

Leonora hatte schweigend gelauscht. »Nein«, sagte sie nun. »Das wird es nicht. Die Mutter wird nicht erlauben, dass du das Kind zu deiner Familie machst, für dich ändert sich nichts, du wirst vielleicht nur noch schlimmer verletzt.«

»Mein Vater wird möglicherweise ins Gefängnis gehen. Auch wenn er weiterhin zu den Anschuldigungen schweigt. Aber das Video ist nun einmal nicht wegzureden.«

»Und wie denkst du darüber?«, fragte Alexander.

»Ich finde schrecklich, was er getan hat, aber er ist nun einmal mein Vater, und ich … irgendwie kommt es mir vor, als seien es zwei unterschiedliche Menschen, auch wenn ich natürlich weiß, dass das Unsinn ist.«

»Es ist normal, dass du so denkst.«

Unvermittelt blitzte Zorn in ihren Augen auf. »Warum hast du das getan? Es an die Presse gegeben?«

»Weil ich der Meinung war, er verdient es.«

»Warum?«

»Weil er mich seinerzeit unschuldig ins Gefängnis gesteckt hat.«

Die alte Geschichte, von der Maximilian gesprochen hatte. Der Junge, der mit Drogen gehandelt haben soll. »Hast du seinem Vater deshalb geholfen? Weil er damals auf deiner Seite gewesen ist?«

»Ja.«

»Und wem hast du das Video ausgehändigt? Es erschien auf der Seite der Zeitung, für die Maximilian arbeitet.«

Alexander schwieg, aber offenbar war ihr dies Antwort genug.

DANACH

»Von einem Moment auf den anderen ist
alles zusammengebrochen.«
(Robin Preuß)

15 Der Raum in der Aula des Gymnasiums, das diesen Vortrag organisiert hatte, war gut gefüllt. Da es keine schulische Veranstaltung war, war sie auf den Nachmittag gelegt worden, und sie war allen Jugendlichen zugänglich, nicht nur Schülern der Schule. Es ging um soziale Verantwortung und ums Hinsehen, in weiterem Sinne auch um Zivilcourage. Leonora betrat an Alexanders Seite den Raum, und der Herzschlag dröhnte ihr in den Ohren. Alina saß in der ersten Reihe, und sogar Robin war gekommen. Offenbar erinnerte er sich nun trotz all der Vorkommnisse daran, wer seine Freunde waren.

Der Moderator der Veranstaltung hielt einen kurzen einleitenden Vortrag und kündigte dann Patrick als ersten Referenten an. Da stand er nun, lächelte jenes gewinnende Lächeln, an das Leonora sich noch so gut erinnern konnte. Dann trat er ans Mikrofon und begann mit seinem Vortrag. Es war in der Tat sehr interessant, und die jungen Zuhörer hingen an seinen

Lippen, was sicher nicht nur dem Inhalt geschuldet war, sondern auch Patricks charismatischem Auftreten. Er hatte etwas an sich, das einen unweigerlich in seinen Bann schlug, und so lauschten alle aufmerksam und applaudierten begeistert, als er geendet hatte. Er war nun bereit für Fragen und Diskussionen.

Leonoras Hände waren feucht, und sie spürte, wie Alexander ihre Finger mit den seinen umfasste. Noch konnte sie einfach aufstehen und gehen, konnte sich an die Polizei wenden, konnte diesen ganzen öffentlichen Aufruhr, der nichts weiter als dem Drang nach Rache geschuldet war, vermeiden. Ihr Rachehunger war Erschöpfung gewichen, und am liebsten wäre es ihr, wenn alles einfach nur vorbei war. Aber dann schob sie diesen Gedanken von sich und hob die Hand, um zu signalisieren, dass auch sie eine Frage hatte. Der Moderator kam mit dem Mikrofon, und Leonora erhob sich.

»Du warst auch in Berlin sozial tätig und hast dich um eine Familie aus Rumänien gekümmert, nicht wahr? Ein Vater mit seiner Tochter?«

Patrick hatte sie natürlich erkannt und wirkte einen Moment lang irritiert, dann jedoch lächelte er. »Ja, das ist richtig. Es is schon ein paar Jahre her.«

»Der Mann wurde später gefunden, totgeprügelt.«

»Zu meinem Bedauern, ja.« Nahm nur Leonora den leichten Missklang in seiner Stimme wahr?

»Eine ganze Gruppe junger Männer kam in seine Wohnung. Er hat ihnen die Tür geöffnet, da er einen von ihnen kannte und ihn in bester Erinnerung hatte. Er dachte ja, sie kämen in freundlicher Absicht. Aber es bereitete ihnen so eine Art sadistisches Vergnügen, ihm dabei zuzusehen, wie sich seine Begrüßungsfreude in Angst wandelte. Sie haben ihn geschlagen, immer weiter und weiter, bis er nicht mehr aufstehen konnte.«

»Ich verstehe nicht so ganz, was das hier zur Sache tut«, sagte Patrick und klang nun schon ziemlich bemüht. »Es tut mir sehr leid, dass niemand da war, um ihm zu helfen.«

»Seine Tochter hat alles beobachtet, sie war noch sehr jung und hatte Angst. Einer der Typen wollte danach auf sie los, aber das hast du immerhin verhindert, nicht wahr? So weit bist du nicht gegangen. Aber gedroht hast du mir, hast keinen Zweifel daran gelassen, was mir widerfährt, wenn ich zur Polizei gehe und etwas erzähle.«

»Ich glaube, du verwechselst etwas. Ich war derjenige, der deinem Vater geholfen hat, auf die Beine zu kommen.« Ein kaum merkliches Beben lag in seiner Stimme.

»Ja, du warst sehr sozial, er war so dankbar für die Hilfe, und ich war es auch. Ich war noch so jung und sogar ein kleines bisschen verliebt in dich.« Jemand kicherte. »Daher war ich auch ganz aufgeregt, als ich gehört habe, dass Papa dir die Tür aufmachte. Er hatte sich dann gewundert, dass du nicht allein warst. Ich habe mich schüchtern an der Tür herumgedrückt. Und dann habt ihr losgelegt.«

»Ich habe mit der Sache ja wohl schwerlich etwas zu tun«, rief Patrick. »Das ist eine ganz miese Unterstellung.«

Leonoras heftiger Herzschlag trieb ihr den Atem in kurzen Zügen über die Lippen. »Die Polizei wusste damals nicht, nach wem sie suchen sollte. Sie haben mich befragt, aber ich hatte zu viel Angst, um zu reden. Aber so etwas verjährt nicht, und bestimmt gibt es DNA, die abgeglichen werden kann. Jetzt, wo man weiß, mit wem.«

Patrick schwieg, versuchte sichtlich, die Fassung zu wahren. »Es tut mir leid«, sagte er dann nur noch.

Jemand meldete sich, und der Moderator, der nun ziemlich blass geworden war, reichte das Mikrofon weiter. »Stimmt das?«, fragte jemand.

Patrick antwortete nicht, sondern drehte sich um und verließ das Podium. Leonora, die nun am ganzen Körper zitterte, setzte sich wieder, krampfte die kalten Hände zusammen, während in der Aula Gemurmel einsetzte und zu einem immer lauter werdenden Summen von Stimmen wurde, das der Moderator zu dämpfen versuchte, indem er mit dem Programm fortfuhr.

»Komm.« Alexander erhob sich und griff nach Leonoras Hand, um sie mit sich aus dem Raum zu ziehen. In der Halle der Schule stand Patrick, kreidebleich, an seiner Seite Alina und Robin. Er wandte sich zu ihnen um, starrte sie an, erst Alexander, dann Leonora.

»Habt ihr euch durch Zufall gefunden?«, fragte er.

Alexander lächelte, wie Leonora ihn noch nie hatte lächeln sehen. »Natürlich nicht.«

* * *

Robin hatte das Gesicht in den Händen vergraben, und als er wieder aufblickte, stellte Alina fest, dass er weinte. Sie hatte ihn nach Hause begleitet, weil sie endlich Antworten wollte und wusste, von Patrick würde sie keine bekommen.

»Ich hätte es ahnen müssen«, sagte er.

»Dass Patrick Leute totprügelt?«, fragte sie kalt.

»Nein, dass Nico zurückkommt und sich für die Scheiße rächt, die wir getan haben.«

»Wovon sprichst du?«

Er starrte sie an, als zweifle er an ihrem Verstand. »Kapierst du es immer noch nicht? Der macht das, weil wir damals dafür gesorgt haben, dass er alles verlor. Also sorgt er nun dafür, dass wir alles verlieren.«

Alina schwieg, verschränkte die Arme vor der Brust und war sich nicht sicher, ob sie das Kommende hören wollte.

»Ich brauchte dieses Stipendium so unbedingt und war so sauer, weil Nico es bekam. Andreas Kaltenbach hatte immer schon mehr an ihn geglaubt als an mich, und es gelang mir, mir einzureden, dass das der Grund war, warum er es schaffte, sich zu beweisen und mich auf den zweiten Platz zu verbannen.«

»Es könnte natürlich auch daran gelegen haben, dass er einfach ein bisschen besser war.«

»Ich war noch keine fünfzehn, okay? Da denkt man nicht rational, sondern sucht Gründe oder Schuldige für das eigene Versagen.«

Alina wollte widersprechen, ihm antworten, dass das beileibe nicht jeder tat – Nico zum Beispiel hätte das nicht getan –, aber sie schwieg, da sie diese Art von Streit nicht führen wollte.

»Ich bin dann abends rausgegangen und habe Patrick getroffen. Ich wollte so sehr auf die teure Schule und habe mich furchtbar aufgeregt, weil Nico es schaffte und ich nicht.«

»Er war dein bester Freund.«

»Ich habe mich dabei ja auch nicht gut gefühlt, ja?«

Wieder schwieg Alina und neigte nur leicht den Kopf.

»Patrick war in dich verliebt und genervt, weil du hinter diesem – wie er es nannte – farblosen Nerd her warst. Da haben wir zum Spaß mal durchgespielt, wie es wäre, wenn er von der Bildfläche verschwand. Ich würde in der Warteliste vorrücken und Patrick bekäme dich.«

Jetzt weiteten sich Alinas Augen, und als sie nun schwieg, war es, weil ihr vor Entsetzen die Worte fehlten. Robin fuhr unbeirrt fort.

»Ich dachte ja nicht, dass Patrick das Ganze ernst meinte. Bis dann der Stoff bei Nico gefunden wurde.«

»Und du hast dennoch geschwiegen?«

Blut stieg Robin in die Wangen, und er nickte vage. »Ich ... Irgendwie dachte ich, das wird alles schon. Dann bekommt er halt das Stipendium nicht, was soll's? Ich dachte doch nicht, dass er gleich in Jugendhaft kommt. Moritz Balkow hat keinen Moment geglaubt, dass sich alles so abspielte, der ist ja nicht blöd. Jemand hatte Patrick in den Umkleidekabinen gesehen, und Herr Balkow hat Patrick zur Rede gestellt. Aber Patrick hatte das Zeug von Moritz Balkows Vater und sagte, wenn er drankäme, dann käme auch raus, von wem er es habe. Moritz Balkow sah seine Karriere gefährdet und hat die Sache entsprechend gedreht, damit sie Nico dranbekommen haben. Dann setzte es Jugendknast.« Robin zuckte die Schultern, jedoch eher aus Scham denn aus Gleichgültigkeit.

Alina musste sich setzen und spürte Übelkeit in sich aufsteigen. »Er war doch dein bester Freund«, war alles, was ihr zu sagen einfiel.

»Ja, aber irgendwann kam ich aus der Nummer auch nicht wieder raus.«

»Woher wusste Nico, dass ihr ihm das eingebrockt habt?«

»Luca, das Frettchen, hat alles mitgehört. Allerdings hat er sich damals von Patrick ziemlich gut dafür bezahlen lassen, die Klappe zu halten. Vermutlich hat Nico ihn ausfindig gemacht, ausgefragt und dann einfach mehr gezahlt.«

»Woher wusste er denn, dass Luca was weiß?«

»Weil Luca immer schon seine Ohren da hatte, wo sie nicht hingehörten. Wer was wissen will, fragt Luca.«

Alina presste sich die Arme auf den Magen, kämpfte die Übelkeit runter. »Und was passiert jetzt?«

Robin zuckte lediglich mit den Schultern. »Keine Ahnung. Die Sache ist bestimmt verjährt, nicht wahr? Wir waren noch minderjährig.«

»Und was ist mit Nico?«

»Das war eine Jugendstrafe, die hat er verbüßt und die wird auf sein weiteres Leben keine weiteren Auswirkungen haben. Soweit ich weiß, kommen Jugendstrafen nicht ins Führungszeugnis.«

»Das ist doch wohl nicht dein Ernst. Er soll sich einfach damit abfinden?«

»Hattest du den Eindruck, er hätte sich damit abgefunden? Und was soll ich denn jetzt noch machen? Die Sache ist vorbei, ich kann die Zeit ja wohl nicht zurückdrehen.«

Alina erhob sich, rieb sich die schweißnassen Hände an der Jeans trocken. »Wir sind fertig miteinander, Robin. Ihr seid wirklich das Allerletzte, du und Patrick.«

Robin wirkte erschüttert. »Aber wir sind doch Freunde. Gerade jetzt sollten wir zusammenstehen.«

»Ausgerechnet du erzählst mir was von Freundschaft? Wenn du sogar deinen besten Freund derart verrätst, worauf kann ich denn dann wohl zählen, wenn ich etwas besitze, das du haben willst?«

»Ich würde so etwas nie wieder tun. Könnte ich in die Vergangenheit zurück, dann …«

»Ach, hör doch auf!«, fuhr sie ihm über den Mund. »Würde, könnte … Du kannst im Nachhinein doch viel behaupten. Nico war dein bester Freund! Und ich war kein Preis, den man einfach gewinnen konnte.«

»Na ja, du bist allerdings auch ziemlich schnell auf Patrick angesprungen, nicht wahr? Gezwungen hat dich schließlich niemand zu einer Beziehung mit ihm.«

Abrupt wandte Alina sich ab und verließ ohne ein Wort des Abschieds die Wohnung.

Es dauerte so lange, bis Patrick sich über die Gegensprechanlage meldete, dass Alina schon dachte, er sei nicht daheim oder bei seinen Eltern, deren Wagen sie in der Einfahrt gesehen hatte. Vermutlich tagte eine Krisensitzung. Patrick war sehr blass, als er ihr die Tür öffnete, und er schien unschlüssig zu sein, wie er sie begrüßen sollte, aber vermutlich hielt ihr versteinerter Gesichtsausdruck ihn davon ab, sie zu umarmen, und so ließ er sie einfach nur wortlos ein.

»Ist es wahr?«, fragte sie, kaum dass er die Tür geschlossen hatte.

»Das mit Leonoras Vater?«

Er musste es nicht bestätigen, es war ihm so deutlich anzusehen, dass Alina sich hierüber keine Illusionen machte. »Ich spreche von deinen Beweggründen, mit Robin zusammen Nico diese Geschichte unterzuschieben.«

Damit hatte er, das war offensichtlich, nicht gerechnet. »Was hat Robin erzählt?«

»Alles.«

Patrick schenkte ihr ein freudloses Lächeln. »Hat er gedacht, es reicht noch nicht, er kann gleich den letzten Todesstoß setzen?«

»Hör auf, dir selbst leidzutun! Und was Leonora angeht – war das der Grund, warum du ständig mit diesen reichen Typen in Berlin abgehangen hast? Weil ihr mal so richtig aufmischen wolltet?«

»Du kannst dir nicht vorstellen, wie das ist, immer der Vorzeigesohn zu sein. Brav und angepasst. Es hat mich einfach alles so angekotzt.«

»Oh, du Armer. Mir kommen die Tränen. Und da dich das so ankotzt, brav zu sein, dachtest du dir: Schlag mal einen Typen tot, das befreit.«

»Wir wollten nicht, dass er stirbt.«

Alina fuhr sich mit beiden Händen durch das Haar. »Himmel noch mal. Und dass Nico ins Gefängnis kommt, wolltet ihr auch nicht, ja?«

»Jugendarrest ist wohl kaum ein richtiges Gefängnis.«

Sie sah ihn an und stieß ein ungläubiges kleines Lachen aus. »Hörst du dich eigentlich selbst reden?«

»Es war ein Dummejungenstreich, mehr nicht. Irgendwie ist alles aus dem Ruder gelaufen. Nico sollte einfach nicht auf unsere Schule gehen, mehr war da nicht.«

»Weil Robin das Stipendium wollte und du scharf auf mich warst. Bin ich eine Trophäe, die man einfach an den Nächsten weiterreicht?«

»Na, du hast schon auch freiwillig mitgemacht, nicht wahr? Oder musste ich dich lange bitten?«

Alina traten die Tränen in die Augen, und sie wandte sich ab.

»Wir sind seit über sechs Jahren zusammen. Das bedeutet doch etwas«, sagte Patrick. »Würden wir nicht zusammenpassen, oder wären von deiner Seite aus keine Gefühle im Spiel gewesen, wäre es doch längst vorbei gewesen.«

Alina wandte sich ihm zu, sah ihn an, wollte ihn verletzen. »Es war vorbei, als Alexander auf der Bildfläche erschien, und da wusste ich ja noch nicht einmal, dass er Nico war. Ich war so verrückt nach ihm, dass ich ihn verfolgt habe wie eine Stalkerin. Und dass eines Nachts nichts passiert ist, verdankst du nur der Tatsache, dass *er* nicht wollte.«

Patrick starrte sie an, war, wenn überhaupt möglich, noch blasser geworden. »Du hast mich hintergangen?«

»Nenn es, wie du willst. Gerade du bist doch wohl der Letzte, der sich hier moralisch über andere erheben kann.«

»Mir droht ein Verfahren«, sagte er. »Meine Eltern sind außer sich, und man wird mir die Sache in Berlin nachweisen können.«

»Tja, zu Recht, möchte ich meinen.«

»Kannst du mir die Sache von damals nicht verzeihen und mir jetzt beistehen? Ich habe sonst niemanden. Meine Freunde werden den Teufel tun und sich in so einer Sache auf meine Seite schlagen.«

»Dann frag doch die Schlägertypen aus Berlin. Ach, Moment, die sind ja auch dran, nicht wahr?« Sie lächelte kalt. »Auf mich brauchst du nicht zu zählen, es ist vorbei.«

Patrick öffnete den Mund, schien etwas sagen zu wollen, entschied sich dann jedoch, zu schweigen. Alina taxierte ihn einen Moment lang, während ihr das Herz bis zum Hals klopfte. Da war etwas in seinem Blick, etwas, das der Grund dafür war, dass sie sich so in ihn verliebt hatte und all die Jahre bei ihm geblieben war. Hastig wandte sie sich ab. Sie konnte nicht bei ihm bleiben, wollte es nicht. »Sieh zu, wie du klarkommst«, sagte sie und verließ die Wohnung.

* * *

Zwei Tage lang hatte Hannah jeden Kontaktversuch Maximilians ignoriert, da sie nicht wusste, wie sie ihm begegnen sollte. Und nun, da sie vor seinem Haus stand und den Klingelknopf drückte, wusste sie es immer noch nicht. Sie betrat das Treppenhaus, und als Maximilian ihr öffnete, betrat Hannah grußlos die Wohnung, musste einen Augenblick die Augen schließen und sich sammeln, dann fuhr sie zu ihm herum, die Fäuste geballt, den Körper angespannt, leicht vorgeneigt. »Warum?«, fragte sie.

»Von wem weißt du es?«

»Das ist doch unerheblich, oder?«

Er nickte nur, als ahne er, wer die Quelle ihres Wissens war.

»Wusstest du von dem Video bereits, als du mich damals im Krankenhaus besucht hast? Warst du deshalb so seltsam?«

Wieder schwieg er.

»Mein Vater hat mir am selben Tag abgesagt. Ist er dir begegnet, und du hast ihn unter Druck gesetzt?«

»Nein, ich hatte das Video zwar gesehen, aber Alexander

wollte es mir noch nicht geben. Ich vermute, er hat mit deinem Vater gesprochen.«

Hannah dachte daran, wie kurzfristig er ihr abgesagt hatte, und vermutete, Alexander hatte ihn irgendwo auf dem Weg zu ihr abgefangen. »Warum hast du mir nichts erzählt?«

»Du lagst im Krankenhaus und hattest gerade einen Unfall hinter dir. Es schien mir nicht der richtige Zeitpunkt zu sein.«

»Und nachdem ich wieder zu Hause war? War es da auch nicht der richtige Zeitpunkt? Entscheidest du für mich, was ich wann zu hören habe? Denkst du, es war besser, es aus dem Internet zu erfahren?«

»Hättest du denn nicht versucht, mich davon abzuhalten?«

Hannah presste die Arme gegen ihren schmerzenden Magen. Seit Beginn dieser unseligen Geschichte tat ihr der Bauch weh. »Doch, das hätte ich. Und deshalb erzählst du es mir nicht? Weil du mit Widerspruch rechnest, den du nicht hören willst?«

»Ich habe mir diese Entscheidung selbst nicht leicht gemacht, und ich wollte es unbelastet tun.«

»Meine Meinung ist also eine Belastung für dich.«

»Du weißt doch, wie ich das meine.«

Sie standen immer noch im Flur, vor dem Schrank, der als Garderobe diente. Hannah hatte Maximilians Wohnung immer gemocht, die Möbel aus altem, dunklem Holz, die er von dem Bauernhof seines Großvaters übernommen und sehr gekonnt zwischen die moderne Einrichtung gesetzt hatte. Sie hatte sich hier vom ersten Tag an wohlgefühlt, und nun war es ihr mit einem Mal zuwider, hier zu stehen. Zuzuhören, wie sie übergangen wurde, weil ihre Meinung lästig war und unerwünschte Gewissensnöte mit sich gebracht hatte. »Er ist mein Vater.«

»Und er hat Schlimmes getan.«

»Dennoch gehört er nun einmal zu mir. Du kannst mich nicht außen vor lassen, wenn du so etwas tust. Wie die Aasgeier seid ihr, stürzt euch auf so etwas und zeigt es der Welt.«

»Das ist Journalismus. Und du solltest hier nicht die Seiten verdrehen. Nicht ich habe ein Kind lebendig begraben.«

»Was du getan hast, ist Rufmord. Du wusstest doch nicht einmal, ob er es war.«

»Ich habe seinen Namen nicht dazugeschrieben, nicht wahr? Das Video wurde unter Einhaltung aller nötigen Vorschriften online gestellt.«

Hannah hatte für den Einwand nur einen zornigen Blick übrig.

»Ich will Journalist werden, Hannah. Und wenn jemand so etwas tut, und ich erfahre davon, dann gehe ich damit an die Öffentlichkeit.«

»Ich nehme an, deiner Karriere hat das nicht gerade geschadet, nicht wahr?«

»Du wirst unfair.«

Hannah spürte, wie ihr die Tränen in die Augen stiegen, und sie blinzelte, da sie nicht weinen wollte. Sie tat einen langen, zitternden Atemzug, und vermutlich machte es auf Maximilian den Eindruck, als sei sie trostbedürftig, denn er streckte den Arm nach ihr aus, wollte sie an sich ziehen, aber sie wich zurück. »Fass mich nicht an.«

»Hannah …«

»Nein, was du getan hast, war falsch.«

»Was *er* getan hat, war falsch. Himmel, Hannah, ich kann verstehen, dass es für dich schwer ist, aber bei jedem anderen hättest du nicht widersprochen, wenn eine derartige Tat ihren Weg in die Öffentlichkeit findet.«

Sie biss sich auf die Unterlippe und wich seinem Blick aus. »Und das alles, weil es für Alexander auf eine kranke Weise so aussieht, als sei mein Vater daran schuld, dass er ins Gefängnis gekommen ist.« Sie bemerkte, dass dies keine Überraschung für Maximilian war. »Das weißt du also auch schon?«

»Alina hat mich darauf angesetzt, ihn zu durchleuchten. Sie ist als Erste von uns allen darauf gekommen, wer er ist.«

»Alina, ja? Und das konntest du mir ebenfalls nicht erzählen?«

»Ich musste mir doch selbst erst einmal sicher sein.«

»Glaubst du diese absurde Geschichte auch? Dass er unschuldig einsaß? Dass mein Vater diese Art Mensch ist?«

»Er ist auf jeden Fall die Art Mensch, die ein möglicherweise minderjähriges Mädchen schwängert und das Kind dann lebendig eingräbt.«

Hannah schwieg, während der Schmerz sich immer schlimmer in ihren Magen grub. »Verdammt noch mal«, sagte sie, und dieses Mal gelang es ihr nicht, die Tränen zurückzudrängen.

»Hör zu, Hannah, es tut mir leid, ja? Ich hätte mit dir darüber sprechen sollen. Es lag nicht in meiner Absicht, dich zu übergehen, aber ich wusste selbst nicht, wie ich die Sache am besten löse.«

Übelkeit sammelte sich als bittere Galle in ihrem Mund, und Hannah schloss die Augen, um sie hinunterzukämpfen. Sie musste hier raus. Ohne ein weiteres Wort drehte sie sich abrupt um, riss die Tür auf und verließ fluchtartig die Wohnung.

»Hannah! Hannah, warte doch.«

Bis Maximilian Schuhe angezogen hatte, war Hannah bereits aus dem Haus hinaus und kettete mit fliegenden Fingern ihr Fahrrad ab. In dem Moment, in dem Maximilian aus dem Haus trat, fuhr sie davon, ohne sich noch einmal nach ihm umzuschauen.

DANACH

»Wie gesagt, ich habe mit allem eigentlich nichts zu tun.
Ich habe nur beobachtet.«
(Luca Abendroth)

16

Mehrere Tage hindurch hatte Patrick versucht, sie zu erreichen, aber Alina hatte jeden seiner Anrufe weggedrückt. Ihre Befürchtung, er würde sie trotz allem zu Hause aufsuchen, hatte sich glücklicherweise nicht bewahrheitet. Für Alina war es ein stetes Auf und Ab der Gefühle. Sie wusste einfach nicht, was sie tun sollte. Immer wieder stand ihr der Patrick vor Augen, den sie kannte und in den sie sich verliebt hatte, und in diesen Momenten wurde sie weich, wollte zum Telefon greifen und ihn anrufen. Dann wiederum stellte sie sich vor, wie er mit seinen Freunden durch Berlin gezogen war, um Leute zu verprügeln, um sich abzureagieren, und diese dunkle Seite an ihm erschreckte sie so sehr, dass sie nicht anders konnte, als die Distanz zu wahren.

Und wenn er es nur dieses eine Mal getan hatte? Wenn er sich danach so sehr über sich selbst erschrocken hatte, dass er dergleichen nie wieder tat? Sie hätte ihn fragen können, aber das Entsetzen darüber, dass seine Fahrten nach Berlin diesen Hintergrund gehabt hatten, dass es nicht nur das soziale Engagement gewesen war, sondern das krasse Gegenteil davon, das hatte sie nicht hören wollen. Hatte nicht hören wollen, dass sie all die Jahre mit einem Menschen zusammen gewesen war, der zu so etwas fähig war.

Und wann immer sie sich sagte, dass die Möglichkeit ja bestand, dass er wirklich aus diesem schlimmen Ereignis gelernt hatte, dass sein soziales Gewissen echt war und nicht nur vorgespielt, dann musste sie an das denken, was er Nico angetan hatte. Andererseits hatte Robin recht gehabt: Sie hatte sich in Patrick verliebt, es hatte sie niemand gezwungen. Aber hatte sie ihn je gekannt? Oder hatte sie sich einfach nur in ein Abbild verliebt, das mit der Wirklichkeit nichts zu tun gehabt hatte? Aber konnte man sich über Jahre hinweg so verstellen? Hätte sie es nicht gemerkt, wenn all das nur Falschheit gewesen wäre?

Die Presse hatte ihn regelrecht zerfetzt. Es war ja auch ein gefundenes Fressen, dieser Sohn einer reichen Familie, der sich durch seine soziale Arbeit so hervorgetan hatte. Alina hatte über das Internet recherchiert, ob einer der Artikel Maximilians Signatur trug, aber dieser hatte sich offenbar nicht um das Thema gerissen.

Ihr Handy klingelte, aber dieses Mal war es nicht Patrick, sondern Robin. Alina drückte ihn weg und schaltete auf stumm. Von ihm wollte sie erst recht nichts mehr wissen. Patrick hatte Schlimmes getan, aber ihn verband nichts mit Nico, während Robin dessen bester Freund gewesen war. Auf solche Freunde konnte sie selbst gut und gerne verzichten. Wenn sie daran dachte, wie er sie getröstet hatte, dann hätte sie vor Wut die Wände hochgehen können.

Es fiel ihr schwer, die Uni zu besuchen, vor allem angesichts dessen, dass nicht nur ihre Freundinnen sie mit Fragen bestürmten, sondern auch Bekannte. Dieses vorgeschobene Mitgefühl, diese Vertraulichkeit, mit der alle versuchten, mehr zu erfahren als über die Presse und die sozialen Medien, widerten sie an. Sie hatte mit ihrer besten Freundin, die in München studierte, über alles gesprochen, aber mehr Redebedarf hatte sie nicht. Und natürlich hatte sie ihren Eltern alles erzählt, auch, welche Rolle Patrick, von dem sie so viel gehalten hatten, in der Sache mit Nico gespielt hatte.

Das Einzige, was Alina konsequent beibehielt, war ihre morgendliche Joggingrunde, die brauchte sie unbedingt, allein schon, um den Kopf freizubekommen. Und so zog sie auch an diesem Morgen ihre Schuhe an und verließ das Haus, fuhr mit dem Fahrrad das erste Stück durch die Stadt, bis sie an ihrer Joggingstrecke war.

Hier nahm sie ihren üblichen Weg durch den Wald, spürte den frostharten Boden unter ihren Schuhen. Unvermittelt war der Winter über die Stadt hereingebrochen, und ihr war, als wäre die Welt unter seinem Eisatem erstarrt. Das Bild gefiel ihr, die Vorstellung, dass alles so kalt und reglos war, wie sie sich in ihrem Innern fühlte.

Langsam steigerte sie das Tempo, spürte den pumpenden Herzschlag, hörte, wie ihr das Blut in den Ohren dröhnte. Ihr Atem ging in gleichmäßigen Stößen, das einzige Geräusch, das die Stille durchbrach. Zwischen den Bäumen hing spinnwebengleich der zerfaserte Morgendunst. Ein Ast streifte ihr Gesicht, und sie blinzelte, rieb sich das Auge, während sie, ohne innezuhalten, weiterlief.

Der Weg erstreckte sich gerade vor ihr, machte dann eine sanfte Biegung nach rechts, wo er breiter wurde und die Bäume immer weniger dicht standen, bis sich der Blick auf eine Lichtung öffnete. Hier pausierte sie stets einen Augenblick, ehe sie sich umdrehte und zurückjoggte. Die Lichtung war Sommer wie Winter schön, wirkte verwunschen, still, fernab jeder Lebenswirklichkeit, die sich in Stadt und Uni abspielte. Als sie zwischen den Bäumen auf das verharschte Gras trat, dehnte sie den Körper, hob die Arme über den Kopf. Atmete die kalte Winterluft.

Erst dachte sie, da stünde jemand, starr wie der Frost, wartend, lauernd. Dann bemerkte sie, dass so groß ja niemand sein könnte. Und schließlich sah sie, wie sich der Leib leicht drehte, kaum merklich, als stieße der Wind ihn an. Sie hob den Blick, bemerkte die Linie des Seils, das sich hinter seinem Kopf erhob, trat näher, sah die einstmals vertrauten Züge an. Hörte seine letzten Worte. *Ich habe sonst niemanden.* Dann schrie sie. Und schrie. Und schrie.

* * *

Hannah erfuhr es in der Schule.

»Du kanntest diesen Typen doch ganz gut, oder?«, fragte eine Mitschülerin, als Hannah nach der großen Pause den Klassenraum betrat. Verständnislos sah sie das Mädchen an.

»Welchen Typen?«

»Na, den, der diesen Mann in Berlin totgeschlagen hat. Patrick.«

Diese Geschichte schon wieder. Hannah war aus allen Wolken gefallen, als sie davon erfahren hatte. Dieses Mal war Kathi die Überbringerin der Botschaft gewesen, vollkommen fassungslos, als gerate mit einem Mal die Welt aus den Fugen. »Ja. Was ist mit ihm?«

»Der ist tot.«

Es dauerte einen Moment, ehe Hannah das Gesagte vollumfänglich verstand. »Wie bitte?«

»Er ist tot. Hat sich erhängt. Und das Makabre daran ist, dass seine Freundin ihn gefunden hat.« Die Augen des Mädchens weiteten sich, und so ganz gelang es ihr nicht, die Sensationslust aus der Stimme herauszuhalten. »Hier, einer aus der Oberstufe hat einen Bruder, der auch morgens auf dieser Strecke läuft. Der kam vorbei, als die ihn gerade vom Baum geschnitten haben.« Das Mädchen hielt ihr ein Smartphone vor die Nase, aber Hannah sah sich das Foto nicht an, sondern wandte sich abrupt ab und rannte zu den Toiletten. Sie schaffte es gerade noch in die Kabine, als sie sich erbrach und das Wenige, was sie an diesem Morgen gegessen hatte, in der Toilettenschüssel landete. Danach würgte sie nur noch an Galle und stützte sich seitlich an der Wand ab, mit brennendem Hals, während ihr Tränen über die Wangen liefen.

Langsam richtete sie sich wieder auf, wischte sich den Mund ab und ging mit wackeligen Knien zum Waschbecken, um sich Wasser ins Gesicht zu spritzen und den Mund auszuspülen. Beide Hände auf das Becken gestützt, hob sie den Kopf und begegnete ihrem Blick im Spiegel, der ihr ein rotfleckiges Gesicht und glasige Augen zeigte. Patrick, dachte sie. Patrick, den sie in den letzten Tagen vollkommen vergessen hatte, der über ihr eigenes Elend hinaus nicht präsent gewesen war. Von der

Sache in der Aula hatte sie einen Tag später von ihrem Vater erfahren, der einigermaßen fassungslos gewesen war – eigentlich ein Witz, angesichts seiner eigenen Verfehlungen. Und dann war sie wieder zur Sprache gekommen, diese Angelegenheit mit Alexander.

Die Presse hatte viel darüber geschrieben, hatte die lokalen Nachrichten über Moritz Balkow gar ein wenig verdrängt. Von Patrick selbst hatte Hannah allerdings nichts gehört, er hatte sich nicht bei ihr gemeldet und sie sich nicht bei ihm. Es war immer so gewesen, dass es meist Hannah war, die bei Kummer zu ihm gekommen war, er hatte in dieser Hinsicht praktisch die Rolle des großen Bruders übernommen. Er selbst hatte Probleme – so er denn welche gehabt hatte – mit sich selbst ausgemacht oder sie Alina erzählt. Wo war Alina eigentlich in den letzten Tagen gewesen? Wenn sie ihn gefunden hatte, konnte sie keine Ahnung gehabt haben, sonst hätte sie ihn gewiss abgehalten.

Der Gedanke, zurück in die Klasse zu gehen, war ihr in diesem Moment unerträglich. Überhaupt fühlte sie sich außerstande, dem Unterricht zu folgen, zu viele Dinge gingen ihr im Kopf herum, ein Wirbel an Gedanken und Ängsten, in den sich keine Ordnung bringen ließ. Aber nach Hause gehen konnte sie auch nicht. Und auch nicht zu Maximilian. Sie rutschte langsam an der gekachelten Wand hinab, bis sie auf dem kalten, gefliesten Boden zum Sitzen kam, legte die Arme auf die angezogenen Knie, barg ihr Gesicht darin und begann zu weinen.

* * *

Auf allen Seiten nur Verlierer, dachte Leonora. Hannah hatte Maximilian verlassen, weil sie ihm nicht verzieh, das Video online gestellt zu haben. Ihr Vater würde wohl ins Gefängnis gehen, und jetzt war auch noch ihr Freund aus Kindertagen tot. Und all das geisterte in wilden Schlagzeilen durch die Presse. Alina stand unter Schock und war kaum ansprechbar.

»Fühlst du dich jetzt gut?«, wollte Leonora von Alexander wissen.

Der antwortete nicht, hatte überhaupt sehr wenig gesagt, seit die Nachricht von Patricks Tod am frühen Vormittag die Runde gemacht hatte. Er war in der Uni gewesen, als er davon erfahren hatte, war daraufhin heimgekommen, sehr, sehr blass. Luca war aufgetaucht, unruhig, als stünde er unter Entzug, hatte gesagt, er wolle mit alldem nichts mehr zu tun haben, und war gegangen.

»So eine Scheiße«, hatte er dabei gemurmelt. »So eine beschissene Scheiße.«

Und Alexander schwieg stoisch, während Leonora dachte, dass sie auf ihr Bauchgefühl hätte hören sollen. Jetzt war es zu spät, und nun standen sie hier in der Wohnung wie zwei Darsteller in einem Theater, die sich ins falsche Stück verirrt hatten und keine Ahnung hatten, wie sie wieder hinausfanden. In Leonoras Magen wühlte eine beständige Überkeit.

»Ich wollte nicht, dass er stirbt«, sagte Alexander schließlich, und es war offensichtlich, wie schwer es ihm fiel, überhaupt zu sprechen.

»Und ich wollte lange Zeit genau das.«

Er sah sie an. »Und jetzt?«

Zögernd hob sie die Schultern. »Ich … Ich weiß es nicht.

Es fühlt sich nicht gut an, aber das tut nichts von alldem, was passiert ist in letzter Zeit.«

Alexander wandte sich ab und sah aus dem Fenster. Es war nahezu unmöglich, zu sagen, wie es ihm mit alldem ging. Ob er trotz allem eine Art düstere Genugtuung empfand oder Bedauern. Sie wollte zu ihm gehen, die Arme um seine Mitte schlingen, den Kopf an seinen Rücken lehnen, aber sie widerstand diesem Impuls und ging in ihre Küche, um sich einen möglichst starken Kaffee zu kochen.

»Bleiben wir hier?«, fragte sie.

Langsam drehte Alexander sich wieder zu ihr um. »Interessant, dass du das fragst, ich musste gerade selber daran denken.«

»Tatsächlich?«

»Wir sind damals gekommen, um hier einen Neuanfang zu machen, nicht wahr?«

»Das war naiv und zu kurz gedacht. Du zumindest hättest dir denken können, dass du einen Scherbenhaufen hinterlässt.«

»Ich habe nur daran gedacht, mich für all das Geschehene zu rächen und in meiner Heimatstadt das Leben aufzunehmen, was damals so abrupt unterbrochen worden ist.«

Leonora lauschte dem Geräusch der Kaffeemaschine. »Mochtest du ihn?«

Ein fragender Blick traf sie.

»Patrick«, ergänzte sie.

Ein kurzes Zögern ging seiner Antwort voraus. »Ja, irgendwie mochte ich ihn tatsächlich. Sie waren alle nicht mehr dieselben wie damals, mir kam es vor, als begegneten sie mir das erste Mal. Und dann doch wieder nicht.«

»Was ist mit Alina?«

Ein kleines Lächeln flog über seinen Mund. »Das hast du mich schon mal gefragt.«

»Jetzt sind die Umstände anders.«

»Du meinst, ob ich mich als Tröster anbiete?«

»Tust du es?«

»Nein, sie bedeutet mir nichts mehr.«

Leonora lehnte sich mit dem Rücken an die Küchentheke und sah Alexander an. Er würde für sie immer Alexander bleiben.

»Etwas«, sagte er, »etwas kann ich noch tun.«

»Und das wäre?«

»Kommst du mit? Dann siehst du es.«

Sie nickte, und er ging hinunter, um seinen Mantel zu holen, dann trafen sie sich wieder im Flur und verließen gemeinsam das Haus. Unwillkürlich sah Leonora sich um, aber Alex war nicht zu sehen. Vielleicht ließ er sie nun in Ruhe, vielleicht war er gegangen, weil nun zu viel Polizei um sie herum war und er gute Gründe hatte, zu dieser auf Distanz zu bleiben. Alexander entriegelte seinen Wagen und Leonora stieg ein, legte den Anschnallgurt um und sah aus dem Fenster, während Alexander aus der Parklücke setzte. Sie fuhren, das erkannte sie rasch, zu Robins Wohnung.

»Was willst du denn hier?«

»Du wirst es schon sehen.«

Alexander stieg aus, und sie tat es ihm nach, folgte ihm zu dem Haus. Erst schien es, als sei Robin nicht daheim, dann jedoch wurde die Tür geöffnet, ohne dass überhaupt nachgefragt wurde, wer dort stand. Dann fiel Leonora ein, dass es eine Kamera gab und Robin durchaus sehen konnte, wer an der Tür klingelte. Als sie oben ankamen, stand er im Flur, die Augen gerötet.

»Was wollt ihr?«

»Dürfen wir rein?«, fragte Alexander.

Robin schien zu zögern, dann nickte er. »Schlimmer kann es ohnehin nicht werden.«

Sie betraten die Wohnung und blieben im Wohnzimmer stehen. Robin wirkte so elend und bleich, dass es aussah, als müsse er sich jeden Moment übergeben. Er taxierte Alexander, schien nach Vertrautheit zu suchen.

»Nico«, sagte er langsam, als müsse er sich davon überzeugen, dass es stimmte.

»Nico gibt es nicht mehr.«

»Ja. Ja, das habe ich gemerkt.«

»Dachtest du, ich sollte es auf sich beruhen lassen?«

»Nein, ich dachte eher, du hättest einfach zur Polizei gehen sollen. Luca hätte zur Polizei gehen sollen, Luca, dieses kleine Frettchen.«

»Na ja, du bist immerhin von allen am besten davongekommen«, antwortete Alexander.

Nun lachte Robin, lachte und schien sich gar nicht wieder einkriegen zu können. »Das stimmt tatsächlich«, antwortete er schließlich und lachte erneut. Es hatte schon fast etwas Hysterisches, und Leonora fragte sich, ob sie nicht besser einen Arzt rufen sollten, da ebbte das Lachen endlich ab. »Und warum seid ihr nun hier?«

»Ich gebe dir dein Geld zurück«, antwortete Alexander.

»Das Geld ist verloren, das müsstest du eigentlich wissen.«

»Ja, ich weiß. Aber ich kann dir die verlorene Summe zurückzahlen, ich habe Geld genug.«

Robin zögerte, schien nach einem Haken zu suchen. »Patrick ist tot, Moritz Balkow erledigt, Alina spricht nicht mehr mit mir, und da bietest du mir Geld an? Als würde ich mich von allem freikaufen?«

»Das Bild passt nicht, denn tatsächlich bin ich es, der sich freikauft.«

Robin verengte die Augen, und auch Leonora war erstaunt.

»Nun, was ist?«, fragte Alexander. »Das Angebot gilt, aber es gilt nur jetzt und wird nicht wiederholt.«

Unvermittelt presste Robin sich die Hand vor die Augen und stieß ein trockenes Schluchzen aus. »Es tut mir so leid, Nico.«

»Ja«, antwortete Alexander. »Ja, ich weiß.«

Dann hob Robin abrupt den Kopf, sah ihn aus glasigen Augen an. »Also gut, gib mir das Geld. Danach fühle ich mich vermutlich noch beschissener als jetzt, aber sei's drum.«

Alexander zog ein Scheckheft aus der Tasche, füllte einen Scheck aus und reichte ihn Robin. Der nahm ihn und starrte darauf, dann sah er Alexander an. »Und was passiert jetzt?«

»Wie man ihn einlöst, weißt du vermutlich, ja?«

Robin nickte. »Und was tust du jetzt? Weiterstudieren?«

»Ja, aber nicht hier. Wir gehen weg.«

»Wohin?«

»Das weiß ich noch nicht, wir werden das gemeinsam entscheiden.« Alexander nahm ihre Hand, und sein Blick suchte den ihren, wirkte, als hoffe er auf ihre Zustimmung. Sie neigte den Kopf, erwiderte den Blick und wusste, dass das Antwort genug war.

»Ich vermute, wir sehen uns nicht mehr wieder«, sagte Robin.

»Da vermutest du richtig.«

Sie verließen die Wohnung und traten hinaus auf die Straße. Ein kalter Wind fegte Blätter auf die Straße, und verrußt wirkende Wolken schoben sich über den Häusern zusammen. Alexander hielt immer noch ihre Hand, und Leonora machte keine Anstalten, sie ihm zu entziehen. Es war wie ein Versprechen.

EPILOG

Hannah schloss ihr Fahrrad vor Maximilians Haus ab und blieb eine Zeit lang unschlüssig stehen. Ihr Vater wartete auf sein Verfahren, während Kathi inzwischen eine Ruhe an den Tag legte, die zuerst resigniert und jetzt schlicht und ergreifend vernünftig wirkte.

»Die Dinge sind, wie sie nun einmal sind«, hatte sie wenige Tage zuvor beim Abendessen gesagt. »Und ich denke, wir müssen uns keine Illusionen machen, du wirst ins Gefängnis gehen. Ich weiß nicht, wie es danach mit uns weitergeht, aber solange du nicht hier bist, verlasse ich dich nicht, immerhin sind da ja auch noch Liam und Hannah. Ihnen zuliebe bleibe ich hier, bis du wieder da bist, danach sehen wir weiter.«

Hannah war erstaunt gewesen, denn damit hatte sie nicht gerechnet. Offenbar hatte Kathi nicht vor, weiterhin eine Feindschaft mit ihr zu pflegen, sondern war sehr zurückhaltend geworden, fast schon unsicher. Aber sie war auch konsequent in dem, was sie beschloss, und wenn sie sagte, sie würde den Haushalt hier weiterführen, bis ihr Vater wieder da war, dann würde sie das tun. Seine Karriere bei der Staatsanwaltschaft war natürlich vorbei. Und Laras Mutter hatte zwar signalisiert, die finanzielle Zuwendung anzunehmen, weil sie schlicht keine Wahl hatte, aber sie wollte mit niemandem aus der Familie Kontakt, auch mit Hannah nicht.

Langsam glitt Hannahs Blick an der Fassade des Hauses hoch. Mit ihren Freundinnen konnte sie derzeit nicht reden, so gerne sie sie auch hatte. Aber sie wollte nicht über ihren Vater mit ihnen sprechen und über das, was die Sache mit ihr anrichtete. Sie wollte nicht über Patrick sprechen – nein, vor allem nicht über ihn, wenn allein der Gedanke an ihn schon reichte, damit ihr die Tränen kamen. Wollte nicht über die Beerdigung sprechen, über Patricks Mutter und die beiden älteren Schwestern, die einen Weinkrampf bekommen hatten, über seinen Vater, der alt und eingefallen wirkte. Über Alina, die so bleich gewesen war, dass es wirkte, als kippe sie jeden Moment um. Alina, die vorerst ihr Studium geschmissen hatte und zu ihrer besten Freundin nach München gereist war. Oder über Alexander, der in Begleitung seiner geheimnisvollen Freundin so plötzlich hier aufgetaucht war.

Hannah zögerte, dann ging sie zur Tür und drückte auf den Klingelknopf zu Maximilians Wohnung. Sein Vater stand vorne im Laden, das hatte sie beim Vorbeifahren gesehen. Kurz darauf war Maximilians Stimme zu hören.

»Ja?« Knapp, ungeduldig, als sei er gerade beschäftigt gewesen.

»Ich bin es«, sagte sie.

Der Türöffner summte, und sie trat ein, ging die vertraute Treppe hoch zu Maximilians Wohnung. Seit sie das letzte Mal hier gewesen war, hatte sie nicht mehr mit ihm gesprochen, hatte ihn komplett ignoriert. Und so stand er nun da, sah sie prüfend an.

»Darf ich rein?«, fragte sie, und er nickte nur und trat zur Seite.

Und wenn es nun wirklich aus war, dachte sie. Wenn sich sein Wunsch, sich wieder mit ihr zu versöhnen, erschöpft hatte? »Ich hoffe, ich störe nicht«, sagte sie, weil ihr nicht einfiel, was sie sonst sagen sollte.

»Du störst nie.«

Sie ging in seine Küche und goss sich ein Glas Wasser ein, weniger, weil sie Durst hatte, als vielmehr, weil es einfacher war, wenn sie etwas in der Hand hielt und sie durch das Trinken etwas zu tun hatte.

»Ich habe von deinem Artikel gehört«, sagte sie.

»Dein Vater hat immerhin nicht einfach aufgelegt.«

»Das hat er mir zuliebe nicht getan, er dachte ja …« Wir sind noch zusammen, hatte sie den Satz beenden wollen, fand es dann jedoch so endgültig. »Ich habe ihm nicht erzählt, dass wir im Streit auseinandergegangen sind.«

Maximilian nickte nur.

»Ich möchte nicht, dass es vorbei ist«, sagte sie schließlich.

»Nein, das möchte ich auch nicht.«

Mehr sagte er nicht, aber vielleicht gab es dazu auch nicht mehr zu sagen. Hannah tat einen langen, zittrigen Atemzug und stieß die Luft in einem Seufzer aus.

»Ist dein Artikel fertig?«, fragte sie, als sei alles wie immer.

»Ja, die erste Version, ich muss ihn aber noch überarbeiten.«

»Hast du von allen Interviews bekommen?«

»Erwartungsgemäß nicht, aber auch Schweigen kann beredt sein.«

Sie nahm den ausgedruckten Artikel zur Hand, den Maximilian anhand der Interviews geschrieben hatte. Er begann mit Robin Preuß. »Im Nachhinein habe ich mich immer darüber gewundert, dass wir damit durchgekommen sind.«

Laila El Omari, geboren 1975 in Münster als Tochter eines palästinensischen Vaters und einer deutschen Mutter, wuchs in Hamm auf. Nach dem Abitur studierte sie Orientalistik, Germanistik und Politikwissenschaften in Münster und Bonn. Im Jahre 2001 begann sie, Romane zu schreiben. Die Autorin lebt heute mit ihrem Mann und ihrer Tochter in Bonn.

Die Erfolgs-Trilogie von Teri Terry

Teri Terry
Gelöscht
Band 1
432 Seiten. Gebunden
ISBN 978-3-649-61183-7
Auch als @book erhältlich
ISBN 978-3-649-61521-7

Kylas Gedächtnis wurde gelöscht, ihre Persönlichkeit ausradiert, ihre Erinnerungen sind für immer verloren. Kyla wurde geslated.

Aber die Stimmen aus der Vergangenheit lassen die Sechzehnjährige nicht los – hat sie wirklich unschuldige Kinder bei einem Bombenanschlag getötet? Zählte sie zu einer Gruppe von gefährlichen Terroristen? Und warum steht ein Bild von ihr auf einer geheimen Webseite mit vermissten Kindern?

Kyla wird immer wieder von Flashbacks aus ihrem früheren Leben eingeholt und merkt allmählich, dass ihre wahre Identität ein großes Geheimnis birgt. Gemeinsam mit Ben, einem anderen Slater, in den sie sich verliebt, begibt sie sich auf die Suche nach der Wahrheit – doch wem kann sie überhaupt noch vertrauen?

Teri Terry
Zersplittert
Band 2
400 Seiten. Gebunden
ISBN 978-3-649-61184-4
Auch als @book erhältlich
ISBN 978-3-649-61806-5

Teri Terry
Bezwungen
Band 3
376 Seiten. Gebunden
ISBN 978-3-649-62220-8
Auch als @book erhältlich
ISBN 978-3-649-62221-5